작가의 얼굴

MEINE BILDER
by Marcel Reich-Ranicki

Copyright ⓒ Deutsche Verlags-Anstalt, a division of Verlagsgruppe Random House GmbH,
München, Germany, 2003
Korean Translation Copyright ⓒ MUNHAKDONGNE Publishing Corp., 2013
All rights reserved.

This Korean edition was published by arrangement with Verlagsgruppe Random House GmbH,
Germany through MOMO Agency, Seoul.

이 책의 한국어판 저작권은 모모 에이전시를 통해
Verlagsgruppe Random House GmbH와 독점 계약한 (주)문학동네에 있습니다.
저작권법에 의해 한국 내에서 보호를 받는 저작물이므로 무단 전재 및 무단 복제를 금합니다.

이 도서의 국립중앙도서관 출판예정도서목록(CIP)은 서지정보유통지원시스템 홈페이지(http://seoji.nl.go.kr)와
국가자료종합목록 구축시스템(http://kolis-net.nl.go.kr)에서 이용하실 수 있습니다.
(CIP제어번호: CIP2013012390)

작가의 얼굴

Meine Bilder. Porträts und Aufsätze

어느 늙은 비평가의 문학 이야기

마르셀 라이히라니츠키 지음 | **김지선** 옮김

문학동네

일러두기

1. 이 책은 아래의 원서를 한국어로 완역한 것이다.
Marcel Reich-Ranicki, *Meine Bilder. Porträts und Aufsätze*(Stuttgart München: Deutsche
Verlags-Anstalt, 2003)
2. 책에 실린 모든 주는 옮긴이 주이며 미주로 처리했다.
3. 단행본·잡지는『　』로, 시·단편은「　」로, 미술 작품·음악 작품·영화·방송은〈 〉로 구분했다.
4. 외래어 표기는 국립국어원 표기 원칙을 따랐다.

프랑크 아우어바흐에게

서문

나는 주간지 『차이트』의 상임 문학평론가로 있던 1967년 회사로부터 기막히게 멋진 브레히트 초상화를 받았다. 유명 조각가이자 화가인 구스타프 자이츠가 그린 것이었다. 이 그림과 동봉된 작품에 대해 글을 좀 써달라는 요청이었다. 글은 썼는데, 그다음이 문제였다. 이제 이 브레히트 초상화를 어쩐다?

당시 함부르크 니엔도르프에 있던 우리집 벽은 전부 휑하니 비어 있었다. 이유는 간단했다. 그때는 우리 가족이 독일로 돌아온 지 몇 년 되지 않아 꽤 검소하게 살았기 때문이다. 그렇다고 아주 쪼들리는 정도는 아니었지만, 그림을 살 돈은 없었다. 아직 그럴 여유는 없었다.

아무튼 나는 자이츠의 브레히트 초상화를 액자에 넣었다. 그리고 내 서재, 내가 책상에 앉으면 항상 볼 수 있는 자리에 걸었다. 이 일이 어떤 결과를 가져올지 물론 당시에는 나도 미처 몰랐다. 내가 이내 이런 일에 재미를 붙였던 것이다.

그후로 미술품 상점이나 때로 골동품상 같은 데서 작가 초상화가 눈에 띄면, 너무 무리가 되지 않는 한 사들이게 되었다. 동판화나 석판화, 나중엔 스케치 원본까지도 점차 꽤 사게 되었다. 처음엔 소박했지만, 수집품이 점점 늘어나자 자연스레 우리집에 곧잘 드나들던 사람들의 관심을 끌었고, 그러다 보니 곧 이런저런 지인들이 다른 선물 대신 초상화를 하나씩 갖다주었다.

1973년 내가 프랑크푸르터 알게마이네 차이퉁에 자리를 얻으면서, 우리는 좀 넓은 집으로 이사했다. 아내와 난 드디어 그림을 걸 자리가 넉넉해졌다고 생각했다. 하지만 얼마 안 가서 이 생각도 낙관적 오산으로 판명되었다. 아무리 그림을 점점 바짝 붙여 걸어도 소용없었다.

셰익스피어에서부터 토마스 베른하르트에 이르는 이 초상화들은 나와 내 손님들, 특히 문학에 관심 있는 손님들에게 큰 즐거움을 안겨주었다. 그도 그럴 것이, 작품의 예술적 수준을 따지기에 앞서, 내게는 예나 지금이나 각별히 소중한 작가들의 초상화이기 때문이다.

어쩌면 이렇게 말할 수도 있겠다. 이 초상화 수집은 우연한 계기로 시작했지만, 내 인생의 일부가 되었다고. 더 정확히 말하자면, 한 문학평론가의 이력에 한몫을 담당했다고 말이다.

2003년 3월, 프랑크푸르트암마인에서
M. R.-R.

William Shakespeare

윌리엄 셰익스피어

윌리엄 셰익스피어
R. A. 아틀릿 | 철판화 | 19세기
존 테일러 소유로 추정되는 일명 '챈더스 초상화'에 따름.

역사 이래 가장 뛰어난 작가로 누구를 꼽겠습니까, 간혹 이런 질문을 받으면, 나는 추호의 망설임도 없이 셰익스피어라고 대답한다. 왜 그렇게 생각하는지 이유가 궁금하다고 하면, 나는 희극 『뜻대로 하세요』에 나오는 자크의 대사를 인용한다. 온 세상은 하나의 무대요, 모든 인간은 그저 잠시 등장했다가 퇴장하는 배우일 뿐이라는.

웬 동문서답이냐고 의아해할지도 모르겠다. 하지만 셰익스피어는 이 한마디 말로 모든 것을 암시했다. 그의 연극관, 작품의 범위와 목표, 그리고 그가 거둔 성공의 비밀까지. 온 세상을 하나의 무대로 규정짓는 사람이라면 그 반대도 마찬가지로 이루었을 터, 그는 연극 한 편에 그야말로 온 세계를 담아낸 작가였다. 비단 자기가 살던 시대의 세계뿐이었으랴?

1592년 작 비극 『리처드 3세』는 15세기 후반의 영국을 무대로 한다. 소름 끼치도록 못나고 추한 불구의 몸으로 권력을 쟁취하고 왕위에 오르기 위해 온갖 범죄를 서슴지 않는 글로스터 공작의 이야기다. 이 선혈 낭자한 그의 흥망의 이야기는 꽤 복잡하고, 우리와는 아무래도 거리가 있어 보인다. 과연 그럴까? 1937년 베를린 젠다르멘 광장 샤우슈필하우스[1]에서 『리처드 3세』가 위르겐 펠링 연출, 베르너 크라우스 주연으로 무대에 올랐다.

그때 나는 초연을 봤는데, 평생 못 잊을 저녁이었다. 셰익스피어의 원전에 변형도 가감도 하지 않고, 전통적인 번역에 충실했다. 물론 이 잔인무도한 공작이자 왕인 리처드 3세의 호위병들이 입은 검은색과 은색의 제복은 바로 나치 친위대를 떠올리게 했으며, 클레런스 공작을 살해하는 사람들의 갈색 셔츠와 가죽장화는 나치 돌격대를 연상시켰다. 피날레는 파격적이고 충격적이었다. "승리는 우리의 것이며 잔인한 사냥개는 죽었습니다"라는 대사 직후, 무대는 완전히 암전되었다. 잠시 후 갑자기 무대와 관객석의 모든 조명이 한꺼번에 켜졌다. 무대 위 군인들이 무릎을 꿇은 자세로, 장엄한 테데움[2]

을 부르기 시작했다. 온 극장이 뒤흔들릴 만큼 강력한 합창이었다.

권력욕에 사로잡힌 이 범죄자의 이야기는 히틀러와 당시 독일의 상황을 그대로 보여주는 한 편의 드라마였다. 이 작품이 유독 독일에서만 이토록 생생한 시사성을 띠었겠는가? 스탈린 제국에서는 이러한 시사성이 검증될 기회조차 없었다. 이 고전극의 공연이 아예 엄중히 금지되었던 탓이다.

그 시절에는 『햄릿』도 마찬가지로 시의성이 높았다. 역시 젠다르멘 광장 샤우슈필하우스에 오른 이 연극에서는 구스타프 그륀트겐스[3]가 주연을 맡았다. "세상이 어긋나 있다" "덴마크는 감옥이다" 등의 대사가 고스란히 공연 모토로 쓰였다. 무대는 모두가 서로를 염탐하는 경찰국가였다. 재상 폴로니어스는 파리에 가 있는 자기 아들을 믿지 못해 사람을 보내 뒷조사를 한다. 왕비가 아들과 이야기하는데, 국가는 왕비조차 믿지 못해, 재상이 직접 대화를 엿듣는다.

이 아들, 즉 햄릿 왕자는 특별 감시 대상이다. 그는 책을 너무 많이 읽고 생각도 너무 많은데다가, 외국에서 갓 돌아온 인물 아닌가. 폴로니어스는 잽싸게 궁정 사람 둘을 붙인다. 어려서부터 함께 자란 사이니 그를 '정찰'하기에 안성맞춤일 터. 젊은 왕자는 그의 동시대 인물들과는 다른 사람, 정신과 양심을 따르는 존재다.

『햄릿』. 1936년 독일에서 이 작품은 잔혹한 사회이자 범죄국가 한가운데서 살아가는 지식인의 비극이었다. 그뒤 나는 런던과 파리, 그리고 1950년대 중반 공산주의 폴란드의 바르샤바 등지에서도 이 작품을 연극으로 보았다. 그러면서 『햄릿』이 나라마다 제각기 다른 방식으로 수용되고 극화되는 모습을 주시했다.

과연 이 작품을 뭐라 불러야 할까. 심리 드라마, 역사물, 살인극, 혹은 시대를 망라하는 정치극, 아니면 철학적 비극? 그렇다. 이 모두에 다 해당된다. 윌리엄 셰익스피어라는 한 사람이 써낸 바로 그 한 작품이 말이다. 어떤 세대든 『햄릿』 속에서 자기 자신을, 자신의 문제와 고초, 자신의 좌절을 찾고자 한다. 그리고 대개는 찾던 것을 발견해낸다. 바로 이 점이 대단하고 기막히고 놀랍다못해 가히 불가해하며, 바로 이런 까닭에 『햄릿』은 세계문학사에서 가장 성공적인 최고의 극작품으로 꼽힌다.

『줄리어스 시저』도 오늘날까지 여전히 놀랍도록 시사적이기는 마찬가지다. TV 시대의 우리에게 『줄리어스 시저』는 정치가들 개인의 카리스마에 대한 드라마로 해석되곤 한다. 특히 수사학修辭學에 대한 드라마, 즉 대중의 지지를 얻으려는 각축장에서는 더 뛰어난 정치가가 아닌 더 노련한 연설가, 어쩌면 능란한 선동가야말로 승자가 되는지 모른다는 의구심을 일깨우는 드라마다. 또한 『로미오와 줄리엣』은 사춘기 청소년 시절 나에게 셰익스피어를 아주 강렬하게 각인시켜준 작품이다. 그 어느 날 저녁, 나는 예감하기 시작했다. 사랑이란 축복인 동시에 저주요, 은총이자 액운이며, 한계를 모르는 중독이라는 사실을. 사랑과 죽음은 하나이며, 우리는 죽을 수밖에 없는 존재인 까닭에 사랑한다는 것을.

여기 실린 셰익스피어의 초상화는 내 아들과 며느리가 에든버러의 어느 화랑에서 찾아낸 것으로, 17세기의 이른바 '챈더스 초상화'[4]로 추정되는 작품의 오래된 철판화다. 물론 이 그림의 진위 여부는 논란의 여지가 있다. 하지만 셰익스피어에 관해서는 으레 그렇지 않던가. 모든 것이 불확실하고 이견이 분분하니 말이다. 다만 작품의 천재성만큼은 예외다. 그리고 또하나 이론의 여지 없이 확실한 한 가지는, 그가 런던 글로브 극장[5] 무대에서 진정은 세계를 드러내 보여주었다는 사실이다.

Gotthold Ephraim Lessing

고트홀트 에프라임 레싱

고트홀트 에프라임 레싱
C. 뮐러 | 철판화 | 18세기
티슈바인 일가인 요한 하인리히 티슈바인의 그림에 따름.

독일 천재들 가운데―실러를 제외하고―온갖 현란한 수사법과 미사여구를 레싱만큼 엄청나고 집요하게 사용하고 읊어낸 인물이 또 있을까. 그런데 사실 그는 비장하기보다는 오히려 냉철한 사람이었고, 문학에 열정은 바쳤으되 문학사에 한 획을 긋겠다고 거창한 뜻을 품은 적도 없었다. 예나 지금이나 감탄스러운 작가임에 틀림없으나, 결코 인기를 끌거나 사랑을 받은 적이 없었다. 아니, 감탄이나마 제대로 받아본 적이 있었던가?

그가 가장 애정을 쏟은 대상은 바로 '논쟁'이었다. 레싱이 도박을 엄청나게 좋아했다는 건 대부분의 전기 작가들이 마지못해 언급하는 사실이지만, 그렇게 좋아한 도박보다 훨씬 더 사랑한 것이 대립과 토론, 논쟁이었다. 『젊은 학자』에서 『현자 나탄』에 이르는 희곡은 물론, 그의 모든 작품은 노골적인 정도만 다를 뿐 하나같이 명백한 논쟁서들이다.

바른헬름 아가씨와 텔하임 소령[1]은 서로 시시덕거리고, 그러면서 서로 논박한다. 대개 이 두 행위가 동시에 이루어진다. 논쟁으로의 연애―이는 셰익스피어조차 이룬 적 없고 몰리에르에게서 약간 보이긴 하지만, 궁극적으로는 레싱의 독창적인 성과다. 실로 그는 논쟁에 관한 한 모든 수단에 통달했으며, 게다가 그 모두를 얼마나 탁월하게 구사했는지 독일인으로서 가히 전무후무하다.

그가 매혹된 것은 목적지가 아니라, 거기에 이르는 길이었다. 영원하고 최종적인 진리는 애당초 안중에 없었다. 그의 관심사는 어디까지나 결과보다는 오히려 과정 자체였다.

그는 주류 의견에 영합할 생각이 없었고, 특정 그룹이나 사조를 표방한 적도 없었다. 홀로 선다는 것은 그에게 비평가의 독립성을 확보하기 위한 전제였으며, 독립성은 비평가의 직무를 온전히 수행하기 위한 필수조건이었다. 장르를 막론하고 모든 시문학이 인간 교화에 기여해야 한다는 것은 레싱에게 하나의 당위명제였다. 하지만 그는 종교가 미학적 판단에 끼치는 영향에 대해서는 전혀 알려고 하지 않았으며, 애국주의 쪽에서는 대개 그를 미심쩍게 생각했다.

그의 비평적 산문들은 그가 저널리즘에서 출발했음을 확연하게 보여준다. 그러나 이것이 마이너스 요인으로 작용하지는 않았다. 왜냐하면 그는 저널리스트의 열정으로 학문에 힘을 쏟았고, 학자의 진지함으로 저널리즘에 헌신했기 때문이다. 그의 비평은 언제나 대중을 향해 있었고, 그는 대중의 반응 앞에 결코 초연하지 않았다. 레싱은 이러한 비평에서 어법 역시 철저히 수신자 중심으로 구사해, 과장이나 극단적인 표현도 꺼리지 않고 구어적인 표현도 적극적으로 받아들였는데, 모두가 명료성과 주장의 효과적 전달을 위해서였다.

이렇게 그는 평생토록 제도로서의 비평을 역설하고 옹호했으며, 비평이 올바로 자리매김되도록 부단히 노력했다. 물론 비평가 레싱이 남긴 유산은 이미 빛바랜 지 오래여서, 기껏해야 역사적인 의미가 있을 뿐이다. 하지만 우리가 이 비평이론가에게 진 빚은 아직 상당 부분 고스란히 남아 있다. 1781년 그가 사망한 뒤 비평은 독일에서 쭉 홀대받고 무시당했으며, 때로는 국가에 의해 금지되기까지 했다. 그러나 누구도 레싱이 이미 이루어놓은 것을 되돌릴 수는 없었다.

제각각 이유가 있지만, 그의 극작품 중에서 꾸준히 무대에 오른 것은 다음 세 작품이다. 『미나 폰 바른헬름』은 독일 최고의 희극으로 꼽힐 만한데, 이는 특히 지금 봐도 여전히 생동감 넘치는 언어 덕택이다. 내가 이 작품을 처음 연극으로 봤을 때(1934년 베를린에서), 주인공 역은 에미 조네만이 맡았다. 그녀는 의외로 일찍, 전혀 다른 역할을 맡으며 연극무대를 떠났다. 바로 '제3제국'의 2인자 헤르만 괴링과 결혼한 것이다. 이때 공연에서 잊히지 않는 건, 매력과 재치를 겸비한 도박꾼이요 야바위꾼인 리코 드 라 말리니에르 역이었다. 그 난봉쟁이 백수건달 역을 아주 인간적으로 연기해낸 배우는 바로 젠다르멘 광장 샤우슈필하우스의 총감독으로 새로 부임한 구스타프 그륀트겐스였다.

그륀트겐스라는 이름은 내 기억 속에서 1930년대 중반 공연된 레싱의 또 다른 연극을 연상시킨다. 마리안네 호페와 베른하르트 미네티가 함께한 수작 『에밀리아 갈로티』에서 그는 직접 각색과 왕자 역을 맡아 열연했다. 이 비극은 문학사적으로 무척 소중한 자료다. 어디 그뿐인가? 이 작품에는 매력적인 인물들이 얼마나 여럿 등장하는지.

마지막으로, 지혜롭고 선량한 유대인 주인공을 통해 관용을 역설하는 극작품 『현자 나탄』. 이미 1920년대부터 상연 목록에서 거의 사라지다시피 한 이 작품은 '제3제국' 때 엄격히 금지되었다가, 1945년 이후 새롭게 조명되어 우후죽순 무대에 올랐다. 크게 달라진 점은, 작품의 클라이맥스가 예전에는 유명한 세 개의 반지 우화[2]가 나오는 대목이었다면, 이제는 유대인 박해와 자기 아내와 아들들의 죽음에 대해 나탄이 힘겹게 이야기하는 그 참혹한 대목으로 바뀌었다는 것이다. 『현자 나탄』 수용의 변천사는 그 자체로 가히 독일의 역사다.

Moses Mendelssohn

모제스 멘델스존

모제스 멘델스존
요한 엘리아스 하이드 | 메조틴트 기법의 동판화 | 18세기

오늘날 멘델스존의 저작을 찾아 읽는 사람들은 철학자, 독문학자, 유대학자 등 전문 학자들, 그중에서도 계몽주의 시대를 연구하는 극소수뿐이다. 그러나 모제스 멘델스존은 다방면에서 비범한 인물로, 여전히 그 이름은 잊히지 않았다. 이는 무엇보다도 이 유대인이 자기 시대에 해낸 역할 때문이다.

그는 1729년 데사우에서 태어났다. 부친이 유대교 회당 관리와 토라[1] 필사로 생계를 꾸린 걸 보면, 가난하긴 하나 어느 정도 학식을 갖추었던 것 같다. 아들 모제스는 어려서부터 명석한 두뇌와 재능이 남달랐다. 열네 살쯤 되자, 고향을 떠나는 건 그야말로 당연지사였다. 데사우에는 더이상 그를 가르칠 사람이 없었기 때문이다.

그는 베를린으로 갔다. 당연히 걸어서. 로젠탈 문[2]에 이르러 통행 허가를 요청해서 받았는데, 당시에 이는 쉽지 않은 일이었다. 전하는 이야기에 따르면 1743년 10월 그날의 일지에는 다음과 같은 간단한 기록이 실렸다고 하니, 18세기 프로이센에서 유대인들의 위상이 어땠는지 능히 짐작하게 해준다. 이런 내용이었다고 한다. "금일 로젠탈 문 통행 내역: 황소 여섯 마리, 돼지 일곱 마리, 유대인 하나."

그런데 당시 파수꾼은 왜 그를 내치지 않았을까? 아마도 이 초라한 몰골을 한 앳된 나그네의 당돌한 답변에 당황했기 때문이리라. 역시 멋진 전설에 따르면, 베를린에서 뭘 하려 하느냐는 질문에 소년은 거두절미 딱 한마디로 대답했다. "공부." 이후 그는 베를린에서 단기간에 정말로 많은 공부를 했고, 얼마 지나지 않아 오히려 남을 가르치게 되었다.

곱사등이 불구의 몸에 설상가상 말까지 더듬는 이 왜소한 사내의 진가를 당대 사람들은 이내 알아보았고, 멘델스존은 일약 주요 사상가 반열에 올랐다. 레싱과 칸트가 활약하던 그 시대에 말이다. 그는 레싱과 오랜 세월 교우했고, 칸트와 서신을 교환했으며, 니콜라이[2]와 긴밀히 협력했다(두 사람은 레싱과 함께 잡지 『최신 문학 서간』을 간행했다). 당시 독일의 내로라하는 학자들 중 멘델스존과 교류하지 않은 사람이 거의 없었으며, 모두 그의 학식에 존경과 찬사를 아끼지 않았다.

무엇보다도 다방면에 걸친 그의 박식함에 당대인들은 감탄을 금치 못했다. 그는 철학가이며 작가인 동시에 문예비평가, 학자, 번역가이자 저널리스트였으니 가히 팔방미인이었다. 그는 베를린, 아니 프로이센 지성의 중심에 있었고, 명실상부한 최고 권위자 중 한 사람이었다. 게다가 스스로도 내심 자부심을 비치며 강조했듯, 그는 대학은 고사하고 교양학부조차 다녀본 적 없이 순전히 독학으로 이를 이루었다.

그러니 이 독학자가 프로이센 학술원 일원이 되었다 해도, 전혀 놀랄 일이 아니었으리라. 실제로 이 일은 성사될 뻔했다. 사실 멘델스존은 두 번이나 회원으로 지명을 받았다. 이 역시 믿거나 말거나 전설에 따른 이야기지만, 그를 간혹 식사에 초대하곤 했던 국왕 프리드리히 2세가 이 결정을 윤허하지 않았고, 특별한 사유도 없이 그 자리를 몇 년간 공석으로 남겨두었다고 한다. 어차피 이유는 다들 충분히 짐작할 수 있었으리라. 요컨대 학문적 공적이 아무리 크다 한들, 일개 유대인을 계몽국가 프로이센의 학술원에 들일 수야 없는 일이었다.

더 중요한 사실은, 멘델스존은 자신이 프로이센 국가의 동등한 시민이 될 수 있을 거라고 생각했다는 점이다. 그는 상황을 너무나 낙관적으로 봤던 것이리라. 그의 학문적 업적이 제아무리 대단했다 한들, 그의 성경 번역이 아무리 큰 반향을 일으켰다 한들, 사람들은 이 유대인 철학자를 여전히 그저 특이한 이방인으로 느끼고, 신기한 별종으로 바라보았을 뿐이다.

아무튼 동등한 권리라니 언감생심이었다. 그는 명예를 누리는 동시에 모욕을 당했고, 칭송을 받는 동시에 박해를 당했다. 하지만 그의 영전에—그는 1786년 베를린에서 사망했다―그를 기리는 특별한 기념비가 세워졌다. 레싱이 친구 모제스 멘델스존을 자신의 희곡 『현자 나탄』의 주인공 모델로 삼은 것이다.

그의 후손 중 네 사람 정도는 여기서 언급할 만하다. 멘델스존의 딸 도로테아는 이혼 후 프리드리히 슐레겔과 재혼했고, 소설 『플로렌틴』을 썼고, 번역가로 활동했으며, 낭만주의 시대 여성 서간문학의 대가로 꼽힌다. 멘델스존의 아들 요제프는 금융계의 귀재로서, 그가 동생 아브라함과 함께 세운 유명한 은행은 1938년까지 건재했다. 그리고 아브라함의 아들, 즉 모제스 멘델스존의 손자는 음악에 투신했으니, 그가 바로 펠릭스 멘델스존바르톨디다.

Johann Wolfgang Von Goethe

요한 볼프강 폰 괴테

작품 속 장면들에 둘러싸인 요한 볼프강 폰 괴테
알프레트 레텔 | 석판화
모리츠 다니엘 오펜하임의 그림에 따름.

아마 내 일흔번째 생일 때였던 것 같다. 누군가 이 초상화를 들고 왔다. 나는 이 그림을 쓱 보고 큰 소리로 말했다. "정말 감사합니다." 그러면서 속으로 생각했다. '정말이지 볼썽사납군.' 좀 지나자 이런 생각까지 들었다. '너무 볼썽사나워서 남 주기도 뭣하고, 그냥 내다버리는 수밖에 없겠군.' 하지만 손님들이 다 돌아가고 혼자 남아 다시 보고 있자니, 의외로 이 촌스러운 그림이 그렇게까지 형편없는 것 같지는 않았다. 물론 멋지진 않지만, 어쨌든 나름 유용하겠다는 생각이 들었다.

이 초상화를 그린 이는, 1799년 하나우에서 태어나 1888년 사망할 때까지 거의 프랑크푸르트암마인에서만 살았던 당대 유명 화가 모리츠 오펜하임이다. 독일 미술사에 첫 유대인 화가로 기록되어 있기도 한 그는 1827년 5월 5일 처음으로 괴테를 찾아가 만난 뒤로 괴테와 교우했다. 그는 대공으로부터 교수 직함을 받았는데 이 일에 적극 힘을 써준 괴테에게 감사를 표했다. 아마 자신이 『헤르만과 도로테아』(1828년 출판)에 그린 삽화를 괴테가 "아주 훌륭하다"고 평가했기 때문인 것 같다. 그는 오펜하임에게 이렇게 말했다. "직함과 훈장은, 궁지에 몰렸을 때 바람막이 역할을 해준답니다."

테두리에 있는 열 장의 그림은 유용하다. 우리가 곧잘 잊어버리거나 소홀히 여기는 것, 즉 괴테가 천하를 호령하던 그 시대의 취향을 일깨워주기 때문이다.

이 그림은 괴테 자신을 포함해 당시 사람들이 받아들인 작중인물들의 이미지를 그대로 보여준다. 다만 중앙의 그림은 좀 다르다. 유일하게 고전풍이 아니면서 어쩐지 우스꽝스럽게 느껴지는 이 그림은 화가 오펜하임의 심정을 여실히 드러낸다. 이 그림에서 특히나 강조된 건, 종종 찬탄의 대상이 되는 괴테의 저 예리한 눈빛 그리고 위엄 있고 차분한 그의 풍모. 첫인상은 정말 좋지 않았지만, 나는 이 그림을 간직했다. 어찌 됐건 범접할 수 없는 대가 괴테를 제대로 표현해내고자 애쓴 화가 오펜하임의 노력이 눈물겹지 않은가.

1992년, 비스바덴에서 문학의 밤 행사를 한 적이 있다. 폴란드의 유명 작가이자 이제는 고인이 된 내 친구 안제이 슈치피오르스키와 내가 함께하는 행사였다. 우리의 강독과 토론에 이어 리셉션이 열렸다. 그런데 슈치피오르스키가 갑자기 장난기 가득한 얼굴로 나를 조용한 구석 자리로 끌고 갔다. 그는 혹시 누가 엿들을세라, 주변에 스파이라도 있는 양 경계하듯 주위를 살폈다. 그러더니 무슨 음모라도 꾸미듯 소곤소곤 내게 물었다. "솔직히 말해봐요, 있는 그대로, 그냥 딱 우리끼리니까 말이죠, 내 아무한테도 소문내지 않을 테니, 진짜 절대 불지 않을 테니, 말 좀 해봐요, 괴테 이 양반이 정말로 위대한 작가요?"

나는 이렇게 대답했다. "친애하는 친구 슈치피오르스키, 괴테는 뛰어난 소설을 두 편 썼지만, 러시아 소설가이자 아마 인류 최고의 소설가일 저 두 사람, 그러니까 톨스토이와 도스토옙스키보다는 아무래도 한 수 아래일 겁니다. 또 희곡도 좀 썼지만, 스트래트퍼드 출신 영국인[1]의 작품들이 훨씬 낫지요. 그렇지만 말입니다." 나는 이 의심 많은 폴란드인 슈치피오르스키에게 한마디 덧붙였다. "괴테는 유럽에서 가장 위대한 작가예요. 『파우스트』를 썼고, 세상에서 가장 아름다운 서정시를 썼고, 또 몇 가지가 더 있지요."

그날 나는 그에게 얘기해주었다. 내 청소년기, 그래봐야 여전히 어린애나 다름없던 그 시절 내가 『파우스트』 1부를 읽으며 얼마나 푹 빠져들었는지, 비록 절반 아니 3분의 2 정도는 이해하지 못했지만, 그래도 파우스트와 그레트헨이 서로에게 뭘 원했는지는 알아차렸노라고.

이 작품이 무척이나 깊은 감동을 주었기에, 나는 지금도 누가 세상에서 가장 아름다운 희곡을 꼽으라고 하면, 먼저 『파우스트』, 그다음은 『햄릿』이라고 대답하겠다.

대부분의 위대한 작가들이 쓴 거의 모든 것들이 결국 자기묘사로 귀착된다는 사실을 나는 괴테에게서 배웠다. 셰익스피어의 경우는 달라서 그는 모든 한계를 뛰어넘었지만, 아마 괴테는 이 말에 해당될 것이다. 그는 참으로 끊임없이 자기 자신에 대해 이야기했고, 동시에 우리 모두에 대해 이야기한다. 어쩌면 이것이 그가 성공할 수 있었던 가장 근본적인 이유인지도 모른다.

내게 괴테는 흥미와 감탄이 새록새록 솟아나는 대상이었으며, 때로는 매료되었고 또 때로는 혼란스럽기도 했다고 말하면, 물론 너무나 진부한 고백이리라. 하지만 사실이 그렇다. 괴테의 작품을 읽거나 무대에서 볼 때마다, 그에 대해 글을 쓸 때마다, 언제나 나는 괴테를 지향했다. 하지만 사실 독일 문학에 진지하게 관여하는 사람치고 누군들, 거듭거듭 괴테를 지향하지 않을 수 있겠는가?

Friedrich Von Schiller

프리드리히 폰 실러

프리드리히 폰 실러
지크프리트 데틀레프 벤딕센 | 석판화 | 19세기
루도비케 시마노비츠의 그림을 본뜸.

내가 열두 살 때, 무슨 특별한 날을 맞아 어머니로부터 굉장한 선물을 받았다. 바로 젠다르멘 광장 샤우슈필하우스에서 공연하는 연극 〈빌헬름 텔〉 입장권이었다. 아동극이 아닌 진짜 연극을 처음으로 본 1932년 말 그날 저녁, 내 일생일대의 러브 스토리들이 한꺼번에 와르르 시작되었다. 그러니까 독일문학 사랑, 프랑크푸르트 시절 이후 약간 수그러들긴 했지만 수십 년간 계속된 연극 사랑, 나아가 가끔 위태로운 때도 있었지만 결코 완전히 식은 적 없는 실러 사랑 그리고 또하나, 온 베를린을 통틀어 내게 가장 소중한 존재였고 지금도 여전히 그러한, 젠다르멘 광장에 있는 싱켈의 샤우슈필하우스에 대한 사랑이다.

〈텔〉 공연은 곧장 나의 독서 목록을 바꾸어놓았다. 나는 빈약한 우리집 책장에서 실러 작품집을 한 권 찾아냈다. 마침 감기 기운이 있어서 학교에 결석하기로 하고 침대에 누워 이 책을 읽었다. 나는 책의 맨 첫 페이지를 펼쳐, 첫머리에 실린 희곡을 읽기 시작했다. 그 작품은 『도적떼』였다. "그런데 아버님은 정말 괜찮으신지요?"라는 첫 문장을 읽은 그 순간부터, 나는 이 책을 놓을 수가 없었다.

내 모든 관심은 온통 한 가지 문제에 쏠렸다. '이 도적떼에게 앞으로 어떤 일이 벌어질까, 일이 앞으로 어떻게 전개될까?' 너무 흥미진진한 나머지, 어찌나 열중했던지 난 볼이며 귀까지 빨갛게 달아오른 채 책에 빠져들었다. 결국 "그 사람이나 도와줘야겠다"라는 마지막 대사가 나올 때까지 책에서 눈을 떼지 못하고 단숨에 읽어내려갔다. 나는 아주 행복했다. 카를 무어[1]가 올드 섀터핸드[2]보다 훨씬 더 멋있었고, 그의 도적떼는 카를 마이의 인디언들을 다 합친 것보다 훨씬 더 나를 매료했다.

나는 오랜 세월에 거쳐 이 드라마를 연극으로 수도 없이 보았다. 연출에 따라 수준도 다양했지만, 정말 맘에 쏙 든다 싶은 적은 한 번도 없었다. 학교를 빼먹고 침대에 누워 이 책을 읽은 지 어느덧 반세기가 지나, 나는 헤센 방송국으로부터 『도적떼』를 비롯해 영화화된 실러 작품들에 대해 이야기해 달라는 요청을 받았다. 나는 이 열혈 청년 작가의 작품들이 지닌 온갖 부덕과 결점을 방자하리만큼 조목조목 열거했다. 사실 죄다 공공연한 사실이어서 별로 어려울 것도 없었다. 그때 스튜디오에 와 있던 담당 국장은 내 입에서 쏟아지는 이런 강도 높은 혹평과 막말에 안절부절 어쩔 줄 몰라했다. 그러다 내가 "대략 그렇습니다. 자 그럼 이제 제가 『도적떼』를 왜 좋아하며, 또 왜 숱한 세계문학 작품들 가운데서 수작으로 꼽는지를 말씀드릴 차례군요"라고 말하자, 그제야 그가 안도의 한숨을 내쉬던 기억이 난다.

실러는 살아생전에도 유명했지만 1805년 사망한 후, 특히 1871년 독일제국 창건 이후에는 민족적 이상을 제시한 작가로 추앙받았다. 그의 이름은 시와 산문을 통해 기려졌고, 그의 모습은 동상과 대리석상에 젊은 신神처럼 새겨졌다. 문인들과 예술가들이 실러를 대중이 원하는 이미지로 그려냈던 것이다. 1905년 호프만슈탈[3]은 그를 성화 봉송자에 비유해, "스스로를 소진시키면서도 타오르는 횃불을 부여잡고 끝까지 달린 사람. 죽어가며 쓰러지고, 그렇게 고꾸라지고 그렇게 죽어가면서 영원한 상징으로 남은 사람"이라고 노래했다.

여기서 하나 짚고 넘어가자면, 우리의 실러는 결코 특별히 준수한 용모를 지닌 사람이었다고 할 수 없다는 사실이다. 그는 왜소한 몸집에 빨강머리였고, 창백한 안색에 병약해 보였으며, 콧날도 꽤 울퉁불퉁했다. 게다가 슈바벤 사람이 아니면 도통 알아듣기 힘들 정도로 심한 슈바벤 사투리를 썼다.

루도비케 시마노비츠의 실러 초상화는 1793년에 그려진 것이다. 본래 파스텔화인 이 작품은, 석판인쇄로 대량 유포되어 19세기 내내 실러라는 인물과 그의 인품에 대한 일반적인 이미지를 각인시키는 역할을 했다.

루도비케 시마노비츠라는 여성 화가는 뛰어난 예술가는 아니었다. 아마 대중을 너무 실망시키고 싶지도 않았으리라. 왜냐하면 대중은 실러를 그의 작품에 등장하는 준수하고 건장한 젊은 주인공들, 그러니까 카를 무어, 페르디난트 폰 발터[4], 돈 카를로스와 포사 후작[5]이나 막스 피콜로미니[6] 등과 동일시하고 싶어했기 때문이다. 확실히 이 초상화는 미화되었다. 하지만 그래도 실러의 실제 생김새를 어렴풋하게나마 추측하게 해준다.

어릴 적부터 익히 봐온 이 석판화가 어느 경매에 나왔기에, 나는 냉큼 사다가 우리집 거실에 걸어두었다. 순전히 감상에 빠져 한 짓이었다. 하지만 나는 이런 감상주의가 하나도 창피하지 않다.

Friedrich Hölderlin

프리드리히 횔덜린

프리드리히 횔덜린
위르겐 뷜빙 | 초크 소묘 | 1990년
프란츠 카를 히머의 파스텔화에 따름.

유감스럽게도 너무나 유명한 그의 시, 송가 「조국을 위한 죽음」을 읽노라면 소름이 돋는다. "헛되이 죽기를 바라지 않네, 하나/희생의 언덕에서 나 기꺼이 쓰러지리라." 또는 "저 높은 곳에서 영원하라, 오 조국이여/그리고 죽어간 이들을 헤아리지 말라/사랑이여! 그대에겐 그 어떤 희생도 아깝지 않으니."

'제3제국' 시절, 많은 김나지움 졸업식에서 대학입학시험을 마치고 이제 곧바로 징집될 졸업생들을 위해 이 시가 곧잘 낭송되곤 했다. 우리 학교 대강당에서 히틀러유겐트[1] 제복 차림의 아직 솜털이 보송보송한 앳된 젊은이들이 취한 듯 홀린 듯 휠덜린의 시구를 암송하던 장면이 여전히 생생하다. 이런 경험이 있는 사람이라면, 휠덜린에 대해 착잡한 기분일 수밖에 없다. 물론 그가 '제3제국' 시절 유린당한 작가임은 분명하다. 하지만 어떤 작가든, 자기 작품에 가해진 오용에 일정한 책임이 있다. 레싱이나 괴테가 휠덜린처럼 이용당하지 않은 것이 그저 우연일 리는 없다.

'제3제국' 훨씬 이전부터 그는 민족의 신성한 전당에 이름을 올렸다. 휠덜린의 작품에서 끊임없이 나타나는 상징과 신비로의 도피는 독일인들이 그렇게나 좋아하는 모호함과 비밀스러운 광채를 뿜어냈고, 이를 통해 그는 무비판적이거나 아예 열광적인 독자들을 무수히 거느리게 되었다. 무엇보다도 이러한 그의 시세계는 예나 지금이나 해석의 여지를 거의 무한대로 열어놓는다.

이리하여 휠덜린 미화는 어느덧 본격적인 숭배로 바뀌어갔다. 나로선 그에게 몰두했던 사람들 대부분은 문학적 관점보다는 오히려 신학적 관점으로 훨씬 강하게 경도되어 있었다는 의심을 아무래도 지울 수 없다. 하지만 아무리 휠덜린 숭배가 마치 시성식諡聖式을 방불케 한다 해도 판단을 그르쳐서는 안 된다. 어쨌든 우리가 휠덜린에게, 혹은 적어도 그가 남긴 일부 작품에 감탄할 이유는 아주 많으니까 말이다.

그는 아무것도 할 줄 모른, 천생 시인이었다. 그의 인생은 전부 실패였고, 시詩만이 예외였다. 자신의 열정과 두려움, 열등감에 스스로 부딪혀 속수무책인 채, 또 도무지 이해할 수 없는 세상에 부딪혀 어찌할 바 모른 채, 횔덜린은 피난처와 은신처를 찾아 헤맸다. 그는 오직 시만이 자신을 구원할 수 있다고 믿었다. 그는 든든한 버팀목을 원했고, 결국 찾아냈으니, 견고한 시 문학 형식은 고군분투하던 그에게 구원의 방주가 되었고, 그는 대개 장중한 고대문학의 모범들을 탁월하게 모방했다. 그의 운문의 힘은 무엇보다도 형식에서 비롯되며, 형식에 의해 규정된 리듬에서 나온다. 그의 서정시가 지닌 최대 미덕은 특유의 운율이다. 횔덜린은 시를 마술적 존재로 만들었다. 그는 사물들로부터 그들의 꿈과 노래, 그들의 시적 실체를 뽑아냈다. 그리하여 그는 지상의 세계가 노래하게 했고, 그 노래가 울려퍼지게 만들었다.

그러나 횔덜린이 추구한 문체와 그 마력이 진정 개가를 올린 것은, 그가 자신을 매혹하는 우주의 불가사의한 암호, 그것을 해독하고 싶은 욕구를 접어두고, 세계를 신화로 풀어내는 대신 현세의 실재적 모티브들에 주목했을 때였다(예컨대 비가 「빵과 포도주」처럼). 스스로 설정한 과제가 소박하고 구체적일수록, 결과는 더더욱 심오하고 놀라웠다(송가 「하이델베르크」처럼).

매우 아름다운 횔덜린의 시편들은 처음 읽는 바로 그 순간, 우리가 미처 그 의미를 파악하기도 전에 벌써 특유의 정취를 자아낸다. 청소년기에 그 시들이 내 안에 불러일으킨 강렬한 전율이 지금도 생생히 느껴지곤 한다. 이런 음악적 언어에는 일종의 마취, 아니 아예 마비 효과가 있는 게 아닐까 의아할 따름이다. 문학은 아니지만, 이와 유사한 도취를 경험하는 경우가 있다. 바그너의 〈발퀴레〉 1악장과 〈트리스탄과 이졸데〉 세 악장 전체가 그렇다. 어쩌면 횔덜린의 시편들 중 적지 않은 작품에서 언어는 사고에 앞서 파국을 향해 달려가는 것 아닐까?

이것 하나는 확실하다. 횔덜린이 송가와 비가를 통해 독일어에 극도의 시적 풍요를 선사했다는 점이다. 그는 종종 언어로 표현 가능한 영역을 뛰어넘었고, 그러다보니 때로 이해 가능한 영역에서 벗어났던 것이리라. 그러나 어쨌든 횔덜린은 그전에는 어느 누구도 짐작조차 못했던 것을 독일어에서 끄집어냈다.

위르겐 뵐빙의 이 그림은 1792년 프란츠 카를 히머가 그린 초상화를 본뜬 것이다. 내 일흔번째 생일에, 당시 바트홈부르크 시 시장으로서 횔덜린과 지역 문화계를 위해 크게 공헌한 볼프강 아스만이 선물했다.

Friedrich Schlegel

프리드리히 슐레겔

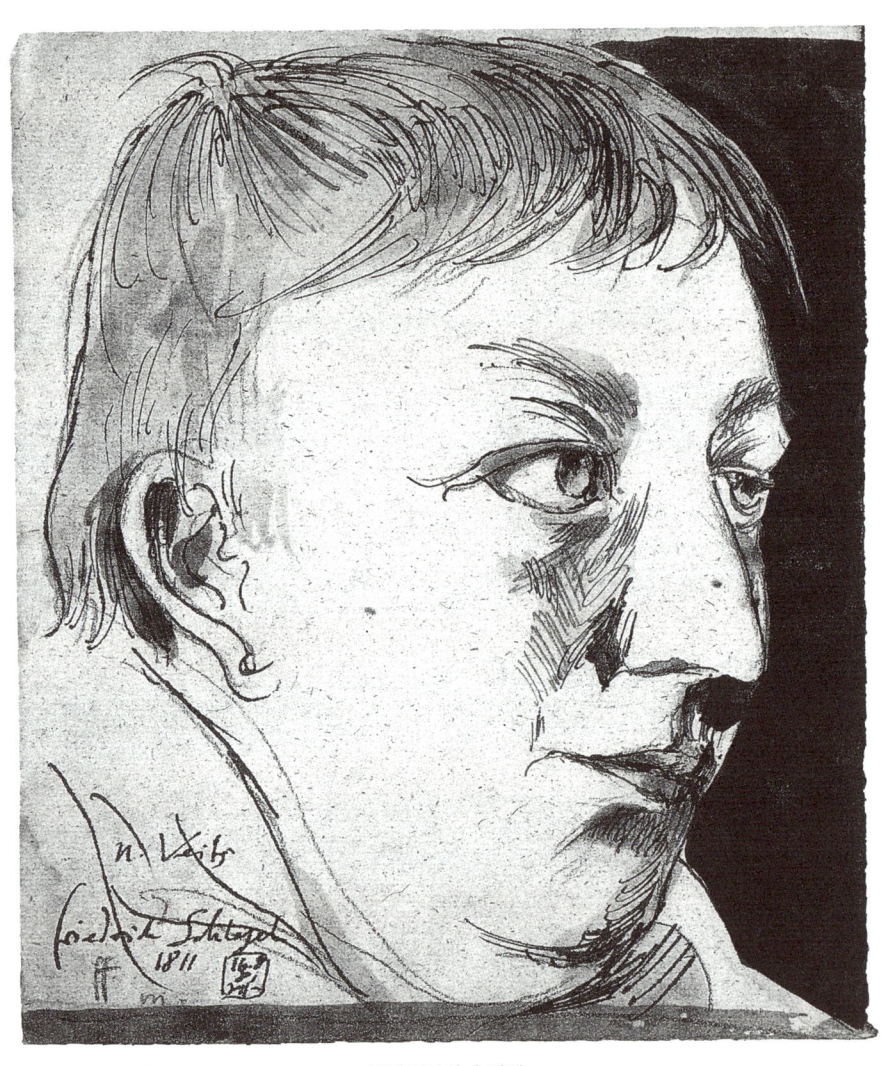

프리드리히 슐레겔
호르스트 얀센 | 수채화 인쇄본
필리프 파이트의 그림에 따름.

그는 순식간에 유명해졌고, 실로 명성이 자자했다. 다만 그 명성은 악명이었다. 사람들은 그를 좋아하지 않았고, 너나없이 헐뜯었다. 우선 오만방자하고 버르장머리 없으며 무례한데다가, 뻔뻔스럽고 게으르며, 설상가상으로 부도덕하기까지 하다고 구설수에 올랐다. 분명 능력은 인정받았으나, 칭찬이나 환대를 받기는커녕 역겨움의 대상이 되지 않으면 다행이었다.

그러나 1772년 하노버에서 태어난 프리드리히 슐레겔을 누구보다도 못견뎌한 사람은 바로 자기 자신이었다. 이 열여덟 살 홍안의 법학도는 거의 매일 자살을 생각했다. 다만 실행에 옮길 용기가 없었을 뿐. 그는 사랑받고 싶었지만, "다들 나를 흥미로워할 뿐, 결국은 나를 떠난다"라고 읊었다.

1797년 슐레겔은 그의 삶을 바꿔놓을 한 여인을 만나게 된다. 모제스 멘델스존의 딸 도로테아─그녀는 예쁘지도 우아하지도 않았고, 별로 젊지도 않았다. 그러나 사랑하기 위해 태어났으니, 고난을 피할 수 없는 운명이었다. 그녀는 사랑하는 한 남자에게 헌신하고 싶어했지만 남편은 그 남자가 아니었다. 그녀는 원치 않는 결혼을 해 남편과의 사이에 아들 둘을 두었다.

그녀는 추호의 망설임도 없이 여덟 살 연하의 청년 프리드리히 슐레겔에게 완전히 복속했다. 그녀의 눈에 그는 주인이자 지배자였다. 그녀는 그의 애인이자 아내이자 누이요, 하녀이자 보모였다. 이렇게 서로 가까워진 두 사람, 삶으로부터 천덕꾸러기 취급을 받던 유대인 여성과 사랑받지 못한 문인─이들은 한 쌍의 천민, 요즘 말로 하자면 한 쌍의 아웃캐스트였다. 당연히 두 사람은 자신들의 불행을 세상 탓으로 돌렸다. 그리하여 세상의 법도를 무시한 이들의 결합은 반란까지는 아닐지라도, 적어도 대담한 저항의 성격을 띠었다.

프리드리히 슐레겔이 했고 또 하고자 했던 모든 것이 그랬다고는 할 수 없지만, 아마 그가 남긴 작품은 모두 '비평'이라는 개념 안에 넣을 수 있을 것이다. 레싱처럼 슐레겔도 비평을 하나의 제도, 즉 문학이 존재하기 위한 불가결의 요소로 확립하기 위해 부단히 노력했다. 그는 대개 자신의 생각을 아포리즘 형식으로 표현했고, 이를 '단상斷想' 또는 '착상着想'이라 일컬었다.

극도로 독창적이고 재기발랄한 이 경구들은, 지금도 여전히 놀라움과 감탄을 자아낸다. 그런데 슐레겔이 이 형식을 그토록 시종일관 고수한 이유는 정작 따로 있는 것 같다. 즉 온갖 상충되는 주장들과 명제들을 진술하되, 굳이 세밀히 논하거나 증명할 필요가 없다는 이점 때문이다. 종잣돈을 착실하게 키우는 재주는 그에게 없었다. 그의 천재성은 의지력을 능가했다.

이러한 그의 비체계성, 불안정성, 비약적 성향에도 '불구하고' 슐레겔은 낭만주의학파 이론가로 부상했다. 어쩌면 이런 성향 '덕분'이었을지도? 인품에 대한 평가가 어떠했든, 천부적인 즉흥시인이었던 그가 당대를 매료하고, 그의 잠언조 언명들이 그대로 낭만파의 강령으로 내세워졌다는 사실은 놀랄 일이 아니다.

노련한 비평가 슐레겔은 "시는 오직 시로만 비평할 수 있다"는 대담한 명제를 남겼지만, 스스로는 이에 전혀 구애되지 않았다. 오히려 시인은 절대로 비평가가 될 수 없다고 수차례 단호하게 강변하기까지 했다. 그리하여 그는 "괴테는 예술비평가가 되기에는 지나치게 시인"이라고 단언했다.

종종 슐레겔은 평론가의 시각을 겸비한 문학사가이자, 문학사가의 지평을 확보한 평론가로서 탁월한 역량을 발휘했다. 단테, 세르반테스, 보카치오, 셰익스피어 등 옛 거장들에 대해 쓰면서도, 당대의 문학을 잊은 적이 없었다. 또한 괴테나 실러, 장 파울[1], 루트비히 티크[2] 같은 당대인들을 비평하면서도, 늘 다음 세대 문학에 대한 전망을 담아냈다. 그는 "과거를 향해 서 있는 선견자"였고, 또한 미래에 시선을 둔 역사가였다.

"보통 사람들이 현대를 논할 때나 보이는 경쾌함과 대중성으로 그는 고전을 다루었으며, 또한 옛것을 다룰 때나 필요하다고 여겨온 엄격함과 정확성으로 최근의 것을 검증했다." 이는 슐레겔이 레싱의 업적을 기리며 한 말이지만, 자기 자신에게도 마찬가지로 해당되는 얘기다. 슐레겔은 결코 글로써 아부하지 않았고, 오히려 종종 반항적으로 굴었다. 그래서 괴테의 심기를 거슬렀고, 실러의 분노를 샀다.

하지만 앞으로의 문학은 과연 어떤 진리를 중심에 놓아야 하며, 어떤 진리를 공표해야 할까? 이 낭만주의 선견자는 허상에 사로잡히지 않았으며, 독자에게 소중한 진실을 역설했다. 즉 온갖 지고의 진리들이란 사실 하찮을 따름이며, 바로 그렇기에 진리란 언제나 새롭게, 그리고 되도록 더 역설적으로 표현되어야 한다고. "그러니 잊지 말아야 할 것은, 진리란 여전히 여기 존재하며, 결코 완전하게 표현되지 않는다는 사실이다."

E.T.A. Hoffmann

E.T.A. 호프만

E. T. A. 호프만
후고 슈타이너프라크 | 석판화 | 1923년

독일 문화사에서 이 인물에 견줄 만한 이는 지금껏 없으니, 가히 전무후무한 일이다. 이 사람은 마음만 먹으면 못하는 일이 없었고, 천재성에 도무지 한계가 없으며 일체의 틀을 초월한 것 같았다. 다만 그에게도 쉽지 않은 일이 있었다면, 바로 삶 속에 뿌리내리는 일이었다. 그리고 번번이 그의 앞길을 막아선 건 다름아닌 바로 그 천재성이었다.

본명은 에른스트 테오도어 빌헬름 호프만Ernst Theodor Wilhelm Hoffmann이었는데, 그는 이름 가운데 '빌헬름'을 '아마데우스Amadeus'로 바꿨다. 모차르트에 대한 존경의 표시였다. 괴테나 하이네, 카프카, 투홀스키¹처럼 E. T. A. 호프만도 법학을 전공했다. 이후 착실한 직업도 얻어, 세계적인 예술가가 된 뒤에도 여전히 프로이센 관료로 일한, 몽상가 법조인이었다. 그의 판결은 동료 법조인들을 당혹스럽게 만들었다. 우여곡절은 좀 있었지만 그는 고등법원 판사 자리에 올랐고, 그뒤로도 몇 차례 더 승진했다.

하지만 그는 애초부터 꽤 골칫덩어리였다. 이 관리는 그림도 기가 막히게 그렸는데, 당시 프로이센 관료 사회에서는 결코 곱게 봐줄 일이 아니었다. 1800년 그는 징계를 받아 대도시 베를린에서 시골 포젠으로 좌천되었다. 그런데 이 젊은 시보試補는 거기서도 미운털이 박혔다. 그는 풍자적인 캐리커처들을 그려댔는데, 관료 사회는 캐리커처라면 유난히 질색하지 않던가. 심지어 그 지역 유력자들을 풍자 대상으로 삼았으니 경솔하기 짝이 없는 짓이었다. 끝이 좋을 리 없었다. 그는 또다시 좌천당해, 지방 소도시 프워츠크로 쫓겨났는데, 바이히셀 강을 끼고 있어서 풍광이야 좋았지만 정말이지 무료한 곳이었다. 당시 그곳은 신新동프로이센이라고 불리던 지방의 중심지였다.

이제 호프만은 업무상 할 일이 별로 없었다. 남아도는 시간에 다시 온갖 그림을 그렸고, 점점 더 많은 시간을 음악과 문학에 바쳤다. 1804년 바르샤

바로 발령이 났고, 1807년 공직에서 물러나게 되었는데, 이번에는 그림 때문이 아니라 나폴레옹의 바르샤바 점령에 따른 여파였다. 호프만은 밤베르크로 거처를 옮겨, 무대감독, 지휘자, 연극 연출가, 무대장식미술가로 활동했다. 그 밖에 작곡가, 음악평론가, 음악 선생으로도 활약했다. 그후 그는 드레스덴으로 갔다가 1814년 베를린으로 돌아왔고, 그간 정세가 변해 다시금 고등법원 판사로 복귀할 수 있었다.

유감스럽게도 그가 그린 그림들은 거의 남아 있지 않다. 반면 호프만의 음악들은 꽤 알아준다. 그의 오페라 〈운디네〉는 지금도 간혹 방송을 통해 들을 수 있고, 그 외에도 수준급의 실내악곡과 피아노곡 그리고 교향곡 한 곡과 미사곡 두 곡이 있다. 모두 글루크와 모차르트, 베토벤의 영향을 받은 작품들이지만, 동시에 초기 낭만파 경향을 뚜렷이 보여준다.

그러나 호프만이 이따금—그리고 말년으로 갈수록 더 자주 더 부지런히—소설과 노벨레, 동화 등을 쓰지 않았더라면, 작곡가나 화가로서 E. T. A. 호프만의 이름은 아마 잊혔을 것이다. 호프만은 살아생전(그는 1822년 마흔여섯 젊은 나이에 세상을 떴다) 이미 꽤 이름난 작가였다. 엄청난 독자들로부터 뜨거운 호응을 받았다. 다만 전문가들과 비평가들 사이에서는 사정이 달랐다. 대체로 그들은 그를 그저 '대중작가'로 치부했고, 독일에서 이는 분명 칭찬이 아니었다.

괴테와 헤겔은 그에게 전혀 관심을 보이지 않았고, 낭만주의자들—티크나 브렌타노[2] 등—사이에서도 그는 인정받지 못했다. 심지어 뵈르네는 호프만을 철저히 폄하했다. 그런데 뵈르네가 호프만의 『세라피온 형제들』에 대해 쓴 혹평은 지나치게 조롱하는 투로 시작되지만, 어쨌거나 마지막 문장에서 정곡을 짚는다. "몽유병에 걸려 온갖 위험을 아슬아슬하게 피해 가는 인간의 정신을 깨워, 발치에 도사린 심연을 조심하라고 경고하는 것이 칭찬할 만한 일이라면, 그런 의미에서 이 책은 칭찬할 만한 시도"라고 썼으니 말이다. 하이네는 단 몇 마디로 호프만의 특징을 잘 잡아냈다. "그의 작품들은 스무 권으로 이루어진 섬뜩한 절규와 다름없다."

바로 이 '절규'가 19세기 중반 무렵부터 거의 전 유럽 독서계를 동요와 충격과 매혹에 빠뜨렸다. 특히 프랑스와 러시아에서의 반향은 엄청나고 놀라웠다. 왜 놀라운 일이냐고? 토마스 만과 카프카가 출현하기 이전에는, 그 어느 시대에도 독일 출신 소설가나 노벨레 작가가 독일어권 이외의 나라에서 주목을 받은 경우가 거의 없었기 때문이다. 물론 괴테의 『젊은 베르터의 슬픔』은 특별한 예외로 치고 말이다. 우리의 폰타네 같은 굉장한 이야기꾼마저도 (당시) 유럽에서 전혀 관심을 받지 못했으니, 켈러[3], 슈토름[4], 라베[5] 등은 말해 무엇하랴.

호프만의 기막히게 재미있고 흥미진진한 산문들은 비단 독자들에게 널리 즐거움을 선사하는 데 그치지 않고, 19세기와 20세기에 이르기까지 여러 위대한 작가들, 즉 발자크와 보들레르, 푸시킨과 도스토옙스키 그리고 카프카 등에게 직접적인 영향을 끼쳤다. 그들을 비롯한 수많은 작가들은 왜 이토록 호프만에게 매료되었을까? 아마도 호프만이 그때까지 누구도 시도하지 않았던 일, 모두를 아연실색하게 한 일을 해냈기 때문일 것이다. 즉, 현실과 초현실을 하나로 묶고, 낭만주의와 사실주의(당시에는 아직 나타나지도 않았던)를, 허황하기 이를 데 없는 환상과 놀랍도록 사실적인 세부 묘사를 결합하되, 대가의 경지로 그 둘을 묶어낸 것이다.

믿을 수 없게 걸출하고, 아무리 칭찬해도 부족한 인물이 바로 E. T. A. 호프만이다. 오죽하면 오페라의 소재가 되었겠는가. 오펜바흐의 대표작 〈호프만 이야기〉의 중심인물로 말이다.

끝으로, 회의적이고 풍자적이며 당찬 표정을 한 이 호프만 초상화는 후고

슈타이너프라크의 작품이다. 탁월한 화가이자 삽화가인 그는 1880년에 태어나 1945년 세상을 떠났으며, 1907년부터 1933년까지 라이프치히 미술대학 교수를 지내다가, 독일에서 추방당했다.

Heinrich Von Kleist

하인리히 폰 클라이스트

하인리히 폰 클라이스트
헤르만 슈트루크 | 드라이포인트

군인인 동시에 몽상가. 너무나도 극적이고 격정적인 인물. 비극의 주인공. 프로이센의 천재.

대략 이런 말들이 클라이스트를 표현할 때 흔히 동원되는 표제어다. 그는 이런 식으로 양식화, 이상화된다. 실제로 그는 어떤 사람이었을까? 우리는 다만 추측할 뿐이다. 사랑받지 못했던 건 확실하다. 그는 특이하고 너무 예민한 사람으로 여겨졌다. 혹자는 그를 소심하고 위축되어 있다고 했고, 혹자는 불손하다고 했다. 사교계에서 그는 과묵했고, 무척 숫기가 없었다. 거북한, 아무튼 친해지기 힘든 존재였다. 당대 거물 비평가였던 슐레겔 형제는 그에 대해 단 한마디도 언급하지 않았다. 문학계에서 아예 무명은 아니었지만, 이를테면 좀 특이하긴 하나 운이 따르지 않는 시시한 작가 정도로 통했을 뿐이다.

딱 한 번 그가 크게 관심을 불러일으켰는데, 희곡이나 단편 같은 작품이 아니라 그의 행동 때문이었다. 하인리히 폰 클라이스트라는 이름이 유명해진 까닭은 바로 그의 죽음 때문이었다. 헨리에테 포겔과 자신의 삶에 종지부를 찍은 몇 발의 총성은 즉각적으로 엄청난 반향을 불러일으켰고 이는 생전 그의 작품들은 한 번도 받아본 적 없던 관심이었다.

베를린 근교 클라이너 반제 호수에서 일어난 이 드라마틱한 사건은 당시 몇 주에 걸쳐 사람들의 눈과 귀를 사로잡은 일대 화제話題였다. 비단 베를린이나 독일 내에서만이 아니었다. 클라이너 반제에서 벌어진 이 일은 동시대인들의 상상력에 불을 지폈다. 대다수 사람들은 치정 사건이라고 짐작했다. 이 사건은 센세이션에 대한 원색적 욕구부터 도덕적 비분강개, 그리고 이미 고인이 된 두 사람을 멋대로 재판해도 된다고 생각하는 위선적인 독선 등을 한껏 자극했다.

당시 이 사건을 둘러싼 이야기들을 살펴보면, 거의 모두가 비난과 당혹감―그나마 선의의 입장에 가까운 ―사이에서 불안하게 흔들리고 있다. 심지어는 이런 사건이 일어난 데에는 현대문학의 책임이 크다는 주장까지 있었다. 클라이너 반제에서 한 여인과 동반 자살한 그는 아웃사이더요 외톨이였지만, 사랑에 빠진 이는 아니었다. 클라이스트와 헨리에테는 서로 사랑했기에 죽은 것이 아니라, 오히려 함께 죽음을 택했기에 서로 사랑했던 것이라는 말도 있었다. 멋들어진 표현이지만, 아무리 멋지게 포장한들 결국은 어쨌거나 두 사람의 관계에 에로틱한 색을 입히기는 매한가지이니, 이 역시 정확히 맞는 말은 아니다.

클라이스트가 언제 여자를 사랑한 적이 있었던가? 과연 그럴 수나 있는 사람이었나? 그의 전기 작가들마다 지적하는 특이사항이 있는데, 그는 어떤 여자든 조금 가까워졌다 싶으면 느닷없이 헤어지곤 했다는 것이다. 불쑥불쑥 여행을 떠나버리는 습관도 거론된다.

그가 쓴 연애편지들이 있긴 하지만, 정염에 불타는 이 편지들의 수신인은 남성들이었다. 예컨대 그가 친구 에른스트 폰 푸엘에게 쓴 편지의 한 대목을 보자. "그대 곁에서 잠들 수만 있다면, 내 소중한 사람, 그러면 내 온 영혼으로 그대를 얼싸안으련만! 툰 호숫가에서 이따금 내 눈앞에서 그대가 물에 뛰어들 때면, 나는 진정 계집애처럼 가슴 두근거리며 아름다운 그대의 몸을 지켜보곤 했지. (…) 나는 절대 결혼하지 않을 걸세, 그대가 바로 나의 아내요, 자식이며 손자이리니!" 적어도 클라이스트가 동성애 성향이 강했다는 점, 아마도 이러한 성향이 그의 삶과 작품에 결정적인 작용을 했으리라는 점 등은 사실 더이상 왈가왈부할 필요도 없다.

구식 표현을 쓰자면, 그가 여자를 안거나 그런 관계를 가지려고 노력한 적이 있을까? 그를 아는 사람들은, 가능성이 완전히 없다고는 할 수 없겠지만 매우 희박하다고 보았다. 분명한 건, 그가 제 몫의 삶을 향유할 수 없었다는 사실이다. 클라이스트는 살아생전 무슨 일이든, 하는 족족 실패했다. 장교로서 실패했고, 사랑에 실패했고, 작가로서도, 출판인으로서도 실패했다.

1811년은 그에게 실패의 연속이었다. 그가 발간했던 베를린 석간은 간행을 중단해야 했고, 샤우슈필하우스는 그의 연극 〈하일브론의 케트헨〉 공연을 불허했고, 뒤이어 아주 당연한 일이었지만 『홈부르크의 왕자』가 궁정의 미움을 사, 출판이 금지되었다. 클라이스트는 경제적으로도 완전히 파산 상태에 놓여, 끼니를 걱정해야 할 처지였다. 그는 프로이센의 국왕과 왕자들에게 애원과 구걸의 편지를 보냈다. 아무 소용 없었다. 하르덴베르크 장관에게 금화 20루이도르를 빌려달라고 요청하기도 했다. 역시 아무 답이 없었다.

클라이스트의 죽음은 독일문학사에 있었던 그 어떤 자살 사건보다도 끊임없이 후대를 매료했다. 어쩌면 지금도 그의 작품보다 그의 삶에 훨씬 더 흥미를 갖는 이들이 간혹 있을지 모르겠다. 사람들은 아직도 클라이스트라는 이름을, 그가 마지막 결단을 실행에 옮긴 1811년 11월 그 흐린 가을날의 그늘 속에서 떠올리곤 한다. 문학과 삶이 이보다 더 완벽하게 하나가 될 수는 없을 것 같다. 다르게 표현하자면, 클라이스트의 죽음은 그의 작품에 대한 공식적 인증으로 이해된다.

개인적으로 한마디 덧붙이자면, 혹시 인터뷰에서 세계문학 가운데 나에게 가장 중요한 희곡 작품 세 편을 꼽아보라고 한다면, 나는 바로 『파우스트』와 『햄릿』을 꼽고, 그다음에 잠시 망설이겠지만 『발렌슈타인』, 아니면 대부분의 경우 『홈부르크의 왕자』라고 답하겠다.

Ludwig Börne

루트비히 뵈르네

루트비히 뵈르네
석판화
모리츠 다니엘 오펜하임의 그림에 따름.
원작은 유실.

루트비히 뵈르네는 유대인으로, 본명은 뢰프 바루흐다. 1786년에 태어나 1837년 세상을 떠난 그는, 애국자였으나 조국이 없었고, 민중의 지도자였으나 따르는 민중이 없었고, 정치가였으나 관직이 없었다. 또한 작가였으나 작품이 없다. 자신의 열네 권짜리 전집 광고 문안에 그가 쓴 말은 멋 부린 흔적이 짙긴 하나 맞는 말이었다. "나는 작품을 쓴 적이 없고, 그저 지면이 허락하는 대로 여기저기 펜을 놀렸을 따름이다. 이제 그 낱장의 글들을 차곡차곡 한데 모아, 책으로 묶어낸다고 한다. 그게 전부다."

실제로 뵈르네는 희곡도 서사시도 소설도 쓴 적이 없고, 철학서나 학술서를 낸 적도 없다. 그러나 그의 모든 작업—푀예통[1], 관찰기, 에세이, 비평, 풍자, 르포, 촌평, 아포리즘 등—은 하나하나가 놀랍도록 통일된 유일무이의 작품을 이루는 구성 요소들로 보인다. 그 모두가 거대한 반란의 파편들인 것이다.

그의 글들엔 서로 모순돼 보이는 두 가지 면모가 한데 어우러져 있으니, 즉 그는 통속 기자인 동시에 독일의 선각자였다. 그는 위트를 갖춘 설교자였고, 유머를 아는 세계 변혁가였으며, 풍자를 구사하는 정의의 사도였다. 그에 앞서 딱 한 사람, 뵈르네가 괴테나 실러보다 훨씬 더 높이 평가하고 존경한 인물 레싱이 그러했듯, 뵈르네 역시 저널리스트인 동시에 선견자였다. 그는 독일과 독일 문화를 깊이 사랑했다. 그러나 이 사랑도 뵈르네가 독일인들을 향해 쓰디쓴 진실을 말하는 것을 가로막지는 못했다. 그랬으니 무슨 말이 나왔을지 짐작하기는 어렵지 않다. 뵈르네가 유대인이라는 얘기가 공공연히 나돌았던 것이다.

그를 사로잡은 시대는 오로지 '현재'뿐이었다. 또한 그가 신봉한 단 하나의 목표는 '자유'였다. 그러나 뵈르네에게 자유란 적극적 의미의 자유가 아니라, "부자유의 부재"를 뜻했다. 근본적으로 그에게 자유란 특정한 이념이 아니라, "임의의 이념을 품고, 따르고, 고수할 수 있는 가능성"일 따름이었다.

그는 칸트와 레싱의 명제를 실현할 가능성, 축복의 땅 자유에 이르는 길은 하나뿐이라고 보았다. 그 신비의 해결책은 바로 여론이었고, 그는 여기에 모든 희망을 걸었다. 그는 당대인들에게 나팔 소리에 무너져내린 예리코 성벽을 기억하라고 외쳤다. 성경 주해가 뵈르네는 독자들을 향해 설파했다. "성경에서는 나팔을 곧 언론의 자유로 보았다. 이 나팔 소리는 폭도의 성벽도 무너뜨릴 것이다."

뵈르네가 쓴 모든 글은, 민주주의를 쟁취하기 위한 시대비판이었다. 문학, 연극을 논할 때도 당연히 그랬다. 그로서는 당시 평론의 수준이 경악스럽기 그지없었다. "독일에서는 딱히 손을 쓸 데가 따로 없는 사람이면 아무나 글을 쓰고, 글을 못 쓰겠으면 논평을 한다."

뵈르네가 문학을 검증하는 기준은 세상에 대한 유용성과 그 교육적 효용성이었다. 타고난 기질과 열정 덕분에, 그는 오해의 여지가 없는 절대적으로 명료한 표현만을 철저히 신봉했다. 명쾌함은 그의 목숨과도 같았다. 독자들은 이 가차 없는 명쾌함에 열광했고, 매인 데 없는 그의 독자성에 탄복했다. 물론 적도 없지 않았다. 그러나 모름지기 평론가에게 적이 없다면 엉터리나 다름없고, 그게 두렵다면 다른 밥벌이를 찾아야 하는 법.

뵈르네의 글이 불러일으킨 반향은 굉장했다. 그는 당대 가장 유명한 저널리스트였으며, 그런 만큼 공격 또한 거세게 당했다. 그 시대 작가 중에 그만큼 심하게 논란을 몰고 다닌 사람이 또하나 있었으니, 바로 하이네다. 뵈르네는 하이네가 진실 중에서 오직 아름다운 것만 사랑한다며 애석해했고, 하이네는 뵈르네가 아름다운 것 중 오직 진실에만 가치를 둔다고 응수했다. 뵈르네가 예술을 위한 예술을 경계했다면, 하이네는 혁명을 위한 혁명을 경계했던 것이다.

뵈르네는 하이네가 상아탑 안에서 피난처를 찾으려 한다고 믿었다. 하이네는 뵈르네가 늘 바리케이드 위에 서 있는 것을 걱정했다. 누가 옳았을까? 하인리히 하이네의 상아탑과 루트비히 뵈르네의 바리케이드—내가 보기엔, 그 둘은 서로 그리 멀리 있지 않았다.

뵈르네의 글이 오늘날 거의 읽히지 않는 건 별로 놀랄 일도 아니다. 시사 평론가나 저널리스트의 일은 거의 항상 그렇기 마련이라, 당면한 현재에 골몰하는 그들은 시절이 바뀌면 잊히고 만다. 뵈르네도 예외는 아니지만, 그래도 완전히 잊히지는 않았으니 다행이다. 프랑크푸르트암마인 시는 이 도시가 낳은 위대한 인물—뵈르네는 프랑크푸르트의 유대인 게토 출신이다—을 기려 그의 서거 150주년에 기념 출판물을 여러 편 간행한 바 있다.

또한 1993년에는 루트비히 뵈르네 상이 제정되어 매년 파울스키르헤[2]에서 시상식이 거행되는데, 이제는 에세이, 평론, 르포 부문에서 권위 있고 중요한 상으로 확고히 자리를 잡았다. 어떤 계기든, 뵈르네를 기억하며 감사와 존경을 표할 기회가 있어서 참 좋다.

Heinrich Heine

하인리히 하이네

하인리히 하이네
로레다노 | 잉크 드로잉 | 1981년

독일 서정시인 중에서 제일 소중한 사람 셋이 누구냐고 내게 묻는다면, 나는 지난 3세기를 대표하는 시인을 각각 한 명씩 들겠다. 18세기는 괴테, 19세기는 하이네, 그리고 20세기는 브레히트라고 말이다. 괴테에 대해서야 아무 이견이 없겠지만, 브레히트의 경우는 많은 독자들이 의아해하면서 차라리 릴케(이는 나도 이해하겠다) 아니면 아마 고트프리트 벤[1]을 넣고 싶어하겠지만, 벤은 내가 수용하기 어렵다. 다른 낭만파 서정시인들은 어떨까? 아마 하이네보다는 아이헨도르프[2] 쪽으로 기우는 독자들도 꽤 있을 것이다.

복잡 미묘한 문제다. 나는 낭만파 시인들의 시를 좋아하며, 이들에 대한 애정을 거리낌 없이 고백하는 사람이다. 이 대목에서는 사실 좀 멈칫하게 된다. 과연 아무 거리낌이 없을까? "신께서는 진정 총애하는 사람을/저 넓은 세상으로 보내시네" "어느 서늘한 땅속에서,/물방앗간 바퀴가 돌아가네……" 또는 "너 아름다운 숲이여, 누가 그대를/그 높은 곳에 지어두었나?" 감히 묻건대, 로베르트 슈만이나 멘델스존바르톨디, 브람스 등이 아니었다면 과연 이런 시구절들을 오늘날 누가 입에 올리겠는가?

아니, 아이헨도르프를 폄하할 생각은 전혀 없다. 어떻게 그럴 수 있겠는가? 하늘이 알고 땅이 아는바—슈만의 음악이 아니더라도—"마치, 하늘이/고요히 대지에 입 맞춘 듯하였지……", 그러다 "그리하여 내 영혼은/날개 활짝 펼치고……"라는 구절에 이르면 나는 지금도 여전히 눈가가 촉촉이 젖어든다. 그렇다, 정말이다, 나는 이 시인들, 아이헨도르프와 뫼리케[3], 브렌타노와 레나우[4]를 사랑한다.

하지만 많은 낭만주의 시들이 지닌 내면성이라는 게 나는 참 마음에 들지 않고, 아니 때로는 정말이지 넌더리가 나는 건 어쩔 수가 없다. 진부한 서정성과 태평스러운 목가시풍, 무아경의 자연 예찬과 괴이한 비합리주의, 과장된 열광과 도취, 그 모호함과 평온함, 이 모두가 어찌나 철없고 갑갑한지,

어찌나 편협하고 촌스러운지.

나는 독일 낭만주의의 내면성에 완전히 등을 돌리거나, 그 나름의 공적까지 부정할 의도는 추호도 없다. 다만 오늘날 우리는 낭만주의나 내면성에 대해 어디까지나 상반된 감정이 병존하는 관계를 함께 느낄 뿐이라고, 즉 깊은 애정과 경탄을 보내는 동시에 깊은 회의와 비판을 쏟을 뿐 그 이상은 가능하지 않으리라고 생각된다.

그렇기에 이 낭만주의 시인들은 1827년 노년의 괴테가 어느 편지에서 희구했던바, 세계문학에 기여하고자 하는 소원을 성취하지 못했던 것이다. 이들의 시가 지나치게 독일적이었나? 결코 그렇지 않다. 하지만 범유럽적 보편성에는 미치지 못했다. 독일문학을 이 좁다란 골목길에서 끌어낸 이가 바로 하이네였다.

니체는 쩨쩨하지 않았다. 하이네 문제에 대해서도 그는 대범한 면모를 보였다. 그의 철학적 자서전 『이 사람을 보라』의 한 대목을 보자. "최고의 서정시인이란 무엇인지를 내게 알려준 이가 바로 하인리히 하이네다. 수천 년 역사의 온갖 보고를 헤집어보아도, 그처럼 달콤하고 격정적인 음악은 찾아볼 수 없다. 그에게는 신성神性의 심술이 있었으니, 모름지기 그것 없이 어찌 완벽을 그릴 수 있으랴. (…) 게다가 독일어를 구사하는 그 솜씨라니!"

니체의 기억 속에 이토록 강력하게 각인된 하이네 문장의 핵심 요소들은 바로 이것이었다. 달콤하고 격정적인 음악, 신성의 심술 그리고 탁월한 언어 구사. 다른 말로 하면, 아름다운 곡조, 통찰력 그리고 문체라는 얘기다. 그리고 이는 하이네 전 세대와 후 세대를 거의 통틀어 그 누구의 작품과도 차별되는 그의 획기적인 작품들이 지닌 특징들을 잘 짚어준 것이다.

'획기적'이라니? 너무 거창한 말 아니냐고? 아니, 나는 이 말을 철회하지도, 순화하지도 않을 것이다. 하이네는 시와 산문을 통해 독일문학에 새로운 가능성을 열어주었으며, 새로운 길을 제시한 인물이기 때문이다. 유럽이 독일에 더이상 기대하지 않았던 것을 그가 이루어냈으니, 바로 독일어로 된 세계문학 작품이다.

그의 시문학을 한층 더 독창적이고 현대적으로 만든 데 일조한 요소가 있는데, 이는 18세기부터 19세기 초까지의 독일 서정시에서 좀처럼 찾아보기 힘든 면이다. 말하자면 그는 단지 가끔 해학적인 시를 쓴 시인이 아니라, 오히려 대담하게도—이는 당시로서는 그야말로 일종의 모험이었으니—해학을 자기 시와 산문의 명백한 구성 요소로 삼은 독일 최초의 위대한 시인이었다.

하이네의 서정시는 섬세하면서도 신랄하고, 격정적인 동시에 풍자적이고, 종종 슬프지만 그러면서도 익살스럽다. 해학이 있었기에, 독일인이자 유대인인 하이네가 온 유럽에서 받아들여졌고, 엄청난 사랑까지 받을 수 있었다. 어디 그뿐이랴. 유럽은 이 영원한 실향민, 이 망명자를 당대 문학의 중심인물, 세계 시인으로 보았고, 바이런의 계승자로 인정하지 않았나.

노년의 하이네를 그린 이 멋지고도 찡한 초상화는 1981년 독일문학에도 조예가 깊었던 브라질의 거장 그래픽 아티스트 로레다노가 선물한 것이다.

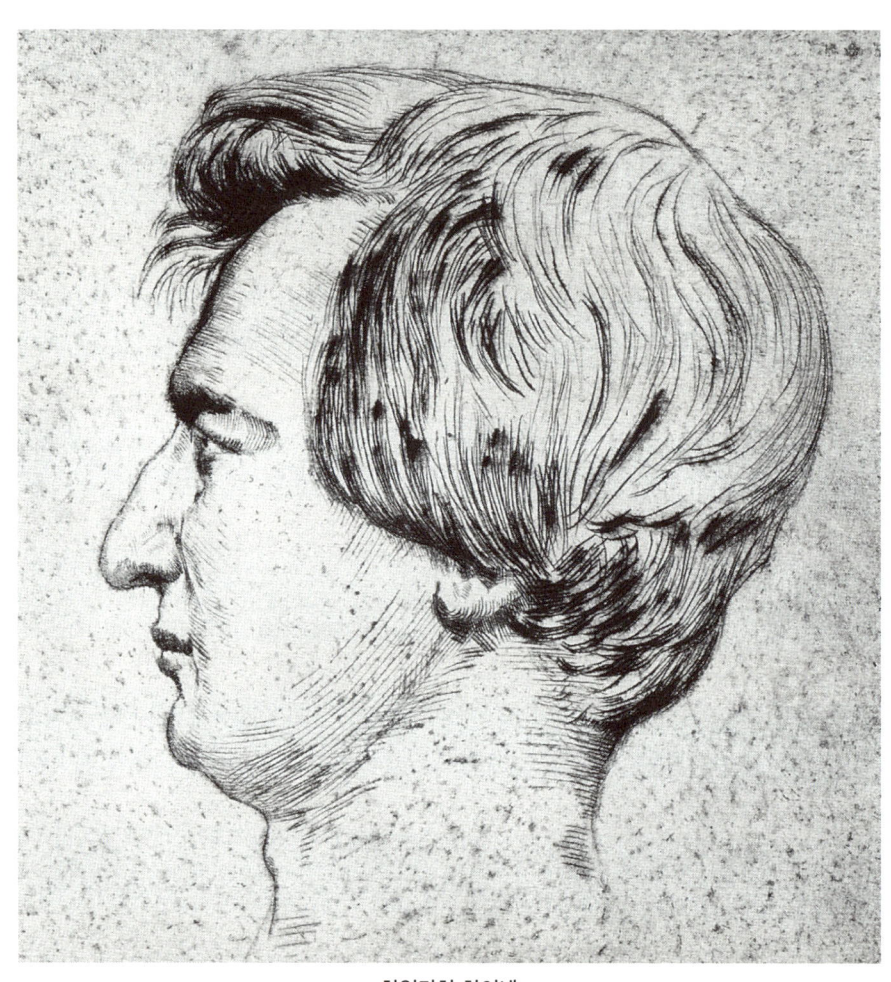

하인리히 하이네
헤르만 슈트루크 | 에칭과 드라이포인트 | 1915년
청동 부조를 본뜸.

서정시란 매혹적인 동시에 위험한 장르다. 아무 할말이 없지만 누군가 귀 기울여주기를 간절히 바라는 사람, 생각할 줄 모르기에 노래하려는 사람, 글쓰기가 너무나도 고역스럽기에 시를 지으려는 사람, 그런 이들이 곧잘 서 정시를 피난처로 삼아왔다. 너무 어리석어 차마 말로는 표현할 수 없는 것 을 그들은 노래로 읊곤 했다. 왜냐하면 그럴듯하게 노래하고 속삭여놓으면, 그 말의 의미를 묻는 질문 따위는 두려워할 필요가 없었기 때문이다.

이 나라는 사상가들이 시를 지으면 특별하게 봐주었고, 시인들은 생각이 없어야 인정해주었다. 그래서 독일에서 시는 종종 재능이 있건 없건 어쨌든 생각이 별로 없는 작가들에게 좋은 도피처가 돼주었다. 또한 대중의 도피처 이기도 했다. '함께 노래하자, 생각은 관두고, 그냥들 살아라!'라는 권유에 기꺼이 따를 용의가 있는 대중에게라면 말이다. 하이네는 이 모든 것과 거 리가 아주 멀었다.

영감과 지성이 상호배타적이라는 생각을 그는 터무니없고 어이없는 편견 으로 여겼다. 1797년생이었으니, 그의 시에 기본 골격을 부여한 것은 바로 낭만주의다. 그는 자신을 낳아준 시세계를 재기발랄하게 비판했으며, 이를 한껏 조롱하며 희희낙락했다. 그럼에도 불구하고 그는 낭만주의자였으며, 낭만주의자로 남았다. 다만, 그는 자신의 고유성과 정신적 독자성을 멋지게 변호할 줄 아는 그런 낭만주의자였다.

동시에 그는 그 누구보다도 낭만주의를 개혁하고 현대화하는 데 공헌했 으며, 그럼으로써 새로운 세대를 위해 낭만주의를 지켜내고 보존했다. 하이 네는 숲과 들판, 계곡과 골짜기, 개울과 강물 등 낭만주의 시문학의 풍광에 등을 돌린 적이 없다. 그러나 베를린과 함부르크, 쾰른, 파리 등 현대 도시 의 풍경을 적극적으로 서정시에 끌어들이는 데에도 주저함이 없었다. 또한 하이네는 그 시절 유럽의 어느 작가보다도 앞서서 구어를 풍부하게 차용했고, 늘 일상의 독일어를 기반으로 삼았다.

이렇게 그는 시와 산문의 언어를 세련되고 깔끔하게 가다듬었으며, 그럼으로써 문학의 민주화를 위한 필수조건을 만들어냈다. 하이네 이전에는 어느 누구도—물론 괴테는 예외로 하고—그만큼 풍성한 색조와 소재, 모티브와 선율을 펼쳐 보인 적이 없었으며, 이는 (릴케와 브레히트에도 불구하고) 오늘날까지도 유례가 없다. 그는 시편에서 기도하고 또 떼를 부렸고, 악을 쓰고 또 속삭였고, 꿈꾸고 또 으르렁거렸다. 엄청나게 비웃고 조롱하면서, 늘 자기 자신까지도 그 비웃음과 조롱의 대상으로 삼았으니 천생 유대인이었다. 모순을 사랑했고 극단에 마음을 빼앗기면서도, 결코 위험을 두려워하지 않았으니 천생 예술가였다.

하이네는 독일 민요의 순박함을 복원해냈으며, 장중함도 감상주의도 꺼리지 않았고, 일체를 풍자와 해학으로 상대화하고 비판했다. 이렇게 표현하면 어떨까, 그는 열정에 찬 회의주의자였고, 회의적인 선동가였다고. 그는 사랑의 찬미자였다. 그 사랑이 위대하든 사소하든, 모질든 가볍든. 불러도 대답 없는 사랑, 헛되고 가망 없는 사랑, 불행한 사랑—이것이 하이네의 주제다. 장미와 패랭이꽃을 꺾었으나 그걸 받아줄 사람이 없는 이의 슬픔을 그는 노래한다. 개종을 불사해도 기독교 사회에서 받아들여지지 않은 유대인의 운명을 탄식하며, 이방인 신세로 외롭고 쓸쓸하게 살아가는 사람, 세상에서 쫓겨난 사람의 아픔을 보여준다. 그러나 하이네의 시가 언제나 남몰래 추구한 것은, 바로 이 모든 차별당하는 이들, 멸시받는 이들, 가난한 이들이 이 시들을 통해 스스로를 새롭게 인식하는 일이었다. 온 독일, 그리고 문명화된 온 세상에서.

게토에 갇힌 선조에겐 막혀 있었던 것을, 이 뒤셀도르프 태생의 젊은 유대인 하이네는 생기와 호기심, 새내기의 지적 갈망으로써 바라보았다. 신흥 부유층이자 또한 천재였던 그는 그 모든 것을 기쁨과 즐거움으로 맞이했다. 그리고 그의 천재적인 업적 대부분은 그가 이 신흥 부유층의 시각을 완전히 탈피하겠다거나 완전히 억누르겠다는 허세를 부리지 않았기에 비로소 가능했다. 그는 일체의 편협함과 옹졸함을 혐오했다.

하이네는 독일에서는 프랑스 정세, 프랑스 화가들과 프랑스 연극계, 영국과 이탈리아에 대해 글을 썼다. 프랑스에 가서는 독일 낭만주의 유파에 대해 설명하고 자랑했으며, 프랑스인들에게 독일 종교와 철학의 역사를 가르쳐주었다. 하이네는 식견 있는 독일인의 시각으로 유럽을 바라보았으며, 의외의 방식으로 유럽에서 독일의 정신과 문화에 대한 관심을 일깨우고 증진시켰다.

여기 실린 하이네의 초상화는 1834년 만들어진 청동 부조를 헤르만 슈트루크가 본뜬 작품으로, 청동 부조는 뒤셀도르프 하이네 연구소가 소장하고 있다. 1876년 베를린에서 태어난 화가 슈트루크는 1923년 팔레스타인으로 이주했고 1944년 하이파에서 사망했다. 그는 새로운 에칭 기법을 창안했고, 이 분야에서 세계적인 명성을 얻었다. 특히 샤갈, 코린트, 리베르만 등 세기의 대화가들의 스승이요 조언자였다. 슈트루크의 이름은 점차 잊혀, 그 덕에 나는 그의 멋진 동판화들을 독일 경매시장에서 아주 저렴하게 구입할 수 있었는데, 아마 지금도 사정은 여전할 것이다.

하인리히 하이네
철판화
모리츠 다니엘 오펜하임의 그림에 따름.

하이네는 시어의 시적 성격을 손상시키지 않으면서 독일문학 언어에 도회적인 시민사회 문명을 끌어들였다. 이렇게 언어를 철저히 민주화함으로써, 그는 대중이 서정시를 충분히 이해하면서 사랑할 수 있게 해주었다.

시적 전통에 충실하면서도 시를 새롭게 한 시인, 낭만주의적인 동시에 후기 낭만주의적인 시를 쓴 그를 대중은 기꺼이 따랐다. 이미 시든 줄 알았던 저 독일의 꽃이 이제 그의 손을 거쳐 건네지고 있었다. 그 푸른 꽃.

하이네의 시 한 편 한 편에 거의 전 유럽 전 세대가 울고 웃었다. 이들 시편은 그 시대에 사랑의 분위기를 각인시키고, 북돋우고 때로는 창출해냈다. 바로 그 사랑의 시들은 당대인들에게 정신과 노래의 합일, 직관과 지성의 하나 됨을 호들갑 없이 보여주었다.

그 시들로 인해 사람들은 고무되고 고양되었으며, 사랑으로 떠밀리고 이끌렸으며, 어쩌면 미혹되기도 했다. 자신의 희망과 절망, 행복과 고통을 똑똑히 바라보고자, 그 감정에 이름을 붙여주고자, 그들은 하이네의 시를 붙들었다. 하이네의 무덤은 파리 몽마르트르 구역의 작은 공동묘지에 있다. 나날이 음산해지는 우울한 11월이든, 온 천지에서 꽃망울이 터지는 화창한 5월의 봄날이든, 하이네의 무덤에는 늘 꽃이 끊이지 않고, 자잘한 돌멩이들이 수북이 쌓여 있다. 이 돌멩이들은 유대인들이 얹어놓은 것이다.

그건 아주아주 오랜 관습으로, 추측건대 이스라엘 자손들이 이집트를 나와 약속의 땅으로 향하던 때 죽은 사람들을 사막의 모래 속에 묻으며 생긴 것이리라. 자칼들이 망자의 안식을 방해하지 못하도록 사막의 무덤 위에 무거운 돌들을 올려놓았던 것이다.

그때부터 유대인은 사랑하는 이의 무덤 위에—첼란[5]이 「죽음의 푸가」에서 읊었듯 수백만 유대인들은 "공중에 무덤"이 있을 뿐이니, 이나마 무덤이라도 있을 때의 얘기지만—작은 돌멩이를 하나씩 올려놓곤 한다. 자신이 거기 왔었다는 표시로, 추억과 유대, 어쩌면 존경 혹은 사랑을 고하는 절절하고 소박한 표시로.

내가 마지막으로 하이네의 무덤을 찾았을 때, 프랑스어를 쓰는 한 젊은 커플이 왔다. 누가 봐도 행복해 보였다. 아가씨는 생김새만큼이나 발랄하게, 그리고 우아하게 장미꽃다발을 내려놓았다.

그다음에 또 한 커플이 왔는데, 이들은 분위기가 꽤 진중했다. 독일어를 썼고, 손에는 패랭이꽃을 들고 있었다. 프랑스 남자가 애인에게 키스를 했다(난 별로 놀라지 않았다). 독일 남자도 약간 어설프게 그를 따라 했다. 시인의 무덤—이는 사랑하는 이들의 순례지라는 생각이 들었다.

「아타 트롤」에서 하이네는 이렇게 노래했다.

쓸모없는 나의 노래. 그래, 쓸모없지.
사랑처럼, 삶처럼.
창조를 마친 창조주처럼!

나는 혼잣말로 물었다. 노래란 진정 쓸모없는 것일까, 삶의 기쁨을 안겨주고, 행복을 선사하는 노래가.

어느새 땅거미가 낮게 깔렸다. 프랑스 아가씨는 손을 흔들었다. 누구에게였을까? 나, 아니면 죽은 시인? 두 쌍의 젊은이들은 떠나갔다. 한쪽은 경쾌하고 빠른 발걸음으로, 다른 한쪽은 더 차분하게 천천히. 나는 홀로 남았다. 그리고 수천 년 된 그 유대인의 관습을 떠올리며, 돌멩이를 하나 올려놓았다. 독일의 시인 하인리히 하이네의 무덤에, 고마운 마음을 담아.

얼마 전 이스라엘에서 기쁜 소식이 전해졌다. 사진으로만 봐도 평화롭고 화기애애한 회합의 자리가 예루살렘에서 마련된 것이다. 주제는 시詩, 독일 시, 정확히는 하인리히 하이네였다. 기독교로 개종한 유대인 하이네가 용서를 받았다는 것이다. 이스라엘 사람들이 대개 배신자까지는 아니더라도 배교자背敎者로 백안시해온 그를 마침내 공식적으로 인정해준다는 것이다. 화해, 복권, 귀향 같은 얘기가 나왔다. 이제는 그의 초상과 독일어 원문 시가 실린 기념우표까지 이스라엘에서 나왔으니, 거의 센세이션이라 할 만한 일이다. 예루살렘의 한 도로(물론 아주 작은)에 하이네의 이름을 붙였고, 아직 확정된 건 아니지만 하이네를 학교 정규교육과정에 넣을 가능성이 있다는 기사도 있었다.

이제껏 이 모든 일을 완강하게 저지해온 과격정통파의 저항이 아직 완전히 꺾이진 않았지만, 어쨌든 상당히 잦아들었다 한다. 참으로 반갑고 좋은 소식에 우쭐한 즐거움마저 느낀다. 당연히 하이네에게 좋은 일이라면, 어디서 언제 일어나는 일이든 한량없이 기쁘고 가슴이 뛴다. 뒤셀도르프 태생의 이 시인을 위해 이스라엘에서 고군분투하는 분들께 감사를!

그렇지만 이 일이 도대체 왜 분투해야 하는 일인지, 한편으로는 기막히고 어이없다. 계몽이 뭔지, 근대사가 어땠는지 전혀 모르는 사람들이, 셰익스피어나 렘브란트, 베토벤 같은 이름은 들어본 적도 없는 사람들이, 풍문만 듣고 리하르트 바그너가 나치였고 유명한 나치 군가 〈호르스트 베셀의 노래〉를 작곡했다고 믿는 이 사람들이 제멋대로 하이네를 피고석에 앉히고 들었다 났다 하며 헐뜯어대는 꼴 아닌가. 단언컨대, 이제 그를 복권시키겠다는 그 생각과 의도 자체가 참으로 몰지각하고 몰염치하다. 왜냐하면 분명 죄를 지은 사람이고, 그리고 그 죄인이 죽은 지 오래되었으니 이제는 어쩌면 용서를 해줄 수도 있겠다고 전제한 생각이기 때문이다.

하인리히 하이네
모리츠 다니엘 오펜하임의 그림 복제품

내막은 아주 단순하다. 하이네는 게토에서 해방된 유대인 첫 세대에 속했다. 이 세대는 바로, 1812년 해방 칙령으로 시민평등권을 보장받았으나 이는 그저 행정 조처에 불과했고, 관청이건 교회건—하물며 일반 대중이야 말할 것도 없이—실질적으로는 이를 외면했던 상황을 처절히 경험해야 했던 사람들이다. 게토는 없어졌지만, 기독교에 귀의하지 않은 유대인들은 여전히 '게토 유대인'일 수밖에 없었다.

실제로 당시 유대인들이 독일 또는 유럽 문화에 속하려면 세례를 받는 것 외에 다른 길은 없었다. 펠릭스 멘델스존바르톨디, 자크 오펜바흐, 구스타프 말러가 그랬고, 라헬 파른하겐⁶과 루트비히 뵈르네가 그랬으며, 하이네도 마찬가지였다. 독일 태생의 유대인, 유대계 유럽인, 유럽에 살았던 세계시민 하이네도 말이다.

사실 그는 자기가 단지 전략적인 이유, 그러니까 사회적, 직업적 이유 때문에 프로테스탄트 교회의 일원이 되었다는 점을 전혀 감추지 않았다. 그의 세례식은 목사의 사택에서 아주 조용히 치러졌다. 세례식 자리에는 대부 역할을 맡은 신학자 한 사람만 배석했다. 일 전체가 별 의미 없이 후닥닥 치러졌음이 분명하다. 세례증서는—하이네의 유명한 표현에 따르면—"유럽 문화로의 입장권"이었다. 따지고 보면 이 세례가 딱히 별 쓸모가 없었음을 하이네도 금세 깨달았다. 그냥 유대인인 것만으로도 독일에서 멸시를 받는 판국에, 하물며 선동자요 영원한 훼방꾼 노릇을 하는 유대인이니 오죽했겠는가. 전에는 기독교도들에게만 미움을 받았는데, 이제는 기독교도들은 물론 유대인들에게도 증오의 대상이 되었다고 하이네는 자조했다.

하이네에 대해 글을 쓴 사람은 언제나 하이네를 지지하거나 반대하거나 둘 중 하나다. 독일에서건 이스라엘에서건 마찬가지다. 그러니 하이네 문제를 놓고 이스라엘에서 이런 회의가 열렸다는 사실은 반갑지만, 이런 회의가

절실히 필요했다는 것은 서글픈 일이 아닐 수 없다. 아쉬운 쪽은 이스라엘이지, 하이네이겠는가. 하이네의 작품은 예나 지금이나 생생히 살아 있으며, 이 모든 것을 넘어 살아남을 것이며, 호라티우스의 입을 빌리자면, 그 생명이 '광석보다도 더 오래갈 것'이다.

그렇기에 그는 이따금 자신을 둘러싸고 벌어지는 난리법석을 그저 고요하고 차분하게 지켜볼 수 있는 것이다. 1831년 5월, 파리로 가는 하이네를 모리츠 오펜하임이 프랑크푸르트암마인에서 만나 그린 이 그림에서처럼, 이토록 고요하고 차분하게 말이다. 작지만 멋진 이 유화 소품의 복제품은 뒤셀도르프 하이네 연구소로부터 받은 선물로, 몇 해 전 비로소 다시 세상에 나온 원본은 연구소가 소장하고 있다.

내가 위대한 독일 작가들의 작품을 처음 읽기 시작한 때는 실로 오래전, 즉 1930년대 베를린에서 학교를 다니던 시절이다. 그때 나는 누가 시키지도 않 았는데 정말 열심히 책을 읽었다. 대개는 푹 빠져들었고, 간혹 그러지 못한 경우라 해도 무척 재미있었기 때문이다. 물론 클롭슈토크[7]나 빌란트[8]에게는 관심이 없었다. 그들은 그때도 이미 박물관 신세였다.

레싱의 3대 희곡은 절절한 감동을 주지는 못했어도, 감탄스러웠다. 나는 실러가 좋았고, 괴테에게 감탄과 사랑과 존경을 바쳤다. 횔덜린은 낯설었지 만, 그러면서도 경외심에 몸을 떨며 그 앞에 고개를 조아렸다. 나는 클라이 스트와 함께 괴로워하며, 그에게 탐닉했다. 뷔히너[9]는 완전히 나를 압도하 며 사로잡았고, 그라베[10]는 무척 혼란스러웠고, 헤벨[11]은 흥미로운 수준이었 고, 고트프리트 켈러는 재밌고 유쾌했으며, 슈토름은 감동적이었고, 폰타네 의 매력은 넋을 놓을 정도였으며, 젊은 호프만슈탈은 행복했다. 하지만 그 누구보다도 가깝게 느껴졌던 이는 하인리히 하이네였으니, 때로 나 자신을 그와 동일시할 정도였다. 로베르트 무질[12]은 언젠가 이런 질문을 던진 적이 있다. "예술은 무엇을 남기는가?" 그의 답은 명쾌했다. "우리, 변화된 우리 를 남긴다." 하이네만큼 나와 가까웠던 작가, 내 삶의 가장 힘든 시기에 나 를 지탱해주고, 변화시켜주었다고 할 만한 작가가 또 누가 있을까, 곰곰이 생각해보면 딱 한 사람 더 떠오르긴 한다. 토마스 만.

하이네, 독일 태생의 유대인, 유대계 유럽인, 유럽에 살았던 세계시민 하 이네와 나의 관계, 아니 그를 향한 나의 경도에는 그럴 만한 여러 이유가 있 었다. 개인적이면서도 일반적인, 정서적이면서도 이성적인, 또 당연히 나의 혈통이나 기질, 이력이나 심성 등과도 관련된 이유들일 터다. 반면 청소년 기에 내가 하이네를 만나는 데 우선 방해가 된 다른 사정도 있었다. 당시 나 는 연극광이었던 것이다.

하인리히 하이네
호르스트 얀센 | 에칭과 드라이포인트 | 1974년

그래서 내 독서의 최우선순위는 단연 희곡이 차지했고, 소설과 노벨레가 그다음이었다. 서정시는 한참 뒤 전쟁중에야 발견한 장르다. 그런데 하이네는 극작가도 소설가도 아니질 않나. 게다가 그보다 훨씬 더 중대한 요인이 또하나 있었으니, 때는 바야흐로 '제3제국' 시절, 하이네는 금지 작가였다.

하이네는 워낙 명성이 자자했던 탓에, 잠자코 지나칠 수 없었으니(루트비히 뵈르네와 마찬가지로), 욕먹고 공격당했으며, 멸시와 비방의 대상이 되었다. 하나 금단의 열매야말로 가장 매력적이고 유혹적이라는 건 수천 년 전부터 변함없는 사실. 신은 낙원에 거하는 자신의 피조물들에게 그 탐스러운 열매를 허락지 않았다. 그 점을 우리는 잊은 적 없지만, 때로 모른 척했기에 금지를 무릅쓰고 따먹은 열매가 아담과 이브의 눈을 밝히지 않았던가.

요컨대, 나는 알고 싶었다. 살아 있을 때도 독일의 다른 어떤 작가보다 심하게 미움을 받았고, 자신의 작품과 더불어 이 증오도 길이 남을 것이라고 스스로 예견한 작가 하이네, 그가 왜 국가사회주의자들로부터 유례없이 극심한 맹공을 받아야 했는지 이유를 알고 싶었다. 나는 그래서 하이네를 읽기 시작했고, 그렇게 만난 하이네를 지금껏 읽고 있다. 아직 솜털이 보송보송하던 시절, 상기된 얼굴로 난생처음 그의 운문과 산문을 읽으면서 나는 확실히는 몰랐지만 어렴풋하게나마 알게 되었다. 어째서 이 시인만큼은 찬성 아니면 반대라는 양자택일이 가능한지, 아니 어쩌면 그럴 수밖에 없는지를, 이 사람에 대해 중립적이거나 뜨뜻미지근한 태도를 취하기란 도무지 불가능하리라는 점을 말이다. 오늘날 나는 하이네가 빠진 독일문학사는 상상도 할 수 없다. 그의 작품을 다룰 때마다, 그에 관해 글을 쓰며 나의 기쁨, 나의 만족과 행복, 나아가 나의 절망과 고민을 다른 이들과 함께 나누고자 할 때마다, 나는 늘 그를 동시대인이자 동지, 나의 천재 친구로 느꼈다. 물론 간혹 좀 못 미더운 때도 있다. 하지만 위대한 시인들이란 원래 다 그런 법—전적으로 신뢰할 수 있는 양반들은 결코 아니니까.

21/30   5/25   Günter Schönkopf 75

하인리히 하이네
권터 쇨코프 | 에칭과 드라이포인트 | 1975년

하인리히 하이네
호르스트 얀센 | 석판화

Richard Wagner

리하르트 바그너

리하르트 바그너
석판화
오귀스트 르누아르의 초상화에 따름.

참 묘한 일이다. 비단 독일뿐 아니라 전 문화사를 통틀어 가장 공격적인 반유대주의자로 꼽히는 이 작곡가가 나의 베를린 학창시절 가장 깊고 강렬한 인상을 남긴 장본인이라니 말이다. 내가 고작 열세 살 꼬마였을 때, 누나가 직접 피아노를 쳐가며 예습까지 시키고서 〈뉘른베르크의 명가수〉 공연에 데려가주었다. 이 오페라는 단박에 나를 사로잡았는데, 아마도 음악과 문학, 예술가와 대중, 비평 등에 관한 작품이라 그랬는지도 모른다. 지금까지도 〈명가수〉는 내게 그 어떤 오페라보다도 큰 즐거움을 안겨주었으며, 〈트리스탄과 이졸데〉는 그 어떤 작품보다도 나의 심금을 울리며 깊은 감동을 준다.

언젠가―한 호텔 정원에서 열린 가든파티가 막 끝난 밤늦은 시간이었는데―어떤 텔레비전 방송국 기자가 던진 너무나 단순한 질문에 깜짝 놀란 적이 있다. 그는 도대체 어떻게 내가 리하르트 바그너 같은 지독한 유대인 혐오주의자를 참아내는지 궁금하다고 했다. 나는 그에게 곧바로 대답했다. "이 세상에는 점잖고 고상한 사람들이 전에도 많았고 지금도 많지만, 그 양반들이 〈트리스탄〉이나 〈명가수〉를 쓰지는 않았으니 어쩌겠소." 그럼 그렇다고 해서 그가 「음악 속의 유대주의」 같은 논문을 쓴 것까지도 용서할 수 있을까? 아니, 결코 그렇진 않다.

가만 보면, 탁월한 바그너 지휘자들 가운데 유대인이 차지하는 비율은 놀랄 만큼 높다. 〈파르지팔〉 초연을 지휘한 헤르만 레비부터, 브루노 발터와 오토 클렘페러, 레너드 번스타인과 게오르크 솔티, 다니엘 바렌보임과 제임스 러바인에 이르기까지. 바그너에 관해 중요한 성과를 낸 음악학자들 가운데도 유대인이 상당수 있다. 그렇다면 과거와 현재의 이 지휘자들과 학자들이 바그너의 글, 그러니까 완전히 정신 나간 인간이 증오심을 분출한 것이라고밖엔 볼 수 없는 그 저작들보다 바그너의 음악을 더 중시했다는 이유로, 그들을 비난하거나 칭찬해야 할까?

다시 독일로 돌아오기 직전인 1958년 3월, 나는 바르샤바에서 작곡가 한스 아이슬러와 만나 꽤 오래 대화를 나눈 적이 있다. 브레히트의 연극 〈제2차 세계대전중의 슈베이크〉가 바르샤바 초연을 앞두고 있었고, 아이슬러는 그 작품을 위해 자신이 작곡한 곡의 녹음 작업을 지휘하러 동베를린에서 온 참이었다. 우리는 하루 저녁을 함께 보냈다. 붙임성 있고 달변가인 아이슬러는 아주 유쾌하게 수다를 떨었다. 그는 우리에게 갖가지 재밌는 일화들을 들려주었는데, 대개는 음악가들 얘기였다.

얼마 지나지 않아 그는 바그너 얘기를, 아니 정확히 말하면 욕을 하기 시작했다. 그야말로 휘황찬란했다. 그는 바그너를 가리켜 완전히 비열한 협잡꾼, 최악의 저질, 천박한 거드름쟁이라고 비난했다. 나는 이런 독설을 진지하게 받아들일 만한 얘기로 여기지 않았기에, 재미있을 따름이었다. 모르긴 몰라도, 하나는 확실했다. 과거의 한 작곡가를 향해 이렇게까지 격렬히 비난을 퍼붓는 사람이라면, 그 속내가 짐작이 갔다. 아마도 그는 바그너에게 어지간히 마음의 빚이 있거나, 최소한 애증의 끈으로라도 그에게 단단히 묶여 있는 것이리라.

나는 아이슬러가 실컷 얘기하도록 내버려두었고, 한마디도 반박하지 않았다. 뭐하러 그러는가? 어차피 난 이 유쾌한 대화에서 가볍게 이길 게 뻔했다. 왜냐하면 나한테는 비장의 무기가 하나 있었기 때문이다. 이 이름 하나로, 마치 카드판의 조커처럼 한방에 끝낼 자신이 있었다. 내가 이 조커를 꺼내드는 순간, 이 대단한 음악가 아이슬러는 곧바로 항복하리라.

마침내 욕의 향연이 더는 들어주기 힘든 지경에 이르렀다. 나는 입을 열었다. "네, 그래요, 아이슬러 씨, 다 지당하신 말씀 같군요. 하지만 이 끔찍한 바그너가, 그래도 말이지요―이때 등장하는 나의 조커!―어쨌든 〈트리스탄〉을 쓰지 않았습니까?" 아이슬러는 꿀 먹은 벙어리가 되었다. 방 안에 일순 정적이 흘렀다. 그러더니 그가 기어들어가는 목소리로 말했다. "그건 전혀 다른 얘기요. 그건 음악이니까." 그로부터 4년 뒤인 1962년, 독일에 정착한 지 꽤 지난 어느 날, 나는 신문 지면을 통해 아이슬러의 부음을 접했다. 그리고 이 위대한 음악가, 유대인 한스 아이슬러가 임종 직전에 〈트리스탄과 이졸데〉의 총보를 갖다달라고 말했다는 기사를 읽었다.

르누아르는 1882년 팔레르모에서, 마침 그곳에 체류하던 바그너를 찾아갔다. 그는 그 자리에서 초상화 몇 장을 재빨리 스케치했고, 그중 하나로 완성한 것이 이 유명한 그림이다. 바그너는 이 초상화를 별로 좋아하지 않았다. 나는 이 오래된 석판화를 어떤 경매에서 손에 넣었다.

Theodor Fontane

테오도어 폰타네

테오도어 폰타네
막스 리베르만 | 석판화 | 1896년

노년의 폰타네. 그는 어떤 사람이었을까? 어떤 모습이었을까? 행동거지는 어땠을까? 베를린 사교계에서 그는 어떤 역할을 했을까? 이 모든 것이 우리는 참 궁금하다. 그리고 이미 꽤 상세히 알고 있다. 하지만 우리가 알고 있는 게 과연 다 맞을까?

일단, 그림들은 믿을 만하다. 탁월한 사진이며 그림이 상당수 있다. 그중에서도 가장 멋지고 아마 가장 유명한 초상화일 여기 이 그림은 막스 리베르만이 폰타네가 세상을 뜨기 2년 전인 1896년에 그린 작품이다. 리베르만은 당시 이미 당대 최고의 화가 중 한 사람으로 정평이 나 있었다. 이 석판화를 내게 선물한 이는, 자신만큼이나 나 역시 폰타네를 아끼고 사랑한다는 걸 잘 아는 친구였다. 그는 초상화 뒷면에 친필로 이렇게 썼다. "언제나 변함없는. 당신의 요아힘 페스트[1]가. 1973년 성탄에."

우리가 알기로, 폰타네는 호탕하고 장난기 넘치는 신사요, 명민하고 감각 있는 시대비평가였다. 세련되고 유쾌한 재담가였음은 물론이다. 회의적인 시민이었던 건 확실하지만, 품위와 기백 또한 갖춘 인물이었다. 냉정한 베를린 사람? 물론이다. 그렇지만 아주 편안한 인물이기도 했다. 맞다, 그는 프로이센 사람이었고, 그럼에도 불구하고 매력적이었다. 그는 소탈함과 관용을 갖춘 현명한 도시귀족이었다.

이 보기 좋은 노신사의 초상은 독일 독자들의 마음에 워낙 뚜렷하게 각인되어, 이제는 거의 고착된 이미지가 되어버렸다. 그렇다고 이런 이미지가 완전히 다 엉터리라는 얘기는 아니다. 다만 잊지 말아야 할 것은, 이런 이미지를 우리 모두에게 주입한 장본인이 바로 폰타네 자신이었다는 사실이다.

그의 작중인물들 중 가장 긴 여운을 남기며 오래오래 기억에 남는 인물은 누군가? 물론 에피와 멜루지네, 레나와 코린나[2] 같은 인물들, 즉 그 시절에 살았을 법한 평범한 아가씨들보다 훨씬 더 지적이고 딱 부러지는 젊은 여성들도 매우 인상적이지만, 노령임에도 전혀 노쇠했다고 느껴지지 않는 지주, 성직자, 교수, 군인, 상업고문관 들 쪽이 아무래도 더 인상 깊을 것이다. 폰타네는 이런 인물들에게 언제나 한없이 매력적인 성격을 부여하곤 했다. 실제로 이런 성격이 당시 이런 직업이나 지위를 가진 사람들의 전형적인 특징에 정확히 부합하는지는 별로 개의치 않고 말이다.

노년의 폰타네가, 이렇게 지극히 인자하고 때로는 엄청나게 이상적인 초상화들을 동시대 화가들에게 그리도록 한 가장 강력한 동인은 그의 자기연출 욕구였던 것 같다. 그가 이 욕구를 얼마나 노련하게 제어했는지 살펴보노라면 실로 귀엽기까지 하다. 자화자찬을 은근히 하면서도, 그것을 아주 꼴사나운 짓으로 여겼고, 과시욕이라면 끔찍이도 경멸했던 사람이다. 한편으로는 군데군데 무심한 듯 농담처럼 자의식을 표출하기도 했다. 그러나 그러다가도 너무 비슷하다 싶으면, 서둘러 그런 윤곽들을 애써 지워버리곤 했다.

아무튼 그가 자기묘사 욕구를 무방비로 방치한 적은 결코 없었으니, 이는 『슈테힐린』에서조차 마찬가지였다. "논란의 여지가 없는 진리"가 있다고 믿기보다는 역설을 즐기고, 자유로운 의견에 기꺼이 귀 기울이며("더 과감하고 극단적일수록, 그럴수록 더 좋다"), "매사에 의문부호를 붙였던" 둡슬라프 폰 슈테힐린 백작은 엘베 동부지역 융커[3]의 전형이라기보다는, 폰타네가 자신의 자화상에 근사한 이상형을 합쳐 만든 합성 인물이다.

하지만 로렌첸 목사(프로이센판 현자 나탄이라 할 만한 인물)가 슈테힐린 백작의 무덤 앞에서 하는 말을 폰타네가 스스로에게 그대로 적용한 것은 아무래도 좀 심하지 않았나 싶다. 지난 50년간 곧잘 인용되곤 한 문장이다. "그는 진정 천성이 자유로운 사람이었습니다. 때로 부인하기도 했지만, 본인 스스로도 그 점을 잘 알고 있었습니다." 슈테힐린에게는 해당되는 얘기일지도 모른다. 하지만 작가의 경우, 내면의 자유가 그의 주인공보다 훨씬 더 자주, 훨씬 더 심하게 위태로웠던 것 같다.

그 둘 사이의 가장 중요한 차이점이라면? 무엇보다도, 직업이 다르다. 분명 폰타네는 자신의 슈테힐린에게 뛰어난 언변을 부여해 이 토지귀족이 놀라운 문학적 재능까지 갖추게 해주었다. 하지만 그에게 직업 작가의 경험과 고민까지 넘겨줄 필요는 없었다. 그러면서 작가 자신은 누려본 적 없는 목가적 환경에 둘러싸인 저 고요하고 관조적인 삶을 슈테힐린에게 안겨줄 수 있었다. 다정다감하게 그려진 이 자화상에는 폰타네라는 인물의 실존적 차원이 완전히 빠져 있는 것이다.

물론 이 탁월한 이야기꾼과 그의 『슈테힐린』을 흠잡을 의도는 눈곱만치도 없다. 다만 독일 대중의 의식에 각인된 폰타네의 '이미지'는, 그의 소설 속 여러 노신사들 중에서도 특히 이 마지막 작품의 주인공이 가장 결정적인 영향력을 행사해 구축되었다는 얘기다. 바로 이 '이미지'는 둡슬라프 폰 슈테힐린과 판박이라 해도 과언이 아니기 때문이다. 마음속으로 이 두 인물상을 차츰 녹여 하나의 형상이 되도록 허용한다면, 우리는 폰타네를 정확히 그가 원했던 모습으로 생각하게 되는 것이다. 즉, 부드럽게 순화되고, 은근히 미화된, 아무튼 한쪽으로 지나치게 치우친 모습으로 말이다.

그러나 다른 면이라고 해서 감춰져 있으라는 법은 없다. 사적인 기록인 동시에 공적으로도 지극히 흥미로운 자료인, 수천여 통에 이르는 그의 편지에서 우리는 이를 찾아볼 수 있다. 하지만 이 얘기는 다음 기회에!

테오도어 폰타네
루돌프 A. 코르네크의 연필 스케치 사진.

작가 폰타네는 무엇보다 성격적인 면에서 그의 소설에 나오는 노신사들과 분명하게 구별된다. 그의 무수한 자기연출로 인해 우리가 은연중에 갖게 된 인상처럼 그가 그렇게 차분하고 신중한 사람이었는가 하면, 실은 그렇지 않다는 얘기다.

그의 방대한 서신 교환—다행히도 수천여 통의 편지가 보존되었고, 이중 상당수가 출판되었다—은 침착하고 원숙하기는커녕 오히려 안절부절못하고, 예민하고 신경질적이며 까다로운 예술가의 모습을 보여준다. 공격적이고 가끔은 부조리한, 속세의 사람. "경쾌한 초월"—이게 오랫동안 폰타네를 대표하는 상징 중 하나이긴 했다. 그러나 실상은 이와 전연 딴판이었으니, 그럴 수 있기를 염원하고 또 노력했지만, 몸소 이뤄낸 적은 별로 없다.

1885년 한 편지에서 그는, 어떤 여성 작가가 유머러스한 노벨레를 써서, 서재가 차고 넘치게 찬사의 편지를 받았더라는 얘기를 언급한다. 그러면서 이를 40년 넘게 글을 써온 자신의 경험과 비교한다. "이제껏 내가 받은 감사 편지라곤 다 합쳐봐야 채 100통도 안 될 테고(그러니 한 해에 두 통 남짓인 셈), 그중 '열광 독자'의 편지는 열 통이나 되려나."

그는 자신의 문학적 성과가 전혀, 아니 적어도 충분하게 인정받지 못한다는 사실에 괴로워했다. 근근이 이어가는 생활이야 분명 어떻게든 감내할 수 있었지만, 정작 작가는 그 정도 삶이면 족하고도 남으리라는 세인들의 생각만큼은 참기 힘들었다.

관官과의 관계는 특별히 나쁘지도 힘들지도 않았지만, 구차했다. 표현은 꽤 도도하고 대범하지만 발목을 잡는 열등감을 떨치지 못한 채, 지원금을 받게 된 작가들을 하나하나 열거한 편지도 있다. 자기 책들은 어느 것 하나 "무난한 성과 이상을 거두지 못한" 처지로, 프리드리히 슈필하겐[4]이나 베르톨트 아우어바흐[5]의 성공에 대해 이야기할 때면 어쩔 수 없는 시샘이 배어난다. 연극평론가로서의 일도 그의 자존심을 세우는 데 전혀 도움이 되지 않는다. "그 일은 당신한테 별로 어울리지 않아요"라고 아내가 말했다며 짐짓 수긍하는 시늉을 하기도 한다.

1876년 학술원 서기관직에서 물러날 당시, 그의 편지에는 '독립성'에 대한 언급이 많이 등장한다. 하지만 꼼꼼히 읽어보면, 결국 자존심 문제라는 걸 알 수 있다. 사람들이 자기를 "결코 어엿한 독일 작가로 대우한 적이 없고, 항상 마치 어디 기어들어갈 데만 있으면 감지덕지할, 기진한 순례자로 취급"했다는 것이다. 그로부터 얼마 뒤 다른 편지에서 그는, 자기가 정말 열심히 노력했고 누구 못지않게 성실했건만, "그러나 내가 하는 일에는 운과 복이 따라주지 않았다"고 쓰고 있다.

설상가상, 1880년대까지도 베를린 사교계는 폰타네를 무시했다 해야 할지, 아무튼 별로 쳐주지 않았다. 하지만 그는 사교계 없이는 살 수 없었다. 그는 스스로를 흥미로운 사람이라 여겼지만, 사람들은 그에게 전혀 관심을 기울여주지 않았다. 그가 일흔 가까이 되자, 사람들은 그를―그러니까 폰타네를 말이다―'다 죽은 사람'으로 여겼다. 다 죽은 사람이라니? 이때부터 『슈티네』『예니 트라이벨 부인』『에피 브리스트』가 연이어 출판됐고, 마지막으로 『슈테힐린』, 참으로 탁월한 마지막 작품, 무척 흥미진진하면서도 아주 편안한 피날레가 세계문학사에 당당히 그 이름을 올리지 않나.

폰타네의 생애를 쓸데없이 극적으로 과장할 필요는 없다. 물론 탄탄대로도, 원만하고 무난한 삶도 아니었지만, 그런대로 잔잔한 인생이었다. 가끔 그의 평정을 흔들어놓은 게 있었다면, 그것은 경제적 궁핍이 아니라, 아마도 그의 작품에 무관심하고 냉담했던 주변의 푸대접이었으리라.

폰타네의 작품은 그의 사후에도 독자층은 제법 있었지만, 작가들로부터는 냉대를 받았다. "소설가 폰타네는 그의 시대와 더불어 사라져간다."―

1919년 쿠르트 투홀스키가 한 말이다. 1921년 알프레트 되블린은 폰타네의 소설들에 대해 비아냥거리거나 아예 대놓고 무시하며 거리를 두었다. 1949년만 해도 고트프리트 벤은 폰타네가 항상 거슬리는 이유를 자문하면서, 그냥 "유쾌함" 때문이라는 한마디로 내쳤다.

대학의 독문학자들은 어땠나? 그들은 폰타네 사후부터 제2차 세계대전까지 무려 반세기가 지나도록 그의 소설의 가치를 알아보지 못했으니, 그의 작품이 지닌 경쾌함은 경박함으로 평가절하되었고, 재미는 진지함이 결여되었다는 혐의를 받았으며, 기품은 가식으로 곡해되었고, 세련미는 비독일적이라고 욕을 먹었다. 하지만 모두 다 옛날 옛적 일이고, 폰타네가 괴테와 토마스 만 사이의 시대를 통틀어 가장 위대한 독일 소설가라는 건 이미 일찍이 판결이 났다.

70대의 폰타네를 그린 루돌프 코르네크의 이 연필 스케치는 프랑크푸르트 자유독일문화재단이 소장하고 있다. 내가 무척 좋아하는 이 멋진 초상화는 뤼디거 폴하르트로부터 받은 선물이다.

Eduard Von Keyserling

에두아르트 폰 카이절링

에두아르트 폰 카이절링
로비스 코린트의 그림을 본뜬 에칭과 애쿼틴트

이 그림은 내 일흔 살 생일 때 피셔 출판사로부터 받은 선물이다. 로비스 코린트의 그림을 본떠 만든 이 기막히게 멋진 동판화 선물에 감사하는 바이지만, 그와는 별개로 피셔 출판사가 이 에두아르트 폰 카이절링이라는 작가를 각별히 신경쓰지 않고 사실 너무 소홀히 다룬 데 대해 심히 유감이라는 점은 짚고 넘어가야겠다. 이 경이로운 이야기꾼의 책들은 베스트셀러에 오른 적이 없고, 유감스럽지만 오늘날에도 그리되긴 어려우리라. 하지만 그저 소책자만 몇 권 있을 뿐, 카이절링의 작품세계가 완전히 잊히고 말았다는 건, 너무 부당하고 아까운 일 같다.

그는 1855년 쿠어란트[1]의 영지에서 태어나, 발트제국의 귀족적인 환경에서 자랐다. 독일과 러시아, 스칸디나비아 사이에 위치한 세계였다. 이는 비단 지리적인 의미만이 아니다. 왜냐하면 문학사에서 카이절링이 자리한 위치 역시 러시아의 투르게네프, 체호프와 덴마크의 옌스 페테르 야콥센, 헤르만 방 그리고 독일의 우리 폰타네 사이이기 때문이다. 대기만성형 인물이었다는 점 역시 폰타네와 비슷하다. 그는 쉰 살이 넘어서야 비로소, 자잘한 습작을 넘어 본격적인 작품을 발표하기 시작했는데, 주로 짧은 장편과 긴 노벨레였다.

그의 장편소설 중에서 내가 즐겨 읽었던 작품은 『두말라』(1908), 『저녁의 집들』(1914), 그리고 수십 년이 지나 최근에 다시 읽은 『파도』(1911) 등이다. 마지막 작품은 〈문학 4중주〉[2]에서 강력하게 민 적이 있는데, 성과가 없진 않았다. 이 책은 개정판이 나왔고, 현재 오디오북도 나와 있다. 하지만 내가 어느 소설을 택해서 다루었든 사실 별 상관이 없었을 것이다. 다 비슷비슷하니까? 물론 그렇기도 하거니와, 다른 말로 더 정확히 표현하자면, 어느 작품에나 카이절링이 온전히 담겨 있기 때문이다. 어느 작품에든 이 이야기꾼의 탁월한 자질이 유감없이 드러나 있기 때문이다.

이야기의 배경은 대개 그의 고향인 발트 해 연안, 중심인물들은 귀족으로, 성이나 한적한 시골 별장에 살면서 온갖 번민—주로 정신적인 고민에 시달린다. 카이절링은 화가 등 예술가들도 곧잘 등장시키는데, 이들은 이런저런 젊은 귀족 아가씨들의 마음을 사로잡곤 한다. 그들은 모두 늘 차를 마시고, 종종 바닷가 모래언덕으로 한참씩 산책을 다니며, 사색에 잠긴 채 쓸쓸한 풍경을, 바다를, 일몰을 바라본다. 인생이 얼마나 서글픈지, 인간의 노력이 얼마나 덧없는지를 이야기하는 이들의 대화는 장황하고 섬약하다.

이 인물들은 너나없이 괴로운데, 이는 당연히 그들의 외로움과 상실감, 크나큰 동경 때문이다. 그런데 이들이 과연 무엇을 동경하는가 하는 질문에는 답하기가 쉽지 않다. 그렇다, 분명 카이절링의 인물들은 모두 자신을 비켜 간 듯 보이는 삶을 동경하는 건 맞다. 다만 죽음도 마찬가지로 동경한다. 그들은 자신의 동경 때문에 고통스럽고, 또한 이 고통을 즐긴다. 때로는 이 둘을 동시에 행하기도 한다.

이들의 대화는 보통 명백한 전달보다는 은근한 암시로 이어지고, 대개 가장 중요한 건 은밀히 감춰진다. 행복과 불행을 이야기하건, 삶과 죽음을 논하건 이들—이 여릿여릿한 남자들과 조신하면서도 고집스러운 여인들—모두 늘 마음으로는 생각하면서도 여간해선 입에 올리지 않는 한마디가 있다. 바로 '사랑'이라는 말이다.

여기서 에로티시즘은 전면에 나서되, '은밀한' 전면에 있다. 그것은 함께 어울려 살아가게 하는 추진력이다. 다만 카이절링의 작품에서는 매사에 체면과 절도가 우선이다. 대부분의 이야기들은 매우 극적으로, 거의 비극에 가깝게 끝난다. 하지만 번번이 아무런 타개책 없이, 말하자면 갈망하던 절절한 연애 사건 같은 일은 일어나지 않고, 차선의 해결책으로만 만족할 뿐이니, 이는 즉 대화, 당연히 매우 세련된 대화다. 그야말로 고상과 고민과 고통으로 가득찬 이야기들이다. 희한한 건, 이 이야기들이 근 100년이 지난 오늘날에도 크게 낯설지 않다는 점이다. 1918년 카이절링이 뮌헨에서 사망했을 때, 토마스 만은 프랑크푸르터 차이퉁에 실은 추도사에서, 그를 가리켜 "사회적 애티튜드는 일체" 없이 사회를 묘사한 작가라 할 수 있다고, 그의 비판은 "결코 사회가 아닌, 삶을" 향한 것이었다고 썼다. 나로선 납득하기 어려운 말이다.

오늘날 우리가 보기엔, 카이절링이 언제나 추구했고, 그리하여 그가 책을 통해 그린 그림은, 저돌적이지 않을 뿐, 한 쪽 한 쪽이 사회비판에 다름아니다. 감각적인 인상과 세밀한 색조와 음색, 다양한 채도의 색채, 섬세한 뉘앙스 들을 유감없이 담고 있는 이 시적인 산문들에서, 또한 그 모든 것이 연민 담긴 나직한 풍자로 이야기되는 것이다. 토마스 만은 이렇게 추도사를 맺었다. "그는 언제나 사랑받을 것이다." 이것이 어찌 착각이었겠는가?

Anton Chekhov

안톤 체호프

안톤 체호프
툴리오 페리콜리 | 채색 동판화 인쇄본

러시아인 체호프. 그는 질풍노도의 혈기 방장한 젊은이가 아니었고, 이단자도, 폭도도 아니었으며, 혁명가는 더더욱 아니었다. 톨스토이 백작 같은 설교자도 아니었고, 도스토옙스키 같은 집념도 없었다. 그는 결투를 해본 적도 없고, 무슨 비밀 모의에 가담한 적도 없었으며, 해외로 도피한 적도 없고, 체포되거나 시베리아로 추방당한 적도 없고, 하다못해 그럴듯한 러브 스토리 하나 남기지 않았다.

이렇게 많은 부정형 문장들에 마저 쐐기를 박자면, 체호프는—톨스토이나 도스토옙스키처럼—이 땅에 살았던 위대한 작가들 축에도 끼지 못한다. 하지만 누가 알랴, 어쩌면 굉장히 사랑받는, 무척이나 따뜻하고 호감 가는 작가로 꼽힐지는 모르겠다. 그렇다, 나는 체호프를 사랑하고, 아주 오래전부터 그에 대한 흠모의 마음을 쌓아왔다는 사실을 굳이 감추지 않겠다. 물론 이는 전혀 특별할 것 없는 얘기라는 것도 잘 안다. 그를 사랑하는 이들이 세상에 많고도 많으니 말이다. 그가 인류를 향해 이렇게 외치기라도 했었나? "세상 사람들이여, 서로 포옹하고, 이 입맞춤을 온 세상에 전하시오!"라고? 천만의 말씀. 그는 열아홉 살 때부터 지방신문에 짤막한 콩트를 발표하기 시작했지만, 자신의 이런 글쓰기를 진지하게 생각하지 않았다. 그저 학비를 벌기 위한 일거리였을 뿐이다.

남들이 그에게 재능이 있다는 사실을 일깨워줘야 했다. 그는 자신이 쓰는 소설이나 희곡의 유용성에 대한 회의로 늘 괴로워했다. 그는 분명히 진보를 믿는 사람이었으나, 그가 기대를 건 쪽은 다름아닌 자연과학 분야였다. 톨스토이로부터 칭찬을 받을 만큼 작가로서 인정받고 나서도 오랫동안, 그는 자신의 생업에 충실해 시골 의사 노릇을 계속했다.

그는 죽기 직전에 "내가 쓴 것들은 몇 년 안에 전부 잊힐 것"이라고 말했다. 또한 자기 책은 어차피 러시아 사람 아니면 이해 못 할 테니 번역도 하지

말라고 했다.

하지만 지금까지 발행된 체호프의 책은 전부 몇 부 정도일까? 5000만, 아니 6000만 부? 총 몇 개 국어로 번역되었을까? 70개? 혹은 80개, 아니 그 이상? 모름지기 작가란 화학자만큼이나 객관적이어야 한다는 그 자신의 말을 그는 당연히―그리고 다행히―전혀 따르지 않았다. 그에겐 피조물에 대한 연민이 있었다. 사랑에 빠진 아가씨들이건 좌절한 지식인들이건, 탐욕스러운 상인이건 살맛을 잃은 부인네들이건, 심지어 죄인이나 무뢰한, 술주정뱅이와 사기꾼 들에게까지도.

고골이 사회 고발자였다면 톨스토이는 재판관이었고, 도스토옙스키가 스스로 피고인의 자리에 섰다면 체호프는 그저 증인의 역할을 맡았던 셈이다. 그는 결코 작중인물 위에 군림한 적이 없으며, 다만 항상 그들 곁에 서 있었다. 러시아의 다른 작가들이 목청 높여 신음하고 절규할 때, 그는 그저 나직나직 속삭였다. 하지만 지구의 절반이 곧 그에게 귀를 기울였다.

체호프의 인물들은 도대체 요만큼도 발전이란 걸 이뤄내는 경우가 없다. 그의 작품엔 중심인물도 없고, 이렇다 할 갈등도 없고, 대개 줄거리도 빈약하다. 등장인물의 성격은 그들의 행위를 통해 드러나는 것이 아니라, 오히려 그들의 무위無爲 속에서 나타난다. 그들은 차를 마시고, 주로 하찮고 시답잖은 이야기들을 나누고, 간혹 살짝 연애질을 하고, 간혹 철학을 논해본다. 한마디로 체호프의 인물들은 권태롭고, 그리고 불행하다. 모두가 권태롭고, 모두가 불행하다. 다만 독자는 그렇지 않다.

그가 쓴 모든 것들은 이중의 토대를 가진다. 세기말 러시아를 그린 이 생생한 장면들은, 작가가 의도했든 안 했든, 고스란히 인간 삶에 대한 근원적인 비유다.

「벚꽃 동산」의 중심무대는 흔해빠진 벚꽃 동산과 하등 다를 바 없는 평범한 농원이다. 그러나 그곳에서 어린 시절을 보낸 영지의 주인 라네프스카야 부인에게 그곳은 순수와 무구의 장소다. 대학생 트로피모프의 눈에 비친 그 동산은, 농노들을 동원하여 가꾼 잔학한 폭정의 산증거다. 신흥 부자인 상인 로파친에게 그곳은 자신이 이뤄낸 급격한 사회적 지위 상승의 표시, 승리의 징표다. 그는 이 정원을 산다. 마치 하겐슈트룀이 뤼벡에서 멩슈트라세의 집을 사들이듯이[1] 말이다.

「벚꽃 동산」 역시 한 가족의 몰락사를 담고 있으니, 라네프스카야 부인은 부덴브로크 가의 딸 토니의 사촌인 셈이다. 「세 자매」에서 체호프는 그저 제정러시아 시대 농촌의 참담한 실상을 보여주고자 했는지 모른다. 하지만 우리는 러시아 농촌의 참담함뿐만 아니라, 보다 나은 삶에 대한 동경, 사랑에의 희구를 아울러 보게 된다. 이렇게 그에게 오면 모든 것은 강한 상징이 된다.

우리의 프랑크푸르트 지방 시인[2]이 일찍이 여기에 어울리는 멋진 표현을 한 적이 있다. "모든 무상無常한 것은 한낱 비유일 뿐이다."[3] 사실 체호프는—그가 수차 고백했듯이—"시에 대한 거부감"이 있었다. 그리고 그는 러시아문학 중 가장 시적인 산문드라마와 단편을 썼다. 그의 작품에 나오는 대사들의 핵심은 대개 화자들이 말로 옮기지 않는 표현들 사이의 정지 장면에서 들을 수 있다. 바로 이 침묵이야말로 이 작품들의 근간을 이룬다. 왜냐하면 체호프는 속삭임의 절규, 고요의 통곡을 창시한 작가였기 때문이다. 그는 참혹한 고통으로 말을 잃은 인간을 보여주었다.

gustav mahler

구스타프 말러

구스타프 말러
작자 미상 | 목탄과 연필 스케치

1960년대에 사라 키르슈[1]의 시를 처음 읽고서, 나는 한눈에 반해버렸다. 그녀의 서정시는 더없이 독특해 보였고, 시의 모티브들은 전부 어떤 식으로든 작가의 고향, 동독에 가 닿아 있었다.

1977년 그녀가 서베를린으로 넘어왔을 때, 나는 바로 비행기를 타고 그녀를 찾아갔다. 미처 자리에 앉기도 전에, 내 눈에 들어온 건 두 가지였다. 하나는 사람을 대하는 사라 키르슈의 꾸밈없고 진심 어린 태도, 그리고 또 하나는 당시 그녀의 건강 상태가 무척 좋지 않다는 사실이었다. 하긴 놀랄 일도 아니었다. 바로 이틀인가 사흘 전에 일생일대의 사건을 경험한 사람 아닌가. 그걸 탈출이라고 부르든, 이주라고 부르든, 아니면 이사, 뭐라 부르든 간에.

내가 방문하기 몇 시간 전 그녀가 썼다는 짧은 시는 당시 그녀 내면과 주변에서 일어난 일들을 짐작게 한다. 그녀는 그 시 원고를 내게 건넸고, 아직 제목을 붙이지 않았기에, 내가—그녀의 허락을 받고—시 전문 위에 '남은 실'이라고 썼다. 시는 이 제목으로 곧바로 프랑크푸르터 알게마이네 차이퉁에 실렸고, 이후 사라 키르슈의 대표작 중 하나로 널리 알려졌다. 그뒤 몇 년간 우리는 그리 자주 만나지는 못했지만, 계속 연락을 주고받으며 지냈다. 그녀는 건강 상태가 눈에 띄게 호전되었고, 갈수록 큰 성공을 거두었지만, 지인들과 동료들을 대하는 그녀의 꾸밈없는 태도만큼은 전혀 변함이 없었다.

1983년인가 1984년에 그녀가 사는 슐레스비히홀슈타인 지방의 외딴집을 방문했다. 당시 그녀는 작곡가 볼프강 폰 슈바이니츠와 함께 살고 있었다. 거실에 구스타프 말러의 초상화 한 점이 걸려 있었는데, 맘에 쏙 들었다. 나에게 팔면 안 되냐고, 농담조로 물었다. 그것만은 절대 안 된다며, 슈바이니츠가 그 이유를 설명해주었다. 자기가 열네 살쯤 되었을 때, 우연히 헌책방에서 저 그림을 발견했단다. 무척 갖고 싶었는데, 용돈이 모자랐다. 혹시 좀

도와주시려나 기대하며 어머니에게 여쭤봤지만, 통하지 않았단다.

꼬마 슈바이니츠는 어찌 된 일인지 몇 주 만에 필요한 금액을 모았고, 신이 나서 헌책방으로 달려갔는데, 그 그림이 이미 팔리고 없다는 말에 실망이 이만저만이 아니었다. 그러고 나서 몇 주가 지나 성탄절이 되었는데, 크리스마스트리 아래 바로 이 말러 초상화가 있었다고 한다. 어머니의 선물이었던 것이다. 볼프강은 감격무지였다고 했다. 그런 물건을 어떻게 남에게 팔겠는가, 이해하고도 남을 일이었다. 나는 충분히 이해한다고 했다. 어차피 애당초 농담 반 진담 반으로 해본 말이었다.

1985년 프랑크푸르트에서 내 생일잔치가 있었다. 사라 키르슈와 볼프강 폰 슈바이니츠도 와주었다. 그들이 그때 내게 준 선물이, 바로 이 말러 초상화다. 이번엔 내가 감격무지. 이 멋진 그림을 그린 사람이 누군지는 모르지만, 우리가 잘 아는 사진을 바탕으로 했다. 1907년 빈 궁정오페라 극장 홀에서 찍은 사진이다.

인터뷰에 단골로 등장하는 질문 중 하나인, '만약 무인도에 간다면' 가져가고 싶은 음반이 무엇이냐는 질문을 받는다면, 나는 매주까지는 아니더라도 적어도 매달 다르게 대답해야 할 것 같다. 〈트리스탄〉? 〈돈 조반니〉나 슈베르트의 현악5중주 C장조? 베토벤의 현악사중주 중 작품번호 59? 슈만의 하이네 가곡? 슈트라우스의 오페라 〈엘렉트라〉? 그때그때 내 기분과 상태에 따라 결정이 달라질 것이다. 요즘 같으면 말러의 교향곡을 택하겠다. 몇 번? 이상한 대답일지 모르지만, 그건 별로 상관없다. 내가 그의 모든 교향곡을 똑같이 좋아하고 그에 똑같이 감탄한다는 뜻은 아니다. 하지만 실로 각 작품 하나하나가 흥미롭고 강렬하며, 각기 다른 방식으로 나를 매료한다. 오늘은 괴테의 『파우스트』 제2부 마지막 장면을 소재로 한 교향곡 8번으로 하겠다.

이 교향곡을 두고 말러는 1906년 한 편지에 쓰길, 자기가 이제껏 만든 곡 중 가장 중요한 작품이라고 했다. "생각해보십시오, 온 우주 만물이 소리를 내며 울려퍼지기 시작하는 겁니다." 말러가 이 교향곡 8번을 두고 우주 운운하는 걸 보면, 그가 의도한 바와는 달리, 뭔가 문제가 있음을 스스로 일러준 셈이다. 바로 이런 어마어마한 허세야말로 듣는 이들이 거부감 없이 작품을 수용하는 것을 어렵게 하는 걸림돌이다. 장대한 규모와 호화찬란한 스케일이 굉장히 인상적일 수도, 희한하게 느껴질 수도 있다. 그러나 나는 이것이 감동과 전율보다 오히려 반발을 사지 않을까 우려된다.

"불가능을 갈망하는 사람을 나는 사랑하노라"[2]라는 괴테의 말을 기꺼이 따를 용의가 있는 사람이라면, 아마 주저 없이 말러에게 최고의 존경을 표하리라. 그는 늘 불가능을 갈망했으며, 특히 이 교향곡 8번에서는 그 어느 때보다도 더 대담하고 과감했다. 그리하여 이 작품은 그 스스로 생각했던 바와는 달리, 가장 중요한 작품은 아니지만 아마 가장 독특한 교향곡이 아닐까 싶다. 이 작품은 바로 그 불완전성과 내적 모순을 통해 20세기 예술의 분열과 좌절을 실증적으로 보여준다.

도달 불가능한 것을 동경하고 갈망하다가 최고조에 이르러 좌절한 구스타프 말러—같은 이유로 그와 비견되곤 하는 또 한 명의 유대인이 있으니, 바로 프란츠 카프카다. 이 두 사람, 말러와 카프카는 우리의 세계관—가장 근원적인 의미에서의 세계관—을 바꾸어놓았다.

이 말러 초상화 액자는 오른쪽 위 모서리 부분 유리가 깨져 있다. 슈바이니츠는 선물로 받을 때부터 그 상태였는데 자기도 유리를 갈아 끼우지 않고 그대로 두었다고 했다. 어쩌면 그는 구스타프 말러의 초상과 이 균열이 썩 잘 어울린다고 생각했던 건 아닐까.

Arthur Schnitzler

아르투어 슈니츨러

아르투어 슈니츨러
로레다노 | 잉크 드로잉

다른 매체를 통해서이긴 하나, 나는 일찍이 아르투어 슈니츨러에게 빠져들었다. 1933년 베를린에서 상영된 영화 한 편은 지금도 기억에 생생하다. 그 영화의 원작이 바로 슈니츨러의 『사랑의 유희』였다. 1932년 제작된 그 영화는 나치가 이미 권력을 장악한 그때 용케 영화관에 걸리긴 했지만, 광고 포스터에도 영화 자막에도 슈니츨러(그는 유대인이었다)라는 이름은 없었다. 감독 막스 오퓔스(그도 유대인이었다)의 이름도 마찬가지였다. 나는 이 영화에 홀딱 반했다.

정말이지 모든 것이 매혹적이었다. 현대 독일 극작품 중 가장 잔잔하고 가장 비극적인 로맨스를 그린 원작, 인물의 심리와 분위기 전반을 은근하면서도 명확하게 느끼게끔 만들어낸 감독의 역량, 게다가 배우들은 또 어떤가! 특히 미치 역을 맡은 루이제 울리히와 가련한 크리스티네 바이링 역을 맡은 마그다 슈나이더. 슈니츨러의 작품, 아니 오스트리아문학을 통틀어 가장 유명한 "귀여운 아가씨"[1]인 크리스티네는 자신의 삶을 송두리째 바쳐 사랑했건만, 애인인 젊은 소위는 그것을 그저 숱한 연애질 중 하나요, 그야말로 일시적이고 하찮은 사랑놀이 정도로 여겼다는 사실을 알고 절망한다.

그로부터 얼마 뒤 이 작품은 베를린 방송국에서 라디오 드라마로 만들어져 전파를 탔고, 여기서도 미치 역을 루이제 울리히가 맡았는데, 그녀의 감미로운 목소리와 교태가 살짝 느껴지는 빈 특유의 발음이 영화에서보다 훨씬 도드라져, 난 정신을 차릴 수가 없었다. 정말이지 그녀에게 완전히 마음을 빼앗겼다. 게다가 영화 〈레기네〉—원작은 고트프리트 켈러의 노벨레—와 〈빅토리아〉—원작은 크누트 함순[2]의 소설—, 특히 실러의 잔 다르크 역을 비롯해 여러 연극무대에서 그녀를 보면서 나는 진정한 열혈 팬이 되었다. 당시 나는 그녀가 케테 골트와 파울라 베셀리의 뒤를 잇는 최고의 신세대 여배우라고 생각했다.

영화 〈사랑의 유희〉를 언급하면, 잊을 수 없는 짜릿한 경험이 또하나 떠오른다. 원작 1막의 거의 끝 부분에는 검은 옷을 차려입은 점잖은 신사가 갑자기 등장해 문을 쾅쾅 두드리는 장면이 있다. 찬물을 끼얹어 연인들의 사랑의 향연을 방해하는 방문객이다. 이 신사는 실재 인물일까 아니면 일종의 상징일까? 아마도 둘 다를 한 몸에 구현한 것이리라. 그는 아내의 정부에게 결투를 신청하는 상처 입은 남편이자, 또한 죽음을 암시하는 상징이다. 사실 이 인물은 원작에서나 영화에서나 비중이 극히 미미했다. 그렇지만 영화에서 이 장면은 너무나 충격적이었다. 왜냐하면 그 '신사'를 연기한 이가 바로 구스타프 그륀트겐스였기 때문이다.

이 두 사람은 나를 실망시킨 적이 없다. 우리 세대의 햄릿과 메피스토였던 배우 구스타프 그륀트겐스, 그리고 소설가이자 극작가인 아르투어 슈니츨러. 그의 극작품 중에서 가장 높이 평가하는 작품이 뭐냐고 묻는다면, 나는 주저하지 않고 『베른하르디 교수』라고 답하겠다. 반유대주의를 다룬 가장 지적이고 가장 탁월한 작품인데, 유감스럽게도 그 시사성 때문에 제대로 조명받지 못했다. 그의 극작품 중에서 가장 감탄하는 작품이 뭐냐고 혹시 누가 묻는다면, 나는 주저하지 않고 『윤무』를 꼽겠다. 슈니츨러는 이 작품에서 남녀 간의 가장 내밀한 상황, 즉 동침 전후의 모습을 묘사하면서 당대 사회에 대한 비판적인 자화상을 그려냈다. 그런데 만약 그의 극작품 중에서 가장 사랑하는 작품을 묻는다면, 나는 주저하지 않고 『사랑의 유희』라고 고백하겠다. 평론가 한스 바이겔이 "4분의 3박자 죽음의 춤곡"이라고 표현한 극작품.

슈니츨러는 사랑과 죽음의 시인이었다. 체념과 파멸, 한없는 무상함을 그린 작가였다. 그의 인물들이 타인을 갈망한다면, 이는 그들이 타인에게서 무슨 큰 행복을 얻을 줄로 기대해서가 아니다. 이들의 바람은 소박하기 그

지없다. 이들은 다만 보호받기를 바라며 피난처를 찾는 사람들이요, 의지할 데 없어 망명을 꿈꾸는 이들이요, 고통을 잠재워줄 진통제를 찾는 이들이다. 꿈꾸던 피난처래야 그저 잠시 잠깐이요 임시방편일 뿐임을 그들도 잘 알지만, 단 한 시간만이라도 좋으니 이 외로움을 이겨내고 슬픔을 잊고 두려움을 떨쳐버리고 싶은 것이다.

그러면 정작 작가들은 어떠한가? 대부분의 작가들은 전도된 피그말리온에 속한다. 즉 자기들이 빚어낸 인물에게 매료되기보다는, 오히려 자신들이 꿈꾸는 여인들을 만들어내는 쪽이다. 그러고는 그 여인들을 미나[3], 그레트헨 또는 클레르헨[4], 나탈리 또는 케트헨[5], 에피 또는 멜루지네[6]라고 이름 붙이는 것이다. 아르투어 슈니츨러는 자신이 희구한 여인의 이름을 크리스티네 바이링이라 칭했다.

gerhart Hauptmann

게르하르트 하웁트만

게르하르트 하웁트만
이포 하웁트만 | 드라이포인트

나는 게르하르트 하웁트만을 좋아한 적이 없고, 그의 작품에 매료된 적도 없다. 오히려 그의 장편들은 하나같이 실망스러웠다. 건성건성 조야하게 쓰인 그 소설들이 오늘날 잊힌 건 당연지사다. 게르하르트 하웁트만—그는 확실히 뛰어나게 지적인 작가라 할 수 없었고, 좀 심한 말일지 모르지만, 아둔한 유형의 작가였다고 해도 과언은 아닐 것이다. 하지만 아둔하든 어떻든, 어쨌든 그는 작가였다. 또한 나는 어쩌니 저쩌니 해도, 딱 하나 극작가로서의 그에게만큼은 약하다는 사실은 굳이 감추지 않겠다.

내가 10대 초반에 처음 읽은 그의 작품은 「비버 모피」였는데, 무척이나 재미있게 읽었고, 지금도 여전히 이 '도둑 코미디'는 독일 희극 중 다섯 손가락 안에 꼽힐 만한 수작이라고 생각한다. 「직조공들」도 빼놓을 수 없다. 당시 이 연극은 대담한 정치적 시위로 받아들여졌고, 그렇게 볼 수도 있다. 그러나 하웁트만은 사회비판적이긴 해도, 정치적인 작가는 아니었다. 그의 작품들 근저에 놓인 가장 강력한 동인은 전혀 다른 종류의 것이다. 한마디로 표현하자면, 하웁트만은 '연민'의 작가였다.

말이 나온 김에 하는 얘기인데, 마흔 편이 넘는 하웁트만의 극작품 중에서 유독 「직조공들」만 '제3제국'에서 상연이 금지되었다. 그러다가 전쟁중 나치는, 직조공들이 히틀러 국가에서 행복해진다는 식으로 결말을 생뚱맞게 낙관적으로 고쳐 이 작품을 무대에 올리고자 했다. 하웁트만은 이 무리한 요구를 거부했다.

하웁트만의 다른 작품들도 나치의 생리에 맞지 않기는 마찬가지였다. 이를테면 나는 불행한 농촌 아가씨의 이야기를 다룬 「로제 베른트」 역시 상당히 감동적인 비극이라고 생각하는데, 괴벨스는 이 작품이 영화화되는 것을 개인적으로 저지했다. 괴벨스는 「마부 헨셸」도 너무 우울하다고 싫어했고, 비판성이 약한 「슐루크와 야우」마저도 좋아하지 않았다.

'제3제국' 때 다른 대우를 받은 작품은 하웁트만 최고의 작품 중 하나인 「해 지기 전」이다. 이 작품은 히틀러가 권력을 장악한 직후 초연되었고, 그 후 1937년에는 '지배자'라는 제목으로 영화화(에밀 야닝스 주연)되었다. 원작을 어이없을 정도로 심하게 변형해 국가사회주의 성향에 억지로 끼워맞춘 영화였다. 모르긴 몰라도 하웁트만의 동의를 받지도 않았을 것이다. 감독은 파이트 하를란. 1945년 이후, 「해 지기 전」은 서독에서 에른스트 도이치 주연으로 영화화되어 대성공을 거두었다.

〈미하엘 크라머〉는 내 기억에 깊게 각인된 연극인데, 아마도 1937년 베를린에서 본 공연이 워낙 출중했기 때문이리라. 주인공 역은 베르너 크라우스, 크라머의 타락한 아들 역은 청년 베른하르트 미네티가 맡았다. 아버지인 노년의 크라머가 쏟아내는 대사들, 특히 최종 막에 나오는 대사들은 그야말로 들어주기 괴롭고, 토마스 만이 『마의 산』에서 하웁트만을 패러디해 만든 인물인 페퍼코른이 절로 떠오른다.

하지만 하웁트만의 가장 중요한 작품이 뭐냐고 묻는다면, 나는 '베를린의 희비극' 「쥐들」로 결정하지 않을까 싶다. 하웁트만의 탁월하고 중요한 작품들이 오늘날 거의 무대에 오르지 않는 이유는 무엇일까? 연출가들 말로는, 슐레지엔 지방 사투리를 요즘 배우들이 소화하기 힘들기 때문이란다.

하웁트만의 긴 생애를 통틀어 '제3제국' 시절만큼 그의 작품이 빈번히 상연되었던 적은 없다. 여기에는 두 가지의 전혀 다른 이유가 있었다. 우선 확실히 밝혀둘 건, 바이마르공화국의 총아 하웁트만은 나치가 아니었다. 그러나 그는 토마스 만과 하인리히 만 형제처럼 망명을 가지도, 유대인들이 줄줄이 쫓겨날 때(알프레트 되블린, 프란츠 베르펠, 야코프 바서만[1] 등을 비롯해) 리카르다 후흐처럼 예술 아카데미를 떠나지도 않았다. 독일이 국제연맹에서 탈퇴했을 때(1933년 말), 그는 베를린 일간에 이를 지지하는 짧은 논평을 실었다. 기사의 표제인즉슨, "나는 '찬성'이다". 이 논평은 아돌프 히틀러와 그 정부에 대한 명백한 동의로 받아들여졌다. 하지만 1933년 이후에 발표된 하웁트만의 많은 작품에서 새 권력자에 대한 아부의 흔적은 찾아볼 수 없다. 요컨대 그는 거리를 두기는 했지만, 결국은 나치에 협조한 셈이다. 1937년 그들은 일흔다섯번째 생일을 맞은 이 작가에게 성대한 생일상을 차려주었다.

제국 시절 하웁트만의 연극이 많이 상연된 데는 또다른 정황도 있다. 극장마다 레퍼토리 기근에 시달렸던 것이다. 에른스트 바를라흐[2], 베르톨트 브레히트, 페르디난트 브루크너[3], 마리루이제 플라이서[4], 발터 하젠클레버[5], 후고 폰 호프만슈탈, 외된 폰 호르바트[6], 아르투어 슈니츨러, 카를 슈테른하임[7], 프랑크 베데킨트[8] 등 수많은 작가들이 유대인이거나, 유대인 혼혈이거나, 망명을 했거나, '제3제국'의 적이거나, '퇴폐' 작가로 분류되었던 까닭이다. 이런 상황이었기에 하웁트만의 작품은 더 환영을 받았던 것이다.

그의 일흔다섯 살 생일을 기해 베를린 샤우슈필하우스는 1907년에 나온 무난한 희극 한 편을 무대에 올렸다. 연출(케테 골트와 마리안네 호페 주연)은 훌륭했다. 나는 초연을 보러 갔는데, 그날 앉은 측면 이등석의 싼 자리에서는 무대는 몰라도 귀빈석만큼은 아주 잘 보였다.

거기에 두 신사가 앉아 있었다. 게르하르트 하웁트만과 제복을 쫙 빼입은 헤르만 괴링이었다. 막이 내린 뒤 터져나온 우레와 같은 박수 소리는 분명히 이 저명한 두 사람을 향한 것이었다. 둘은 친절하게도 히틀러식 경례로 환호에 답했다. 그랬다. 그 노령의 하웁트만, 「직조공들」과 「쥐들」의 작가, 그 위치에 오르기까지 여러 유대인들(연출가 오토 브람과 막스 라인하르트, 평론가 알프레트 케어와 지크프리트 야코프존, 출판업자 사무엘 피셔 등)의 도움을 받았던 그가 실로 너무나 태연하게 손을 번쩍 치켜들어 히틀러식 경례를 했던 것이다.

여기 실린 하웁트만의 초상은 그의 아들 이포 하웁트만(1884년 베를린 근교 에르크너에서 태어나 1973년 함부르크에서 사망했는데, 나는 함부르크에서 그를 종종 만나곤 했다)이 애정을 담아 그린 그림이다. 이 그림에 그려진 노년의 하웁트만은 약하고 온화하고 선량해 보인다. 아마 실제로 그랬을 것이다. 하지만 무엇보다도, 그는 시인이었다.

학창시절, 게르하르트 하웁트만은 살아 있는 독일 작가들 중 '문호'로 꼽혔다. 토마스 만이 아니라 하웁트만이? 그랬다. 하지만 그랬다고 해서 하웁트만이 더 위대한 인물로 인정받았다는 뜻은 아니다. 그건 딱히 자질의 문제라기보다, 오히려 전통이라는 이름으로 면면히 이어져 1920, 30년대까지도 여전히 당연시되던 고약하고 치명적인 차별과 관련이 있었다. 말하자면 '작가'와 '소설가'라는 명칭을 엄연히 구별해, 희곡이나 시를 짓는 '작가'가 소설이나 노벨레를 쓰는 '소설가'보다 수준이 높다고 여긴 것이다.

1964년에 당시 독문학계를 대표하던 학자 벤노 폰 비제가 내가 진행하던 라디오 대담 프로에 나와, 시대착오적이고 정말 무의미해 보이는 이 용어 체계를 여전히 집요하게 고수해 놀라움을 금치 못했다. 그때 내가 단도직입적으로 질문을 던지자 그는 꽤 당황했다. 그러니까 뤼벡 출신 '시인' 에마누엘 가이벨이 같은 뤼벡 출신 '산문가' 토마스 만보다 더 중요하다는 얘기냐고 물었던 것이다. 벤노 폰 비제는 웃었고, 좀 난처해하며 이렇게 대답했다. 어쨌거나 가이벨이 작가고, 토마스 만이 그와 달리 소설가라는 건 사실이라고, 물론—마지못해 덧붙이길—전자는 부실한 작가였고, 후자는 천재적인 소설가였다고.

그 외에도 게르하르트 하웁트만에게 유리하게 작용한 사정이 또 있었다. 초기에 그는 뛰어난 단편(「철로지기 틸」)을 발표했었다. 그뒤 장편도 몇 편 썼는데, 이 작품들은 이미 오래전에 잊혔고, 그게 당연했다. 사실 이 작품들은 (아무튼 부분적으로는) 현실적인 이유로 나온 것이었다. 그는 슐레지엔 아그네텐도르프에서 상류층 생활방식을 영위하기 위해 돈이 많이 필요했던 것이다. 하지만 그를 독일문학사에서 탁월한 지위에 올려놓은 작품들은 단연 극작품이다. 바로 그런 면에서 그는 문학 대중이 지닌 '문호'의 이미지에 부응했다. 괴테도 『베르터』나 『친화력』을 썼으며, 그 외에도 아주 훌륭한 독

게르하르트 하웁트만
막스 리베르만 | 석판화

일 소설들이 많다는 건 그 시절에도 분명 잘 알고 있었다. 그럼에도 불구하고 '문호'라고 하면 여전히 레싱, 괴테, 실러, 클라이스트에서 헤벨에 이르기까지, 아무튼 극작가였다. 딱 두 사람, 횔덜린과 하이네의 경우는 예외였지만, 이 둘이야 어느 모로 보나 어차피 예외적인 인물이었다. 당대의 문호라는 칭호는 감투까지는 아니어도 영예였고, 하웁트만은 이것이 좋았다. 아니 진정 행복했다. 그리고 그는 이 행복을 지키고자 나름대로 적잖은 노력을 기울였다. "우리는 늘 연기한다, 그걸 아는 사람은 영리하다"는 아르투어 슈니츨러의 멋진 경구는 작가 자신에게 딱 들어맞는 말이다. TV가 발명되기 훨씬 이전부터, 대중의 호응을 받고자 하는 사람이라면 자기주장을 곧 자기연출로 이어가게 마련이었다. 슈테판 게오르게[9], 토마스 만, 요제프 로트, 베르톨트 브레히트 그리고 게르하르트 하웁트만. 가만 보면, 이들은 모두 탁월한 배우요 혼신의 힘을 다한 연기자 아닌가? 모두 겉모습부터 행동거지까지 스스로 떠맡은 역할에 맞추고자 부단히 애쓰지 않았나?

아주 간단한 예로, 게오르게의 수도복, 브레히트의 트레이드마크인 노동자 재킷, 로트의 통 좁은 장교 바지 등을 떠올려보자. 하웁트만은 어떤가? 머리 모양이나 타이 등으로, 때로는 살짝 화장까지 해가며 괴테의 생김새를 연출해 구설수에 오른 적이 한두 번이 아니다. 실제로 그가 정말 노년의 괴테와 닮았다는 얘기는 많이 나왔다. 이런 얘기에 그가 직접적으로 반응했는지 어쨌는지 난 모른다. 하지만 작가치고 "인간적인, 너무나 인간적인 것"과 거리가 멀다 할 사람이 있으랴. 어쨌든 이거 하나는 분명하다. 그는 위대한 극작가였다. 우리는 그를 박물관 한구석에 처박아두지 않도록 유의해야 하리라. 결코 그를 잊어서는 안 된다. 우리의 연출가들과 감독들, 그리고 독일어 교사들께서는 부디 이 점을 유념해주시길.

Ricarda Huch

리카르다 후흐

리카르다 후흐
후고 마이젤 | 드라이포인트 | 1946년

그녀는 그런 사람이었다. 1864년에 태어나, 1947년에 죽은 리카르다 후흐, 그녀는 사랑 없이는 살 수 없는 사람이었다. 아직 풋내기 소녀일 적, 그녀는 사랑에 빠졌다. 그 대상은 연상도 한참 연상인 사촌 오빠이자 법조인 리하르트 후흐였다. 다른 누구도 아닌 바로 이 남자와 살고 싶다는 걸 그녀가 분명히 알게 된 때는 고작 열아홉 살 즈음. 하지만 리하르트는 이미 오래전에 결혼한 유부남이었고, 더군다나 그의 부인은 리카르다의 언니 릴리였다. 그는 이혼하겠다고 했다가, 망설이며 결단을 내리지 못했고, 그래도 시도는 했으나, 실패하고, 또다시 약속한다.

결국, 리카르다의 꿈은 이뤄지지 않는다. 3년간 고통의 세월—하지만 아마 행복한 세월이기도 했으리라—을 보낸 뒤, 그녀는 사촌 오빠이자 형부인 그와 결별할 수밖에 없었다. 완전히 끝낸 것 같았다. 이에 관한 자세한 얘기는 그녀의 첫 장편 『루돌프 우르슬로이의 회상』에 나와 있다. 뤼벡의 명문 상인 집안 아들이 낸 대작[1]보다 몇 년 앞서, 이 브라운슈바이크의 명문 상인 집안 딸 역시 "한 가족의 몰락"에 대해 이야기한 것이다. 물론 이 소설의 중심은 유부남 사촌 오빠를 사랑하는 한 젊은 여자의 대책 없는 열정이다.

이리하여 리카르다 후흐는 브라운슈바이크와 독일을 떠나, 사랑에 실패한 지적인 여자들이 흔히 그랬듯, 학문과 문학에서 위안을 구했다. 그녀는 여자가 대학에 다니는 일이 그리 별스럽지 않았던 곳, 취리히로 갔다. 그 세대의 많은 여자들과는 달리, 그녀는 세상사에 무관심하지도 않았고, 숭고한 영성에 매진할 생각도 없었다. 대학 졸업 후, 그녀는 취리히에서 처음엔 사서로, 그다음엔 교사로 일했다. 하지만 그곳에서 더 오래 버티지 못하고, 브레멘으로 넘어간다. 브레멘은 사촌 오빠이자 형부인 리하르트가 사는 브라운슈바이크에서 그리 멀지 않은 곳이었다.

두 사람은 재회하고, 또다시 결혼 계획을 모의한다. 함께 미국으로 떠나자는 얘기까지 나온다. 그러나 또다시 제자리걸음. 리카르다는 절망한 듯하다. 너무나 진부한 스토리지만, 언제나 새롭고, 막상 당한 사람은 마음이 찢어지기 마련이라, 이런 때는 다른 짝을 찾아 위로를 받기도 하는 법이다.

리카르다 후흐는 빈에서 이탈리아인 의사를 만나, 후닥닥 결혼했다. 그에 대해 얘기해둔 기록들을 보면, 나름대로 그를 사랑했던 건 분명하다. 그녀의 말대로라면, 그는 매력적인 사람이었다. 하지만 어쩐지 에그몬트에 대한 사랑을 이루지 못해 브라켄부르크에게 정착한 클레르헨의 인상이 역력하다.[2] 몇 년 뒤, 리카르다 후흐는 이탈리아인 의사와 헤어지고, 이와 동시에 사촌 오빠이자 형부인 리하르트 후흐도 마침내 이혼했다. 그는 이제 자유의 몸, 이제 더이상 두 사람의 행복에 걸림돌은 없으리라!

리카르다 후흐는 거의 사반세기에 걸쳐 사랑한 남자와 드디어 결혼에 성공한다. 그리하여 1907년(그녀 나이 이제 43세) 마침내 꿈이 이루어졌으니, 그날은 그녀 최고의 행복, 최대의 승리를 이룬 날이었다.

하지만 아, 모두 알다시피, 오랜 세월 품어온 꿈의 실현처럼 위험한 것이 어디 있던가! 결혼식을 올리기 무섭게, 온갖 난관들이 첩첩산중 밀려왔다. 그녀의 전기 작가들은 이 일을 은근한 암시로 얼버무리지만, 정작 그녀는 당시 무슨 일이 있었는지 스스로 명확히 밝혔다. 너무나 뻔한 스토리다. 여성 바이올리니스트가 등장했을 뿐이다. 젊고 매력적인. 리카르다와 리하르트는 이내 다시 갈라설 수밖에 없었다.

그녀의 멋진 책들을 어떤 장르로 분류해야 할지 결정하기 어려울 때가 많다. 그녀를 뭐라고 설명해야 할까? 작가인가, 학자인가? 상상력 넘치는 이야기꾼인가 아니면 엄정한 역사 연구가인가? 그녀는 항상 동시에 양쪽 다였다. 그녀의 에세이는 역사서이기도 하며, 그녀가 쓴 역사서는 서사시이기도 하다. 1900년에 출판된 낭만주의에 관한 그녀의 저서는 문화사 분야의 소중한 기초 사료인 동시에, 지극히 아름다운 문학예술작품이다.

이른바 주류 독문학자들이 함부로 오해하고 도외시한 탓에, 낭만주의가 거의 망각에 묻혀 있던 시절이었다. 리카르다 후흐는 독문학계의 관례나 원칙 등에 아랑곳하지 않고, 꿋꿋하게 자신의 독자적인 길을 걸었다. 그녀는 참으로 대담하게도 심리학에서 민속학을 넘어 상징 연구에 이르기까지 낭만주의 정신과 관련된 다양한 영역들을 모두 저작에 끌어들였다. 또한 낭만주의자들의 수상쩍고 애매한 면들, 그들의 약점들과 결점들도 기탄없이 조목조목 짚어냈다. 그녀의 저서는 낭만주의 부활에 매우 중요한 동기가 되었다. 특히 후기 저작들에서 그녀는 민중의 지도자들과 자유의 투사들, 무정부주의자들과 반란자들에 천착했다. 그녀는 루터와 틸만 리멘슈나이더[3]로부터 가리발디와 바쿠닌에 이르기까지 (가장 넓은 의미로서의) '프로테스탄트'들에게 애정을 바쳤다. 사람들은 그녀를 보수적이라고 했다. 그 말이 맞다면, 그녀는 단연 보수적인 동시에 급진적인 인물이었다. 그녀에게 신낭만주의자라는 딱지를 붙이려는 사람들도 있지만, 신낭만주의의 대표자들 중 그 누가 그녀처럼 현재의 현실에 그토록 의미를 부여했던가.

1933년 이후 출판된 그녀의 책들에는, 소위 시대정신에 대한 묵인 같은 것은 눈을 씻고 찾아봐도 없다. 1933년 초반 일찌감치 프로이센 예술 아카데미에서 보란 듯이 탈퇴한 그녀다. 1947년 10월, '제3제국'의 붕괴 이후 처음으로 동서독 작가들이 한자리에 모여 공동회의를 했을 때, 리카르다 후흐가 명예회장으로 선출되었다. 그리고 몇 주 뒤 그녀는 세상을 떴다. 국가사회주의의 지배에 항거하며 투쟁한 독일의 인물들을 엮어내는 책 작업을 하던 중이었다.

그녀의 소설들은 오늘날 잊혔지만, 역사와 문학사 저서들은 앞으로도 두고두고 참고될 것이다. 그리고 내가 보기엔, 그녀의 시들 중 몇 편도 분명

길이길이 남을 것 같다. 여기 실린, 노년의 리카르다 후흐를 그린 각별히 멋진 초상화는 내가 1981년 리카르다 후흐 상을 받았을 때, 다름슈타트 시로부터 받은 선물이다.

Alfred Kerr

알프레트 케어

알프레트 케어
에리히 루트비히 슈탈 | 연필 스케치 | 1933년

1867년 브로츠와프에서 태어나 1948년 함부르크에서 죽은 베를린의 평론가 알프레트 케어. 그에 대해 글을 썼던 사람이라면 최상급 형용사를 피해가기 힘들었을 것이다. 그를 좋아해도 늘 그렇고 그를 싫어하면 더더욱. 그는 평론가 중에서도 가장 위험하고 가장 파괴적인 평론가, 가장 악의적이고 가장 거만한 평론가로 불렸다. 또한 그의 추종자들 쪽도 구경만 하지는 않았으니, 그들 사이에서 그는 가장 독창적이고 가장 뛰어난 표현력을 지닌 평론가, 가장 재치 있고 명민한 희대의 연극평론가로 불렸다.

그를 헐뜯는 쪽이건 지지하는 쪽이건 공히 일치된 의견이 딱 하나 있다. 독일 내에서 그에 비견할 만한 영향력을 행사한 평론가는 없었다는 사실만큼은 모두 인정했다.

평론이라는 이름으로 학문 인증서를 써주는 일 따위는 그의 관심사가 아니었다. 그가 추구한 목표는 전혀 다른 것이었고, 그는 유례없이 독창적인 방식으로 이를 실현했다. 케어는 연극비평을 또하나의 볼거리로, 한 편의 정신적 연극으로 만들었다. 이는 오직 그가 연극무대라면 사족을 못 쓰는 사람이었기에, 그 자신이 배우 기질이 농후한 사람이었기에 가능한 일이었다.

그의 논평들은 연극과 열렬한 사랑에 빠진 거장 예술가의 화려한 공연이었다. 강렬한 자기표현이었다. 누구든 마음만 먹으면 그를 비난할 거리가 얼마든지 있었고, 실제로 그에게는 무수히 많은 비난이 쏟아졌다. 특히 그로부터 부당하게 취급당했다고 느낀 이들이야 두말할 나위 없었다. 그의 자기중심성은 모골이 송연해질 정도이며, 자아도취는 가히 꼴불견이라고 비난했다. 틀린 말은 아니지만, 그렇지 않았다면 그가 이뤄낸 업적도 없었을 것이다. 왜냐하면 자기중심성은 그의 비평 활동의, 나아가 그가 온전히 작가로서 존재하기 위한 전제조건이었으며, 자만심은 그가 글을 쓰는 원동력이요, 자아도취는 그의 문체상 원칙이었으니까.

그는 언제나 중심을 자기 자신에게 두었다. 케어는 스스로를 실험 대상으로 삼아, 예술적 대상물(도시, 풍경, 볼거리 등도 마찬가지)에 대한 자신의 감흥을 대중에게 전달하고자 했기 때문이다. 좀 과장해서 표현하자면, 케어는 연극평을 쓴 게 아니라, 연극을 관람함으로써 야기된 자신의 개인적 체험을 썼다. 언제나 순간순간 충동에 따라 움직였기에, 그는 불안정하고 성급한 필자였다.

케어는 무대에서 본 내용에 대해서는 그저 간략하게 언급하거나 날렵하게 압축해 슬쩍 건드리는 데 그쳤다. 그가 제일 즐긴 건 경구 형식이었으며, 단상斷想이 그의 본령이었다. 이처럼 치기 어린 시적 변용으로 그는 객관적인 소견과 판단을 넘어, 열띤 고백이나 가차없는 폭로 등도 표현해낼 수 있었다. 그리하여 지극히 암시적인 그의 문장들 속에서 해당 연극의 특징, 연출의 기조나 등장인물들의 윤곽이 고스란히 느껴지고 그려졌던 것이다. 케어는 폰타네의 계보를 이었으되, 비평에서 일체의 경직성과 무미건조함을 몰아냈고, 학문적 엄숙주의를 하늘 높이 던져버렸다.

그는 짤막한 정리定理를 선호했으며, 그것이 가진 비약적이고 강력한 리듬은 그의 산문에 비상한 힘과 활력을 부여했다. 확실히 그의 고약한 문체나 지나친 오두방정은 괴로울 지경이다. 하지만 그는 실로 비평의 언어를 풍성하게 확장시켰다. 그는 진정한 괴짜요, 별종이었다. 까다로운 문장가였으며 동시에 대중의 작가였으니 말이다. 그의 평론은 삶의 향기를 내뿜었다. 그는 열광에 빠질 줄 알았고, 또한 이 열광을 독자들에게 전이시킬 줄도 알았다. 말하자면 전염성이 있었다. 하지만 거부와 분노를 표현하는 데에도 폭풍 같았다. 그랬기에 열성적인 연극 팬보다 열성적으로 그의 비평을 찾는 사람의 수가 훨씬 더 많아지는 기현상까지 생겨났던 것이다.

베를린 초연 무대에 대한 케어의 리뷰는 독일 전역을 넘어 제국 국경 너머에서까지 널리 읽혔다. 물론 그의 대중적 성공은 그의 눈부신 재능보다 오히려 싸구려 위트, 때로는 저속함에 힘입은 바가 더 컸다는 사실을 완전히 배제할 수는 없다. 그러나 어쨌든 그의 글은 누구나 이해할 수 있었다. 그의 비평에서 읽히는 삶의 정서가 시대정신과 딱 맞아떨어진 것이다.

케어는 당연히 구제불능의 낙관주의자였다. 어째서 '당연'하냐고? 낙관주의란 비평이라는 활동의 전제조건이기 때문이다. 케어는 진보를 믿었고, 독자들을 계도할 수 있다고 믿었다. 연극은 몰라도, 적어도 연극비평을 통해 인간을 구원할 수 있다고 그는 굳게 믿었다. 권위를 일체 인정하지 않으면서, 스스로의 권위는 당당하게 요구했다. 원칙이나 조항 따위는 신경쓰지 않았고, 독단과 신조는 절대 사절이었다. 어떤 문학 강령도 따르지 않았으며, 오로지 각각의 경향이나 사조를 대표한 개인들에게만 관심을 쏟았다.

케어에 대한 입장은 오늘날에도 예나 다름없이 양면적일 수밖에 없다. 그의 명성과 영향력에는 다분히 그럴 만한 이유가 있었다. 그가 남긴 많은 것들이 여전히 생생하고 신선하다. 또 그의 숱한 비행非行과 결점에도 불구하고, 그는 자기가 속한 직종의 위상을 높이는 데 크게 기여했다. 그는 평론가를 정신생활에서 거의 신화적인 영역에 있는 인물로 만들었던 것이다.

나는 알프레트 케어를 생각하면 얼마나 감사한지 모른다. 그를 귀감으로 삼은 적은 없지만, 그래도 나는 그로부터—알프레트 폴가나 쿠르트 투홀스키로부터 그랬듯—많이, 아주 많이 배웠다.

Heinrich Mann

하인리히 만

하인리히 만
구스타프 자이츠 | 붓 스케치

1970년대 중반 나는, 1969년 세상을 떠난, 내가 매우 존경하는 조각가이자 화가인 구스타프 자이츠의 미망인 루이제 자이츠로부터 소포를 하나 받았다. 남편의 유품을 정리하다 발견했다며 하인리히 만의 자그마한 초상화를 보낸 것이다. 동봉한 편지에서 자이츠 부인은 내가 만 일가에 대해 워낙 얘기를 많이 하기에, 이 그림을 선물로 보낸다 하셨다. 나는 이 깜짝 선물에 감사를 표하며, 그림이 정말 무척이나 마음에 든다고 얼른 답장을 드렸다. 그건 사실이었다. 그런데 내가 그 편지에서 굳이 밝히지 않은 게 하나 있다. 내가 하인리히 만을 많이 읽긴 했지만, 그의 책을 좋아한 적은 없다는 사실이다.

물론 1950년 3월, 하인리히 만이 귀국해 동베를린에 정착할 계획을 실현하기 직전 캘리포니아에서 사망했다는 소식을 접했을 때는, 심히 착잡한 심정이었다. 베를린 학창시절, 독일에서 하인리히 만의 책들이 금서였고 그의 작품을 읽었다는 것을 함구해야 했던 그 시절, 그의 장편 『운라트 교수』와 『충복』은 감동적이라고 할 순 없어도, 얼마나 재미있고 통쾌했던가.

지금 보면? 『충복』에서 만은 빌헬름 시대 북독일 소도시(뤼벡이 연상되는) 사회의 한 단면을 고스란히 보여준다. 여기서 다루지 않은(즉, 비판의 대상이 되지 않은) 계층은 하나도 없다. 귀족, 시민, 사업가, 법관, 공무원, 군인, 교육자, 성직자, 노동자, 노동운동가, 정치가, 창녀에 이르기까지 그야말로 모두 다 도마에 올랐다. 내용의 풍부함? 물론, 두말할 나위 없다.

다양한 에피소드와 풍속화를 배경으로, 굽실거리는 충복과 사디스트 폭군의 양면을 모두 지닌 한 시민의 일생이 그려진다. 묘사는 전체적으로 공격적이고, 은근히 고소해하는 심술궂은 조롱을 굳이 감추지 않는다. 하지만 이 장편을 3분의 1쯤 읽으면, 정말 계속 읽을 필요가 있을까 자문하게 된다. 그 사회의 모습이 하인리히 만에 의해 낱낱이 까발려져 독자의 눈앞에 더없이 선명하게 그려진다. 너무 명쾌해서 더이상 보충이 필요 없을 정도다.

인물 묘사도 사정은 비슷하다. 수많은 인물들이 능수능란한 솜씨로 묘사됐다는 데 이론의 여지가 없으나, 그 인물들의 생각과 행동은 거의 언제나 쉽게 예측 가능하다. 또 간혹 무절제하게 보일 정도인 희화화에 대한 집착, 다듬어지지 않은 혐오감, 극심한 편파성은 『충복』의 파괴력을 반감시킨다.

그래도 이 소설은 1950년대, 어쨌든 동독에서는 많이 읽혔다. 그리된 데는 무엇보다 1951년 볼프강 슈타우테가 찍은 수준 높은 데파[1] 필름의 공이 컸다.

하인리히 만의 소설 중 성공을 거둔 또다른 작품 역시 영화와 관련이 깊다. 독일에서 제작된 영화 중 최고의 수작 가운데 하나로 꼽히는 그 영화는 바로 마를레네 디트리히와 에밀 야닝스 주연의 〈푸른 천사〉다. 1930년에 제작된 이 영화의 원작은 『운라트 교수』로, 일찍이 1905년에 발표되었으나 별로 주목받지 못하고 오래전 잊혔으나, 영화의 성공으로 상당히 덕을 보았다.

운라트[2]라는 별명으로 불리는 라트 교수는 역겨운 인간으로, 자신이 맡은 학생들을 아주 비열하게 괴롭히는 악질 교수다. 하지만 그가 어떤 사건에 깊이 휘말려 결국 파멸로 끌려들어갈수록, 작가는 주인공에게 연민을 보인다. 충복과 달리 운라트 교수는 가련한 인간이다. 이 작품에서 전면에 부각되는 것은 빌헬름 제국 사회에 대한 비판이 아니라, 한 여인을 향한 애욕의 노예가 되는 한 중년 사내의 이야기다. 사랑의 희생자가 된 그 순간, 이 인간쓰레기는 더이상 가소로운 비웃음의 대상이 아니다.

하인리히 만이 무슨 작정이었는지는 모르지만, 줄거리가 진행됨에 따라 그는 점점 이 불행한 주인공과 자기 자신을 동일시한다.

언젠가 괴테는, 『괴츠 폰 베를리힝겐』의 등장인물 아델하이트를 원래 악녀로 묘사할 생각이었는데, 작품을 쓰다보니 그만 그녀를 사랑하게 되었다고 어떤 글에서 밝힌 적이 있다. 고백하건대, 나는 그런 실수를 저지르는 작가들에게 약하다. 하인리히 만의 장편 『운라트 교수』에 대해서도 그렇다.

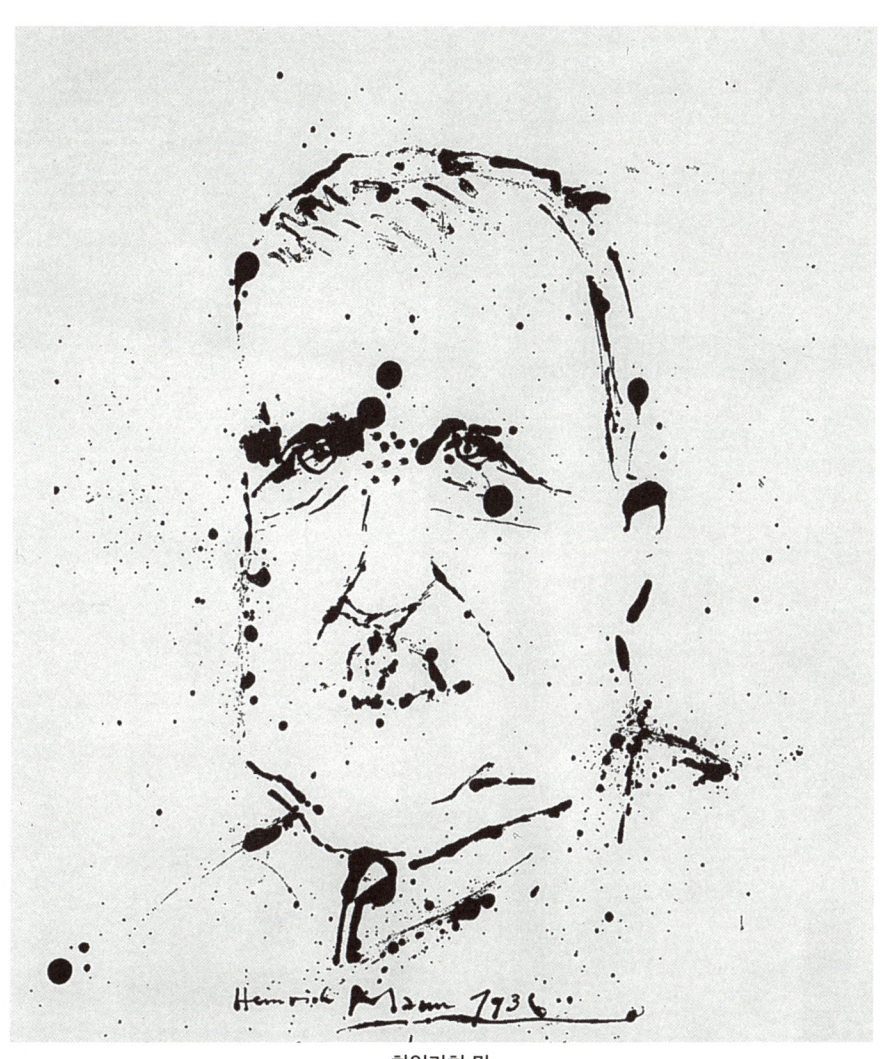

하인리히 만
호르스트 얀센 | 석판화 | 1967년

Heinrich Und Thomas Mann

하인리히 만과 토마스 만 형제

하인리히 만과 토마스 만 형제
로레다노 | 잉크 드로잉

하인리히 만과 토마스 만 형제 사이의 드라마틱한 관계는 이들의 복잡한 콤플렉스와도 얽혀 있을뿐더러, 파란만장한 20세기 독일사와도 연관된다. 처음엔 그저 단순해 보인다. 형 하인리히는 아비투어[1]에 실패했고, 직업교육(서점이나 출판업 관련)도 바로 중도 포기했다. 그러나 글을 쓰기 시작했고, 장편소설을 두 권 냈다. 동생 토마스도 비슷한 경로를 밟았다. 뤼벡의 김나지움을 중퇴해야 했고, 그 역시 직업교육을 받을 생각이 없었고, 그 역시 문학을 하고 싶어했다.

　하인리히의 책들은 아무 반향도 얻지 못했지만, 그래도 그는 아무튼 네 살 연하의 동생이 그렇게나 갈망하던, '작가'가 되었다. 그 시절, 오직 그 시절에만 토마스는 형을 자랑스러워했다. 그의 눈에 형은 이미 성공한 사람이었고, 자신은 그 그늘에 있었다. 형을 따라잡고, 할 수만 있다면 형을 넘어서는 게 그의 목표였다. 처음엔 여간해서 될 성싶지 않았다. 토마스 만의 첫 단편집 『키 작은 프리데만 씨』는 2년 동안 다 합쳐서 고작 500권 남짓 팔렸을 뿐이다. 하나 바로 이 무렵 토마스 만은, 라이벌인 형을 영원한 2인자 자리로 내려놓을 장편소설을 이미 완성한 상태였다.

　사실 이 책도 처음엔 골칫덩어리였다. 출판사는 분량이 너무 방대하다는 이유로 출간 결정을 여러 차례 미루었다. 결국 1901년에야 『부덴브로크 가의 사람들』이라는 제목이 붙은 이 장편소설은 두 권으로 출판되었다. 모든 면에서 실패였다. 1903년 한 권의 책으로 나온 뒤에야 비로소 성공을 거두기 시작했다. 그리고 이는 어마어마한 승리의 대행진이었다. 이로써 두 형제간의 각축전은 결판이 났다. 그것도 단 한 판으로 영원히. 『부덴브로크 가의 사람들』이 나날이 명성을 더해갔기에, 하인리히 만이 제1차 세계대전 때까지 각고의 노력을 기울였음에도 불구하고 무명작가였다는 사실은 상대적으로 더 부각되었다. 설상가상으로, 형은 재정적으로도 위기에 처해 동생에게 손을 벌릴 수밖에 없었다.

그러나 승자가 되었음에도 불구하고, 토마스는 하인리히와의 관계에서 여전히 극도로 공격적이었다. 이에 대해서는 대개 정치적인 입장 차이 때문이라는 해석이 지배적이었다. 하지만 토마스 만이 결정적으로 형에게 등을 돌린 것은, 그의 정치적 입장이 확실해지기 훨씬 전이었다.

이 형제를 서로 묶어주고 또한 갈라서게 만든 요인은 내밀한 본성이었으니, 요컨대 사랑에 대한 유난히 강한 집착이었다. 다만 하인리히는 여성에게 끌렸고, 토마스는 남성에게 끌렸다는 차이가 있었을 뿐이다. 흔히 시대사적 상황 때문이라고만 해석하기 일쑤인 이 형제간의 대립에는 기실 상이한 성적 취향이 크게 작용했다. 하인리히는 세상에서 성공하지 못한 패자였지만, 자신의 성적 취향 때문에 괴로울 일이 없었고, 감추려고 애쓸 필요도 없었다. 그의 여인들은 대체로 시민계층 중에서도 꺼림칙한 변두리 출신이라, 지저분한 추문이 따라붙기 일쑤였다. 하지만 하인리히는 아무 거리낌 없이 공공연히 그들과 어울렸다. 그는 사회적 관습 따위에 전혀 얽매이지 않았고, 타고난 본성대로 살 수 있었다.

토마스는 하인리히의 소설이며 희곡을 혐오했다. 그러면서도 제멋대로 사는 그를 부러워했다. 이중적이고 모호한 성격은 둘 다 똑같았다. 토마스는 시민이면서 귀족이었고, 하인리히는 구제불능의 보헤미안이면서 준엄한 예술가였다.

두 사람의 정치적 입장도 상반되긴 마찬가지였다. 하인리히는 제국주의 시절을 거치며 미적인 것에서 사회적인 것, 사회비판으로 시선을 돌렸다. 우직하게 보수를 고수했던 토마스 역시 결국엔 같은 길을 갔지만, 이는 훨씬 나중의 일이고 다른 차원이었다.

그사이 세계사는 형제간 싸움에서 빌헬름 황제의 정치와 전쟁에 수년간 대항한 형의 손을 들어준 적이 있다. 이미 전쟁 전에 써둔 하인리히의 장편 『충복』이 발 빠르게 출판되었고, 엄청난 성공을 거두었다. 빌헬름 황제 치하의 제국 세계를 향해 날린 그 살벌한 풍자는 패전 직후라는 시기에 안성맞춤이었다. 반면 토마스 만의 『어느 비정치적 인간의 고찰』은 거의 무정부주의적 작품처럼 느껴졌으니, 호응을 얻을 리 만무했다.

하인리히가 바이마르공화국에서 공식적으로 차지했던 위치는 한마디로 확고부동했다. 그 무엇도 그의 도덕적 권위를 흔들지 못했다. 그가 늘 그랬듯 후닥닥 출판해낸 소설들이 추종자들 대부분에게 당혹감을 안겨주기는 했지만, 이조차 별문제가 되지 않았다. 그러나 토마스는 다시금 형을 압도했다. 1924년 『마의 산』으로 승리를 거두었고, 1929년에는 노벨상을 수상한 것이다. 그에 반해 하인리히는 이를테면 구색을 맞출 때나 필요한 존재였다. 바이마르공화국 때나, 1933년 이후 몇 년도 마찬가지였다. 물론 망명 시절 토마스는 형을 흔쾌히 한편으로 받아들였다.

하지만 우애란 이미 어불성설이었고, 사실 하인리히가 어찌할 수 있는 문제도 아니었다. 이 형제간의 불화는 조금도 달라지지 않았다. 물론, 하인리히는 싸움을 걸 생각이 없었다. 생각이 있었다 한들 그럴 형편이 아니었다. 왜냐하면 물질적으로 다시 동생에게 의존하는 처지였기 때문이다.

알아주는 이 하나 없는 미국 땅에서 지치고 외로워 폭삭 늙어버린 하인리히 만. 그리고 망명 독일인의 수장으로 부상한 세계적인 유명 인사 토마스 만. 두 사람은 캘리포니아의 태양 아래 이렇게 나란히 서 있었다.

하인리히 만과 토마스 만 형제
안드레아스 파울 베버 | 석판화

곧잘 듣는 말이다. 독일은 유머에 젬병이라고, 여하간 독일문학에는 끔찍이도 유머가 없다고. 하긴, 실러와 횔덜린이 유머가 있었던가? 아나 제거스[2]나 잉게보르크 바흐만[3]처럼 유머라곤 모르는 여성 작가, 에른스트 윙거[4]나 우베 욘존[5]처럼 딱딱한 소설가가 또 어디 있을까?

그럼에도 불구하고 나는 감히 주장하건대, 독일문학은 세계 어느 나라 문학보다(극소수의 예외, 이를테면 영국문학은 제외하고) 유머가 풍부하다. 그리고 이와 상반되는 주장은 근거 없이 세대에서 세대로 전해내려온 고정관념일 뿐이라고 주장하는 바다.

독일 최고의 이야기꾼들―장 파울과 테오도어 폰타네―도 그야말로 진정한 유머 작가였다. 20세기 세계문학을 통틀어, 유머에 관한 한 토마스 만과 겨룰 소설가가 과연 누가 있으며, 이 시대 작가들 중 카를 크라우스[6]와 쿠르트 투홀스키만큼 재치와 유머를 가진 이가 또 누가 있나? 19세기 서정시인들 중 위트와 반어, 유머에서 하인리히 하이네를 능가하는 이가 대체 누가 있나?

어느 나라 문학이 빌헬름 부슈[7]나 크리스티안 모르겐슈테른[8] 같은 유머 작가를 자랑할 수 있는가? 전 세계 연극의 등장인물 중 가장 탁월한 유머감각을 지닌 이가 누구냐는 질문을 받는다면, 난 전혀 망설이지 않을 것이다. 내가 아무리 셰익스피어를 좋아하고 숭배한다 해도, 셰익스피어 작품의 등장인물인 폴스타프가 아닌, 우리의 메피스토에 낙점을 찍을 것이다.

내가 볼 때는 최고 수준의 희가극들 역시 독일어권에서 나왔다. 바그너의 〈명가수〉와 슈트라우스의 〈장미의 기사〉 얘기다. 희극은 또 어떤가? 비단 레싱의 『미나 폰 바른헬름』이나 클라이스트의 『깨어진 항아리』뿐이랴? 하웁트만의 「비버 모피」도 만만치 않고, 베를린의 희비극도 마찬가지다. 허풍쟁이 라이문트[9]와 탁월한 익살꾼 네스트로이[10], 세련된 호프만슈탈은 또 어떤가? 오스트리아에서 익살 하면 에른스트 얀들[11]을 빼놓을 수 없다. 스위스인 가운데 또 한 사람, 뒤렌마트[12]도 언급하지 않을 수 없다.

그리고 이 대목에서 절대 그냥 지나칠 수 없는 인물들이 바로 위대한 형제 하인리히 만과 토마스 만이다. 당대의 성공한 일러스트레이터 안드레아스 파울 베버—그는 1893년부터 1980년까지 살았다—는 체스판 앞에 앉은 두 사람을 그렸는데, 마주보는 형제의 눈길이 정답기는커녕 심술궂고 탐색적이다. 둘은 일평생 그랬고, 늘 서로를 상대로 겨루었다. 둘 다 힘들었으리라. 토마스 만의 형으로 사는 것이나, 하인리히 만 같은 형을 둔 것이나, 그 자체가 이미 하나의 십자가와 같았다.

지나친 단순화라 할지도 모르겠지만, 이렇게 표현해도 되겠다. 토마스 만은 해학가였고, 하인리히 만은 풍자가였다고. 토마스 만은 "서사의 본질적 요소"가 해학이라 믿었지만, 이 표현은 아무래도 좀 과장된 것 같고, 오히려 그의 작품에 해당되는 특질로 이해해야 하지 않을까 싶다.

그의 작가적 노정을 살펴보면, 그 출발점에 있는 『부덴브로크 가의 사람들』은 독일문학에서 가장 유명한 해학소설이며, 종착점에도 역시 해학소설이 있으니, 즉 (과소평가되는 경향이 있는)『선택된 인간』과 『사기꾼 펠릭스 크룰의 고백』이다. 반면 하인리히 만의 대표작인 『충복』『운라트 교수』『게으름뱅이 나라』 등은 공히 풍자소설에 든다.

그렇다면 풍자가와 해학가 사이에는 어떤 차이가 있는가? 풍자는 세상을 비난하고 폭로하며 공격적으로 보여준다면, 해학은 포용적이고 호의적이며 웃음으로써 그려낸다. 풍자는 해학에 의존하지만, 해학은 풍자에 기대지 않는다. 풍자의 근원이 적의와 원한이라면, 해학의 원천은 공감과 애정이다. 풍자는 증오에서, 해학은 사랑에서 나온다. 풍자의 이면에 노여움과 분노가 숨어 있다면, 해학의 이면에는 아픔과 우수가 있다. 풍자는 그 대상을 경멸하게 하고, 해학은 이해하게 한다. 풍자는 명민할지 모르나, 해학은 현명하다. 풍자는 공격적(최고의 의미로)이고, 해학은 방어적(역시 가장 멋진 의미로)이다.

20세기를 지나며 사람들은 곧잘 이 형제를 비교하며 이러쿵저러쿵 떠들어대곤 했다. 한가로운 사회유희에 불과하다. 아주 단순한 공식으로 이렇게 정리하면 어떨까? 토마스는 비할 데 없이 월등한 예술가적 자질을 갖췄고, 하인리히는 보다 정확하고 훨씬 뛰어난 정치적 직관을 갖췄다고. 1933년 나치가 하인리히의 책들을 금서로 지정해 불태웠던 반면, 토마스의 작품들은 '제3제국' 초창기에 비난은 받았을망정 제한적으로나마 여전히 판매될 수 있었다는 사실은 결코 우연이 아니다. 아마 인간적으로 더 호감이 가는 인물은 하인리히일지도 모르겠다. 그가 대개 약자였기 때문일 수도 있지만.

괴테는 이런 말을 한 적이 있다. 자신과 실러 중 과연 누가 더 뛰어난 인물인가 하는 논쟁은 이제 좀 그만두라고. 오히려 이렇게 다른 두 인간이 있으니, 좋아할 일 아니냐고 말이다. 하인리히 만과 토마스 만 형제에게도 그대로 해당되는 얘기다.

Alfred Polgar

알프레트 폴가

알프레트 폴가
베네딕트 프레트 돌빈 | 연필 스케치 | 1932년

폴가? 그게 누구지? 젊은 독자들이라면 웬만큼 문학에 조예가 깊다 해도 이런 질문을 던지지 않을까 솔직히 걱정이 된다. 대개 그렇지 않나. 평론가란 당대를 겨냥해 글을 쓰는 사람이고, 그들이 쓴 글을 읽고 논하고, 거부하거나 받아들이거나, 냉대하거나 사랑하는 이들 역시 당대인이다. 그러다가 세대가 바뀌면 금세 잊히기 마련이다.

사랑받은 평론가라? 그렇다. 극히 드물긴 하지만 그런 사람도 있긴 있다. 1873년 빈에서 태어나 1955년 취리히에서 사망한 알프레트 폴가가 바로 그런 예외적인 경우다. 사람들은 흔히 폴가를 쿠르트 투홀스키나 카를 크라우스, 알프레트 케어처럼 그 시절 이름을 날린 여타 평론가들, 뛰예통 작가들과 연장선상에 두고 본다. 물론 맞지만, 이런 비교는 많은 유사성 및 공통점들과 더불어 차이점도 명확히 드러낸다.

투홀스키, 크라우스, 케어가 공히 문학계의 중심부에 서 있었다면, 폴가의 자리는 변두리였다. 그들이 투사이자 논객에 속한다면, 폴가는 관찰자였다. 그들의 집요함과 공격성은 매몰차고 상대에게 상처를 줄 수밖에 없었다. 반면 폴가는 온유와 진심이 발휘하는 힘에 기댔다. 그들은 급진적이고 극단적이었으나, 폴가는 일체의 급진주의를 불신했고, 극단적인 것은 거의 언제나 수상해하기 일쑤였다. 그들은 검사요, 변호사와 판사의 역할을 맡았다. 그 역시 때로 기소하고 변호하고 판결을 내리기도 했지만, 증인이 되는 것을 스스로 가장 중요한 과제로 여겼다. 그들은 세상을 변화시키고자 했다. 그는 다만 기술하고자 했다.

1982년에서 1986년에 걸쳐 여섯 권짜리 폴가 전집이 출판되었을 때, 특이하게도 제목이 『짧은 글들』이었다. 그냥 짧은 글들? 그렇다, 다른 건 없으니까. 1914년 이전까지는 간혹 썼지만 나중에 스스로 폐기한 몇 작품을 제외하면, 그리고 후기에 청탁을 받은 작업들(대부분 번역이나 영화 각본)을 제외하면, 그가 쓴 글들은 길어야 네댓 쪽 분량을 넘지 않는, 말 그대로 짤막한 산문이다.

이 산문들은 연극 공연을 주제로 다룬 경우에 한해, '비평' 혹은 '논평'이라고 명명되었다. 여타의 글들은 '쾨예통'이나 '스케치' '관찰'이라고도 했고, 때로는 '이야기'라는 명칭도 붙었다.

이렇게 폴가의 저작들이 양분되는데, 이는 일목요연하기는 하나 잘못 짚은 것이다. 온 세상은 하나의 무대와 같으며, 무대는 온전한 세계다. 비슷한 얘기가 셰익스피어에도 나온다. 폴가는 오랜 통찰을 통해 가장 자연스러운 귀결을 이끌어낼 줄 알았다. 즉, 그는 극예술 속에서 삶을 추구했고, 삶 속에서 극적인 것을 찾아낸 것이다. 무대에 선 인물들을 그는 종종 마치 실재하는 사람들인 양 보고했고, 마찬가지로 거리에서 본 사람들을 마치 위대한 작가의 창작물인 듯 서술했다. 그는 연극에 대해 수다를 떨었고, 일상에 대해 논평했다. 그의 눈이 닿으면, 무대는 광장이 되고, 광장은 무대가 되었다.

이 평론가는 시적인 쾨예통 작가였으며, 이 시적인 쾨예통 작가는 평론가이기를 포기하지 않았다. 무엇에 대해 의견을 표명하든, 그는 소리 높여 토로하기는 오히려 신중하게 성찰하는 사람이었다. 어쩌다 거세게 항변할 땐, 스스로도 놀랐다. 폴가의 글들을 지배하는 것은 회의懷疑이며, 그의 문장紋章 한가운데에는 큼지막한 물음표가 박혀 있었다. 그의 글들을 읽노라면 우리는 삶에 대한 수긍한 긍정과 신랄함, 매력적인 상냥함과 우수憂愁가 오스트리아인 특유의 절충을 이루고 있음을 느낀다. 그는 우스운 것에서 동시에 비극적인 것을 보고, 비극적인 것에서 늘 우스운 것을 발견해냈다. 무심히 지나가는 듯한 말투로, 더없이 적확한 핵심과 세밀한 뉘앙스, 최대의 효과를 이끌어냈다.

폴가는 소름 끼치는 피아니시모의 달인이었고, 억제된 절규의 시인이었으며, 촌철살인의 대가였다. 그는 독자에게 친절하게 다가가기를 의무로 여겼다. 모호하거나 불명확하게 표현하는 건 예의가 아니었다. 또한 이데올로기와 강령들에 대한 불신은 그의 연극비평에도 고스란히 새겨져 있다.

폴가는 학파와 사조, 경향 등에 별로 개의치 않았으며, 구구한 이론들에는 아무 관심이 없었을뿐더러 오히려 그것을 수상히 여겼다. 그는 구체적인 것에 대해 논하기를 선호해, 개별 작품과 연출, 배우들과 감독들을 개별 분석하는 데 집중했다. 직접적인 관찰 대상에 완전히 밀착되어 있으면서도, 늘 거리를 유지할 줄 알았다. 그는 독일 산문의 귀족이었으니, 언제나 차분했고, 때때로 편안하되 결코 흐트러짐이 없었다. 그는 비평가였으며, 그럼에도 불구하고 신사였다. 큰 스승이 되었지만, 수다쟁이로 남았다. 그의 글들은 소품이되 품격이 있고, 작지만 규모가 있다. 알프레트 폴가의 산문이 발하는 빛은 잔잔하고 부드럽다. 환하게 비추되, 눈부시지 않다.

Thomas Mann

토마스 만

토마스 만
호르스트 얀센 | 드라이포인트 인쇄본 | 1990년

위대한 작가나 작곡가, 특히 초창기부터 승승장구한 사람들의 만년 작품들은 과연 어떤 특징을 보일까? 모든 것이 세월과 더불어 변한다. 대개 작업은 더 많은 노력과 시간을 필요로 하게 된다. 바그너는 말년에도 기막힌 작품을 작곡했지만, 때로는 하루 온종일 매달린 끝에 고작 몇 소절을 건지기도 했다.

많은 천재적인 예술가들이 노년이 되면, 자신의 과제와 의무에 대한 생각을 달리한다. 전에는 이런저런 이유로 필요하다고 판단한 일을 했다면, 이제는 그보다 정말 하고 싶은 일, 재미있는 일에 매달리게 된다. 베르디가 여든 살 다 돼서 작곡한 오페라는 대중의 일반적인 기대와는 아무 상관이 없어서, 당당한 행진곡도 화려한 발레 장면도 없으며, 하다못해 이렇다 할 아리아도 거의 없다. 그의 마지막 작품인 〈폴스타프〉는 호평은 받지 못했지만, 참으로 유쾌한 오페라다.

토마스 만에게서도 비슷한 면을 볼 수 있다. 그의 〈폴스타프〉는 『선택된 인간』이었다. 서른 살 무렵 그의 작업 방식은 단연 "투지와 끈기"였고, 더욱이 "의지의 자기복속은 보통 사람이 가히 상상하기 어려운 정도"였다. 그랬던 그가 일흔다섯 살이 되자 이렇게 기록했다. "마의 산과 파우스트 박사의 시대는 지나갔다. (…) 지금이야 다들 가벼운 수다를 즐긴다."

그는 여러 편지에서 새로 집필중인 책에 대해 언급할 때마다, 아주 기분이 좋아 보인다. 이번 책은 기본적으로 자기만족을 위해 쓰고 있으며, "전혀 부담 없는 노인네 수다"이고 "좀 짓궂은 작품으로, 즐거움을 안겨줄 것"이라고, 그래서 기분전환에 도움이 될 거라고 썼다. 실제로 『선택된 인간』은 얼마나 유쾌하고 재미있는지, 읽을 때마다 매번 웃지 않을 수 없다는 이유만으로도 고마운 책이다. 그렇다, 나는 이렇게 말하고 싶다. 1951년 출판된 이 『선택된 인간』은 20세기 독일문학 작품들 중 아마 가장 탁월하고 세련된 오락소설일 거라고 말이다. 따지고 보면 꽤 외설적인 이야기 아닌가.

고대 기독교 전설이자, 먼 중세 시대에 하르트만 폰아우에[1]가 지은 서사시 『그레고리우스』를 바탕으로 한 이 책의 주제는 무엇인가? 단도직입적으로 말하자면, 세 명의 등장인물이 맺는 성적 관계, 그리고 그로부터 파생된 육체적, 정신적, 도덕적, 사회적 결과다.

빌리기스와 그의 누이 지빌라는 군주의 아들딸로, 토마스 만의 다른 주인공들과 마찬가지로 품격이 높은 이 남매는 서로를 사랑한다. 빌리기스의 눈에는 오직 누이밖에 보이지 않는다. 그녀는 그의 "지상에 존재하는 반쪽"인 까닭이다. 오로지 자신과 똑같은 이, 그 한핏줄과 더불어야만 행복을 찾을 수 있는 두 젊은이는 서로를 '선택된 인간'이라고 여긴다.

이 남매의 성적 결합을 단죄하거나 어떤 식으로든 힐난하는 일은, 전연 토마스 만의 안중에 없다. 두 사람이 막 일을 치르려는 찰나, 시끄러운 목격자가 등장해 훼방을 놓는다. 집에서 키우던 개가 별안간 마구 짖어댄 것이다. 화가 난 빌리기스는 개의 목을 베어버린다. 이에 대해 화자인 수도사가 하는 말. "내가 생각하기엔 이거야말로 이날 밤 일어난 최악의 사태였다. 오히려 다른 일은, 부적절하긴 해도, 용서하겠다."

토마스 만은 이들의 관계에 대해 가타부타 말하지 않았듯, 또하나의—표현하기도 조심스러운—껄끄러운 결합, 즉 모자간의 결합에 대해서도 소설에서 단 한마디도 비난조로 언급하지 않는다. 이 불경한 남매의 소생인 그레고르는 지빌라와 잠자리에 드는데, 이는 '자기 어머니임에도 불구하고'가 아니라 바로 '자기 어머니이기 때문'이다. 두 사람은 이렇게 죄를 범했고, 속죄해야만 한다. 그리고 후에 그레고르는 기독교계 전체의 수장이 되고, 역사 이래 최고의 교황이 된다. 관대하고 진보적이며 게다가 유머까지 갖춘, 전무후무한 인물인 것이다.

1951년 한 편지에서 토마스 만은 이렇게 썼다. 이 소설은 "부자연스러운 것이 어쩌면 실은 너무나도 자연스러운 것임을 저절로 받아들이게 해줄 것이다. 닮은꼴 존재끼리 서로 사랑한다 하여 이상하게 여길 일이 아니니까……" 이러한 표현을 보면, 여기에 근친상간과 더불어 동성애적 관계도 내포되어 있음은 의심의 여지가 없다. 토마스 만은 에로스와 섹슈얼리티 문제에서는 일체의 마녀사냥식 단죄에 반대하는 것이다.

토마스 만은 사랑이 강압이나 폭력과 묶일 수 없듯, 사랑과 도착倒錯도 서로 배타적이라고 생각했다. 사랑으로 결합된다면, 그 대상이 누구든 전혀 부자연스러울 게 없다고. 사랑이란 은혜와 같아서, 이해하고 설명하기 어려우며, 이성으로 접근할 수도 선택할 수도 없는 것이니. 그러므로 소설에서 사랑은 성찰과 논증의 고찰 방식이 아닌, 거리를 두고 서술하는 묘사로써만 다루어질 수 있는 것이다. 그리하여 산문가가 두 손 들어 항복할 수밖에 없는 순간, 서사의 시간이 펼쳐졌던 것이다. 보다 명확히 표현하자면, 좀 고리타분하긴 해도, 사랑이란 오직 시인만이 감당할 수 있는 문제다.

그런 점에서 결국 『선택된 인간』은 종교소설이라기보다는 시적, 문명비판적, 심리학적 소설에 훨씬 가깝다.

여기 실린 노년의 토마스 만 초상은 호르스트 얀센이 1990년에 그린 작품으로, 토마스 만 사망(1955년) 이후에 나온 초상화들 중 단연 걸작에 든다고 생각한다.

토마스 만
툴리오 페리콜리 | 채색 동판화 인쇄본 | 1989년

토마스 만의 아들 골로 만은 부친에 대해 험담을 곧잘 했다. 그는 토마스 만의 단편 「토니오 크뢰거」에 대해 아주 가혹하게도, 토니오와 리자베타가 나누는 대화가 순 엉터리며 "헛소리"라고 했다. 그는 「혼란 그리고 젊은 날의 고뇌」와 「토니오 크뢰거」가 토마스 만의 단편들 중 최악이라며, 둘 중 어느 쪽이 더 엉터리냐고 내게 냉소적으로 물어본 적이 있다. 난 그 말을 진지하게 받아들이지 않았다. 그리고 마르틴 발저[2]에게서는—독일 TV 방송국 카메라가 돌아가는 앞에서—「토니오 크뢰거」가 "20세기에 독일어로 쓰인 최악의 단편"이라는 말까지 들었다.

물론 그러고 나서 그는 기어들어가는 목소리로, 자기가 이 형편없는 단편을 한때 ("순전히 학교 수업 때문"이긴 했지만) 줄줄 외웠다고 고백해야 했다. 말이야 바른 말이지만, 작가의 역량에 비추어볼 때 이 작품은 분명 완성도가 떨어지고 결함이 많다. 서사예술작품으로서 「토니오 크뢰거」는 「베네치아에서의 죽음」이나 「트리스탄」 같은 노벨레들에 비견할 수 없다. 그러나 나는, 골로 만이나 마르틴 발저처럼 극단적인 발언이 되든 어떻든 솔직하게 말하고 싶다. 온갖 비난에도 불구하고 나는 1903년에 나온 이 단편을 사랑한다고 말이다. 이 작품은 20세기에 독일어로 쓰인 그 어떤 이야기보다도 두고두고 내게 깊은 영향을 끼쳤다. 동급생 한스 한젠을 향한 열네 살 토니오의 불행한 짝사랑을 묘사하는 첫 장에서부터 작가는 첨예한 대립들을 동원해 주제—「토니오 크뢰거」는 주제가 뚜렷하게 드러나는 소설이므로—를 제시한다. 갈색 피부와 검은 눈동자의 토니오와, "밝은 금발"과 "사파이어 같은 파란 눈"의 소유자 한스. 토니오는 걸음걸이도 굼뜨고 어설픈 반면, 한스는 탄력 있고 경쾌하다. 토니오는 조숙하고 나약하고 우울하며, 한스는 밝고 활기차며 건강하다. 토니오가 또래 사이에서 서먹해하고 겉도는 반면, 한스는 누구에게나 사랑을 받으면서 온 세상과 행복한 관계를 맺으며 살아간다. 한마디로, 토니오가 창백한 관념으로 병든 뤼벡의 햄릿이라면, 한스는 결코 햄릿이 될 리 없는, 아마도 포틴브라스[3]가 될 소지가 다분한 인물이다. 토니오는 세상없이 문학을 향유하고, 또한 그로 인해 괴로워한다. 한스는 문학 없는 세상, 회한 없는 세상을 향유한다. 토니오는 그의 존재 방식을 부러워한다. 그러면서도 그를 자신의 세계로 끌어오려고 부단히 애쓴다. 소설의 중심 갈등, 예술가와 시민세계, 즉 삶과의 갈등은 여기서 이미 명확하게 드러나고 공식화된다. 후에 토니오는 자신을 유혹하고 놀라게 한 비시민적 환경에서 피난처를 찾는다. 뮌헨 슈바빙의 보헤미안적 자유는 한자동맹 도시 뤼벡의 건실함과 대비를 이룬다.

토마스 만은 언젠가 괴팅겐에서 강연을 마치고 한 대학생으로부터 들은 말을 회고한 적이 있다. 그가 떨리는 목소리로 이렇게 말했단다. "아마도 알고 계시리라 생각됩니다만, 아닌가요, 알고 계실 테죠. 『부덴브로크 가의 사람들』이 아니고, 이 「토니오 크뢰거」야말로 선생님의 진면목이 드러난 작품 아닌가요?" 토마스 만은 그렇지 않겠냐고 말했다고 한다. 그렇다. 토마스 만 평생의 작품 활동의 씨앗은 몰락하는 한 가족의 연대기가 아닌, 작가 토니오 크뢰거의 이야기다. 장편소설 『대공 전하』에서 자신에게 삶이란 "금지된 정원"이라고 말하는 작가 마르티니, "혼신의 힘을 다해 명성을 추구한" 구스타프 아셴바흐[4], "삶에 충실한 별종"으로 보이는 한스 카스토르프[5], 예술을 위해 사랑을 포기하는 작곡가 아드리안 레버퀸[6], 그리고 예술가로서 고등사기꾼이요, 고등사기꾼으로서 예술가인 펠릭스 크룰[7]—이들 모두가 토니오 크뢰거처럼 '선택된 인간'이다.

그리고 그를 비롯해 구약성경의 요셉 연작에 이르기까지 그 모든 인물들에는 독일 낭만주의와 유럽적 모더니티의 합슴이 담겨 있다. 그러나 「토니오 크뢰거」는 또다른 의미에서 토마스 만 작품세계의 씨앗이다. 그의 일기가 공개되어, 그의 삶에서 동성애 성향이 결정적인 전제조건 중 하나였다는 점이 명명백백해졌다. 이제 그의 장편이나 단편을 읽을 때, 특히나 성적 요소가 시야에 잡힐 때면 우리는 예전과는 사뭇 다르게 읽게 된다. 토니오가 "평범한 행복"을 꿈꾼다는 것은, 곧 성적 욕구를 의미하는 게 아닐까? 그가 "삶의 그 매혹적인 저속함"을 마음껏 누릴 수 있는 파란 눈의 소유자들을 시샘한다는 것, 이런 질투도 역시 성적인 것과 관련된 게 아닐까? 토니오 크뢰거는 많은 작가들에게 하나의 본보기가 되는 인물이며, 많은 독자들에게 동일시의 대상이다. 100년 전의 이 단편에서 많은 이들이 거듭 자신의 모습을 발견했으니, 고독하고 불우한 사람들, 사회에서 자기 자리를 찾느라 너무나 힘겹거나 끝내 찾지 못하는 사람들, 상궤에서 벗어나 있고, 그런 스스로를 힘들어하는 사람들이다. 깨달았다고 생각한 다음 순간에도 의심을 멈추지 않기에 더 많은 것을 알고, 다른 사람들보다 좀더 많은 것을 알기에 더 많이 괴로운 사람들. 이 작품은 바로 그런 이들을 위한 것이다.

이렇게 「토니오 크뢰거」는 두 세계 속 혹은 그 사이에 존재하면서 그 어느 편에도 편안하게 안주하지 못하는 이들, 인간사를 묘사하거나 그 묘사를 평하면서도, 정작 스스로는 그 인간사에서 밀려나거나 실패하리라는 두려움에 때로 진저리를 치는 그 모든 사람들에게 시적 교본이 되었다. 이렇게 토마스 만의 이 단편은 고향을 상실한 사람들의 성서가 되었으니, 이들은 마침내 그럭저럭 마음 붙일 피난처, 어쩌면 고향을 얻었다. 바로 문학이다.

토마스 만
에바 헤르만 | 잉크 드로잉

토마스 만은 상냥한 사람이었을까? 호감 가는 성격이었을까? 아, 이런 질문에 단호하게 답하기란 얼마나 쉬운가—물론 부정적인 쪽으로 말이다. 맞다, 그는 예민하기가 프리마돈나 같았고, 거만하기가 테너 못지않았다. 그랬다, 그는 극도로 자기중심적(이는 물론 직업이 직업이니만큼 당연한 일이다)인데다가, 독선적이었다. 종종 냉혹했고 때로는 잔인하기까지 했다는 것 역시 감출 수 없는 사실이다.

다만 잊어서는 안 될 다른 면이 있다. 평생에 걸쳐 수천 통의 편지가 그를 성가시게 했지만, 그는 이 편지들에 하나하나 답장을 보냈다. 그는 많은 사람들을, 특히 망명 시절에는 더욱 많은 사람들을 도왔다. 하지만 그에게 친구가 있었던 적이 있나? 보통 우정이라고 일컬어지는 그런 관계에 그는 아주 서툴렀고, 아예 생각도 없었다. 그의 작중인물 토니오 크뢰거는, 인간사에 관여하지 않으면서 인간사를 묘사하는 일에 가끔 진절머리가 난다고 한탄한다. 토마스 만, 그에겐 인간사에 섞여드는 것보다 인간사를 묘사하는 일이 훨씬 더 중요했다. 여기에는 세계문학사상 유례없는, 거의 상상하기도 어려운 둘 사이의 심각한 괴리가 존재한다. 과장해서 표현하자면, 그는 거의 아무것도 경험하지 않고, 거의 모든 것을 묘사했다. 그는 최소한의 실제적, 개인적인 경험을 가지고 최대치의 문학을 끌어낼 줄 알았다. 그리고 평생토록—죽기 몇 달 전까지—자신의 재능을 연마하기 위해 쏟은 에너지야말로 그의 천재성의 정수일 것이다.

전혀 호감 가지 않는, 오히려 정나미 떨어지는 인간이라 할 수도 있겠다. 정말 그럴지도 모른다. 하지만 우리의 괴테가 정녕 호감 가는 사람이었던가? 클라이스트가 사교적이었고, 하이네가 상냥했던가? 리하르트 바그너가 봐줄 만한 사람이었던가? 내 생각엔, 그들은 하나같이—릴케도, 게오르게도, 무질도 다 마찬가지로—그야말로 봐주기 힘든 사람들이었다. 천재란—

일반적으로—오순도순 어울릴 만한 좋은 이웃감은 아닌 법이다.

어느 정도 호감 가는 사람으로 과연 누가 있을까? 볼프람 폰에셴바흐[8]나 발터 폰데어포겔바이데[9] 아니면 셰익스피어 정도? 달리 말하자면, 우리에게 정말 호감형으로 느껴지는 천재들이란, 실상 우리가 잘 모르는 사람들이라는 얘기다.

지난 20년 동안 토마스 만의 작품세계는 크게 성장했고—이중의 의미로—확장되었던바, 즉 더욱 방대해진 동시에, 우리를 무척 당황시키면서 엄청나게 풍성해졌다. 다수의 편지를 차치하고도, 총 열 권 이상의 일기가 추가된 것이다. 이 일기들을 통해, 그가 최대의 열정을 바친 대상은 다름아닌 자기애였다는 사실이 다시금 더없이 명료하게 밝혀졌다. 이 자기애는 여러 결과를 초래했다. 그리고 바로 그것이 있었기에, 그는 모든 망설임을 무릅쓰고 자신의 진실, 아니 더 정확히 말하자면 그가 진실이라 여겼던 것을 털어놓을 수 있었다.

그리하여 우리는 동성애가 그의 존재의 기본 요건을 이루었다는 사실도 알게 되었는데, 이는 그의 작품들을 주의깊게 읽은 사람이라면 별로 놀랄 일도 아니다. 토마스 만의 일기, 이 비할 데 없는 고뇌의 연대기, 너무나도 비장한 고독의 보고서는 늘 고립되어 있었던 그의 삶을 우리가 짐작할 수 있게 해주며, 그의 약점, 그의 부덕과 결점 들을 차마 밝히기 괴로운 것까지 가차없이 낱낱이 폭로한다. 그는 이렇게 스스로를 후세에 던져줄 만큼 강하고 대담했다. 그가 플라텐의 한 구절을 괜히 인용한 게 아니었다. "세상이 나를 알게 되리라, 부디 나를 용서하길."

토마스 만에 관해 점점 더 많은 것들이 출판될수록, 대다수 독자들은 그를, 이 뛰어난 도덕가를, 이 살아 있는 거대 백과사전을 사랑하기 힘들어지고, 오히려 감탄하고 존경하기는 쉬워진다. 우리는 그를 통해 무엇을 얻었나? 이 질문에 대한 답은 한두 가지가 아니다. 어쩌면 이런 대답도 하나쯤 가능하리라. 그 덕분에 열정적인 사랑으로 묘사되고 치열한 비판정신으로 검증된 하나의 완결된 서사세계를 가지게 되었다고. 이는 독일문학사에서 타의 추종을 불허하는 것이라고 말이다.

루트비히 뵈르네는 말했다. 괴테는 "당대 가장 위대한 천재 예술가였으며 가장 위대한 에고이스트"였다고. 그리고 "후자가 아니었다면, 아마 전자도 되지 못했으리라"라고 덧붙였다. 아마 이는 토마스 만에게도 해당되는 말일 것이다.

토마스 만
미하엘 마티아스 프레히틀 | 잉크 드로잉 수채화 | 1995년

살아생전에도 토마스 만은 글 쓰는 많은 동료들에게 눈엣가시처럼 여겨졌다. 이유는 단순했다. 질투였다. 동료들 대부분은 그의 성공과 명성이 너무나 거슬렸던 것이다. 그가 사망한 후에도 한동안 여전했다. 1975년 토마스 만 탄생 100주년 행사를 치를 당시, 그는 문학사에서 유례없는 총공격 대상이 되었다. 숱한 독일 작가들이, 『마의 산』의 작가에게 아무 관심이 없다고 선언했다. 그러나 맹세하는 그들의 목소리는 분노로 떨렸다. 그런데 필수불가결했던 이 재조명은 토마스 만의 작품보다는 주로 그의 신변에 집중되었다. 또한 이와 비슷한 경우 대개, 이를테면 배은망덕한 후배 작가들이나 하극상의 해석자들로부터 기존의 견해를 재고하게 만드는 결정적인 동기들이 나오기 마련인 반면 토마스 만의 경우는 작가 자신, 그러니까 자기 손으로 써둔 기록물들이 공격의 단서를 제공했다.

그가 출판인 베르만피셔나 오토 그라우토프, 이다 보이에드[10] 등에게 보낸 편지들은 1970년대에 출판되면서부터, 토마스 만이 시민적 국민작가이자 독일 민족의 탁월한 대표라는 세간의 인식을 뒤흔들어놓는 데 한몫했다. 그 편지들은 작가로부터 거장의 면모를 적잖이 빼앗아버렸던 것이다. 하지만 기존의 이미지에서 기품과 위엄을 잃는 대신, 진솔한 인간적 면모와 진정성을 얻은 것도 사실이다.

토마스 만은 이러한 서신들의 사후 출판을 딱히 바라지도 금하지도 않았던 반면, 1977년부터 1995년까지 출판된 총 열 권의 일기들에 대해서는 전혀 다른 입장을 보였다. 뤼벡의 김나지움 시절부터 꾸준히 써온 이 사적 기록들 중 손수 파기한 부분도 상당하다. 그랬기에 1918년부터 1921년까지의 일기나 1933년부터 1955년까지의 일기들을 소중히 간수했다는 점이 더욱 눈길을 끈다. 그는 유럽으로 돌아오기 전, 이 일기들을 손수 싸서 봉인했고, 자신의 사후 20년이 지나기 전까지는 뜯지 말라는 지시를 남겼다.

그러니까 그는 이 원고들이 언젠가 공개되는 데 반대하지 않았다는 얘기다. 토마스 만 같은 작가의 경우 그런 방식의 허락은 차라리 부탁이나 다름없다. 자신의 이 내밀한 기록을 스스로 정해둔 보호 기간 이후에는 누구나 읽을 수 있게 해달라는 부탁. 왜 그랬을까? "혼신의 힘을 다해 명성을 추구했기에, 그는 (…) 일찍부터 세상을 대하는 데 노련하고 능란했다. 그는 거의 김나지움 시절부터 명성이 나 있었다. 10년 세월에, 그는 책상머리에서 스스로를 연출하고 명성을 관리하는 법을 터득했다."「베네치아에서의 죽음」의 주인공인 작가 아셴바흐에 대한 이야기다. 하지만 이는 작가 자신에게도 그대로 들어맞는다.

그는 참으로 거장다운 솜씨로 자신의 명성을 관리했다. 그는 이 일에만큼은 시간을 아끼지 않았으며, 많은 힘과 에너지, 기교와 수완을 쏟아부었다. 멋지고 탁월한 문장으로 쓰인 자화상과 삶의 이력, 회고와 변명 들에서 엿보이는 자기연출 기술은 최고 수준이다. 결국 사람들이 토마스 만에 대해 가졌던 이미지는 그가 바라던 바와 상당히 일치했으니, 이런 면에서도 그는 대단히 성공한 셈이었다. 마찬가지로 자기 작품에 대한 문예비평적 서술과 평가에도 그는 결정적인 영향력을 행사했다. 자기 작품에 관한 한 스스로가 최고 전문가였기에, 그는 작품에 대한 생각과 해석을 끝없이 내놓을 수 있었고, 전 세계 연구자들은 감사하며(그리고 대개는 마땅히 그래야 했다) 이를 받아들였던 것이다. 토마스 만은 자신의 사후에 결국 재조명이라는 재판을 면치 못할 테고, 이를 엉뚱한 무능력자들의 손에 맡기는 것은 경솔한 처사라는 결론에 도달했던 듯싶다. 그러기보다는 개인적으로 미리미리 방책을 마련해둠으로써, 이 재판에서 처음부터 유리한 고지를 선점하는 편이 좋다고 생각했던 것이다.

아무튼, 시간의 계율 때문에 여러 해 동안 극단적인 탈기념비화가 불가능했던 사람들에게 그가 크게 한방 먹인 셈이다. 이제 그들이 아무리 세게 밀어붙인들, 작가 스스로 일기장에 낱낱이 밝힌 것을 뛰어넘기는 힘들지 않겠는가. 누구도 토마스 만을 능가할 수 없다는 사실을 다시 한번 확인하게 된다.

이 책을 통해 처음으로 공개되는 이 초상화는 뛰어난 화가이자 그래픽 아티스트인 미하엘 마티아스 프레히틀의 작품으로, 내 일흔다섯번째 생일을 기해 아내가 특별히 주문해 받은 것이다. 내 생일이 1920년 6월 2일이어서, 프레히틀은 같은 날짜의 토마스 만 일기 중 한 구절을 그림에 넣었다. 토마스 만과 교우했던 작가 요제프 폰텐[11]과의 만남에 관련된 내용으로, 초상화 아랫부분에 그려진 얼굴이 폰텐이다.

토마스 만
막스 리베르만 | 에칭과 드라이포인트

노벨레 「베네치아에서의 죽음」의 주인공이자 토마스 만 자신과 놀랍도록 닮은 작가 구스타프 아셴바흐에 대한 묘사 가운데, 그는 "책상머리에서 스스로를 연출하고 명성을 관리하며, 짧디짧은 편지글(이처럼 성공을 일궈낸 작가요 신뢰할 수 있는 사람에게는 많은 요구가 밀려들기 마련이므로)을 통해 선량하고 중요한 존재가 되는 법을" 터득했다는 대목이 있다.

이 노벨레는 1912년에 쓰인 작품으로, 토마스 만은 당시 고작 서른일곱 살이었다. 가뜩이나 아셴바흐에 대한 표현은 토마스 만 자신과 연결되는데, 더욱이 그 시절 그의 서신을 보면 그런 생각이 심심찮게 등장한다. 이를테면 1916년의 어느 편지에서 그는 독일의 숙명에 대해 "일찍이 나와 형 속에서 상징화되고 의인화되어 있었던 것"이라고 썼다.

그때부터 이미 분명하게 예고되었던 사실이 바이마르공화국 시절이 되자 완전히 모습을 드러냈다. 토마스 만은 자신이 가장 포괄적인 의미에서의 독일 정신을 구현하고 있으며, 자기의 명성과 아울러 민족의 명성까지 책임지고 있다고 확신했던 것이다.

간혹 그가 이런 대표자 노릇을 짐스럽게 느꼈는지도 모르지만, 그보다는 고결한 훈장이요 영광스러운 필생의 과업으로 받아들인 때가 훨씬 더 많았다. 이는 그의 태도와 존재 방식, 숱한 연설과 논설문 및 교환한 서신 상당 부분, 나아가 그의 삶 전체 등 여러 면에 특징을 부여했다. 심지어 형 하인리히나 딸 에리카 등 가장 가까운 가족들에게 보낸 편지에서조차, 그는 대가답게 떠맡은 그 민족적, 시대적 역할을 결코 망각하지 않으려 했고, 망각할 수도 없었던 것 같다.

이렇게 토마스 만은, 자신이 창조한 인물 구스타프 아셴바흐에 대해 은근한 반어법으로 표현했던 것처럼, 가급적 언제나 "선량하고 중요한 존재가 될" 의무감을 느꼈다. 조롱을 사고도 남을 일이다. 하나 그런 그를 손가락질

한다 하여 그가 쓴 수백 혹은 수천 통의 편지를 유감스럽게 생각해야 할까. 그의 편지들은, 괴테가 교환한 서신들처럼 그의 작품의 중요한 일부분이며, 적어도 20세기에 독일어로 쓰인 최고의 서신들로 꼽힌다.

물론 이 모든 것에는 그에 상응하는 결과가 따랐고, 이 또한 막을 길이 없었다. 토마스 만은 번번이 자신을 대문호, 거장, 당대의 천재요 시민적 국민 작가로 역설함으로써, 또한 독일 민족과 유럽 문화의 탁월한 대변인으로 끊임없이 부각함으로써, 독자들에게 극도로 위엄 있고 엄숙한 작가의 이미지를 심어준 것이다.

이러한 이미지는 그 윤곽부터 경직되어 보였다. 카프카로―대략 1960년대를 거쳐 70년대에 들어서까지―미스터리가 만들어졌다면, 토마스 만은 기념비였다. 전자가 모호함 때문에 위태로웠다면, 후자의 경우는 화석화의 위험이 있었고, 어느 쪽이 더 나쁜지 판가름하기 어려웠다. 분명한 건 그들 둘 다에게 꼬리표가 붙었다는 사실이니, 카프카는 현대성의 대가로, 토마스 만은 (지금은 다 잊힌 얘기지만) 지나간 시대의 작가로, 심하게 말하면 완전히 구식 작가로 치부되었다. 많은 독일 작가들에 의해 그는 조직적으로 조롱거리가 되어, 가볍게 뒷전으로 밀려났다.

카프카를 토마스 만의 대항마로 내세운 유치한 집단 유희는 다행히 일찍 끝났다. 두 사람의 위치는 달라졌다. 카프카가 사후에 누린 명성은 실로 어마어마했고 받아 마땅한 것이었는데, 그간 약간 빛바랜 듯한 인상이다. 반면 토마스 만이 문학계, 나아가 일반 대중의 인식 속에서 차지한 위상은 더욱 높아졌으며 확연히 확대되었다.

이런 경우들이 대개 그렇듯이, 여러 상이한 정황들이 작용한 결과였다. 그중에서도 가장 큰 영향을 끼친 사건이 1977년에 시작하여 1995년에 완결된, 열 권짜리 일기의 출판이었다. 이 일기들로 모두 경악했는데, 토마스 만의 작품을 완벽하고 탁월하게 꿰고 있다고 자부하던 전문가들도 예외는 아니었다. 이 일기들로 인해 토마스 만의 기존 이미지는 완전히 흔들릴 수밖에 없었다.

한 치의 빈틈도 없는 완벽한 국민작가? 이제는 도저히 그런 말을 할 계제가 아니다. 왜냐하면 이 일기들이 그의 전혀 다른 면모를 보여주었기 때문이다. 우리 앞에 선 그의 마지막 모습은 연약하고 무력하며, 번민하는 가련한 인간이다. 자기중심적이고 독선적이며, 동성애 성향으로 남몰래 괴로워하는 그의 모습은 어떤 이들에겐 혐오스럽겠지만, 어떤 이들에게는 분명 깊은 인상을 남겼을 것이다.

그가 가장 열정을 바친 대상은 아마도 자기애였을 것이다. 그리고 바로 그것이 있었기에, 그는 그 모든 망설임을 무릅쓰고 자신의 진실을, 아니 더 정확히 말하자면 진실이라 여긴 것을 일기에 털어놓을 수 있었다. 토마스 만은 이 일기를 통해 스스로를 후세에 던질 만큼 용감하고 위대했다.

여러 수준 높은 평전들에 힘입어 그의 이미지를 바로잡고 심화하는 반가운 작업이 가능했는데, 그중에서도 나는 개인적으로 헤르만 쿠르츠케의 『토마스 만. 예술작품으로서의 삶』(1999)이 가장 와 닿는다. 또한 심혈을 기울여 새로 펴낸 작품선들도 빼놓을 수 없는데, 특히 프랑크푸르트 대주석본의 첫 몇 권은 매우 탁월하다.

그런데 많은 이들이 오랫동안 고대해왔고, 또 여러 사람이 장담해 마지않은 '토마스 만 르네상스'가 열린 결정적인 계기를 제공한 1등공신은—누가 상상이나 했겠는가?—바로 TV였다. 하인리히 브레로어의 3부작 다큐멘터리 〈만 일가〉를 통해 토마스 만은 수십만에 달하는 새로운 독자층을 얻었다. 독일의 불행 중 그나마 다행이었던 망명자 토마스 만은 근래 들어, 이제야 비로소 진정한 귀향에 성공한 것이다.

여기 실린 초상화는 막스 리베르만의 작품인데, 리베르만은 1890년부터 1933년에 이르는 시기 가장 중요한 독일 초상화가로 손꼽을 수 있다. 이 그림은 1925년 10월 9일과 10일에 걸쳐(이틀 동안 모델이 되기를 요구했기 때문에) 그려졌다. 피셔 출판사에서 '열 권 전집'을 내면서 의뢰한 것이다.

그림 속 그는 자신이 보이기 원했던 그 모습 그대로인 것 같다. 하지만 그러면 좀 어떤가. 나는 리베르만의 이 그림을 토마스 만을 그린 최고의 초상화 중 하나로 꼽는다.

토마스 만의 초기 노벨레 중 가장 중요한 작품인 1902년 작 「트리스탄」, 1911 년 작 「베네치아에서의 죽음」은 모두 주제가 사랑이다. 「트리스탄」의 중심인물인 고독한 작가 데틀레프 슈피넬은 타인, 특히 여인들을 동경한다. 사랑을 갈구한다. 그때 그가 사는 스위스 요양원에 브레멘 상인의 아내 가브리엘레가 등장한다. 그는 곧 사람의 온전한 판단력이 마비된 도취 상태에 빠진다.

최고급 요양원의 어둑한 응접실에서 두 사람은 서로 가까워진다. 그러나 그들은 서로 포옹하거나 하지 않는다. 슈피넬의 상상 속에서조차 그러지 않는다. 그들이 하나가 된다면 그건 실제 세계에서가 아닌 다른 차원의 세계에서다. 그들에게 피난처가 되어주는 곳, 육체의 결합, 아니 육체적 접촉이 전혀 없어도 사랑을 경험할 수 있는 그곳은 바로 음악의 세계다. 슈피넬이 꿈꾸는 행복은 무구하며, 그 탐닉은 순결하다.

베네치아에서 사랑의 열병에 사로잡히고 급작스레 죽음을 맞는 섬세하고 품위 넘치는 신사 구스타프 아셴바흐 역시 데틀레프 슈피넬처럼 근본이 독백적인 성향의 사람이다. 두 사람 모두 무사Mousa의 자식들로서, 예민한 자기중심성과 사랑에 대한 동경이 특징이다. 다만 아셴바흐가 느끼는 것은 전혀 다른 동경, 전혀 다른 애욕이다. 슈피넬은 여인을, 아셴바흐는 소년을 꿈꾸는 까닭일까? 여기서 중요한 건 성적 정체성이 아니다.

아셴바흐가 사랑하는 폴란드인 미소년 타치오, 더없이 완벽한 미의 화신인 그는 물론 슈피넬의 가브리엘레와 마찬가지로 다른 누구로 바뀐들 상관없다. 그리고 아셴바흐 역시 사랑하는 이에게 예속되는 결과를 초래하는 예의 그 도취 상태에 빠져든다. 그는 타치오를 보고 싶다. 최대한 자주, 최대한 오래, 최대한 가까이에서. 그의 모습이 보이는 어디에서든, 그는 그를 지켜본다. 호텔에서, 길거리에서, 해변에서. 그는 타치오에 대한 생각이 머리에서 떠나지 않아서, 어쩔 도리가 없어서, 그를 찾아 나선다.

토마스 만
로레다노 | 잉크 드로잉 | 1981년

이 까다로운 탐미주의자의 자기통제력은 이미 엉망진창으로 망가졌다. 그는 호텔의 옥외계단에서 타치오가 혼자 바다로 가는 모습을 지켜본다. 그를 쫓아, 발걸음을 재촉하고, 그의 곁에 다다르자, 곧 결정의 순간이 된다. "그는 소년의 머리에, 어깨에 손을 얹고 싶었다." 하지만 그는 망설이고, 정신을 추스르려 애쓰고, 단념하고, 고개를 떨군 채 그냥 스쳐지나간다.

슈피넬이 가브리엘레와의 대화를 꿈꾸고 갈망하며, 그로 인해 미몽에서 깨어나기를 두려워하지 않는 것과 달리, 아셴바흐는 한 발짝만 더 앞으로 나아가면 환멸로 이어질 수 있음을 예감하며, 그것만은 피하고 싶어, 끝내 주저한다. 그는 이 도취가 너무나 소중해, 환상에서 깨어나는 각성의 순간을 받아들이고 싶지 않다. 그를 정작 행복하게 만드는 것은 사랑하는 사람이 아닌, 그가 환기하는 그 감정이다. 그가 갈망하는 건 사람이 아닌, 사랑이다.

그와 타치오 사이의 일은 아셴바흐의 머릿속에서만 벌어질 뿐, 전혀 실제가 아니다. 그는 사랑하는 이에 대해 아무 환상도 갖지 않는다. 이 우아하고 고상한 소년, 먼 고대의 기억을 일깨우고 온갖 신화를 떠올리게 하는 그가 어쩌면 멍청한 사내아이에 불과할지도 모른다는 걸, 그는 너무나 잘 안다.

토마스 만은 몇 번인가 사랑에 빠졌지만, 그가 여든 살까지 살았음을 감안한다면 별로 많은 편은 아니었다. 하지만 매번 그는 사랑을 심하게 앓았다. 일흔다섯 살의 그는 일기에 이렇게 적었다. "또다시 이것이, 또다시 사랑이, 사람에게 온통 사로잡히는 일이, 그를 향한 깊은 열망이—아무 일 없이 25년이 지났는데, 이제 또다시 내게 이런 일이 일어나는 것일까." 그랬다, 그는 행복했다. 그러나 사랑과 동경은 불완전한 인식에서 기인하리라는 생각만큼은 끝까지 변함이 없었다. 클라이스트의 『암피트리온』에 대한 에세이에서 그는 이렇게 썼다. "우리가 어떤 가치 때문에 사랑한다고 믿는다면, 그건 착각이다." 사랑은 모든 가치에 앞서는, "가치를 부여하는 힘"이라고.

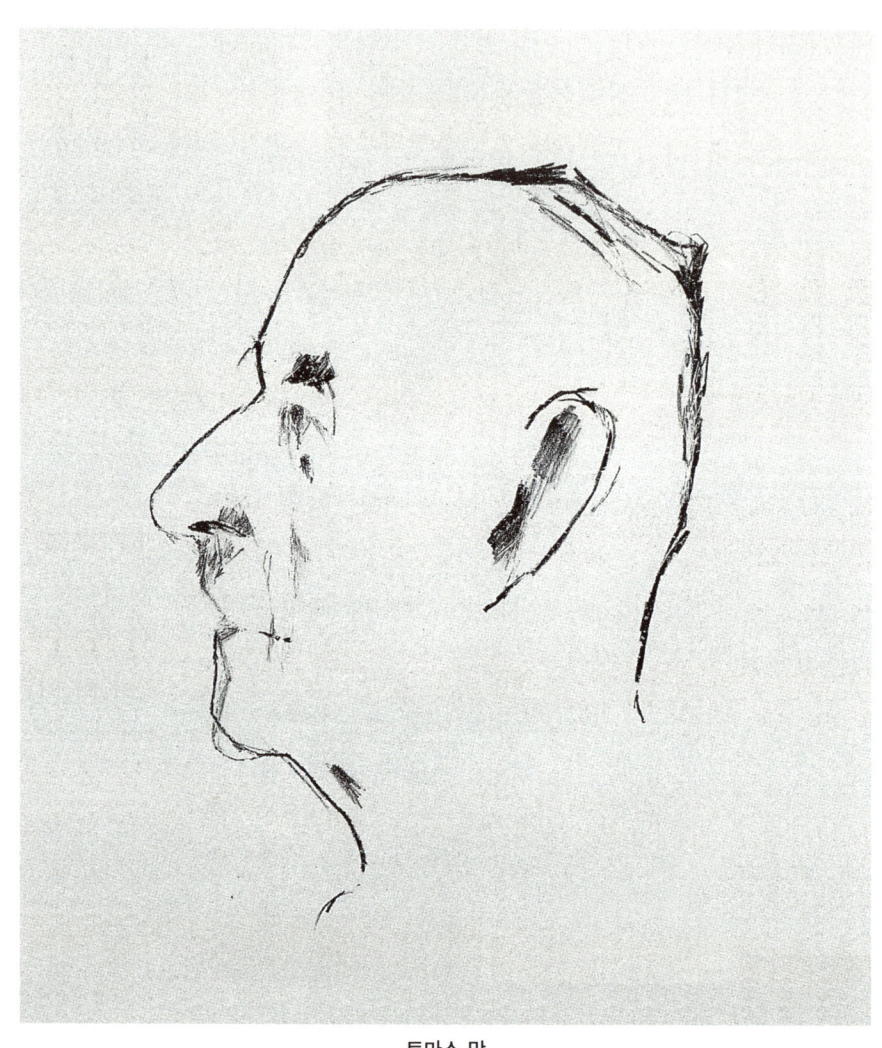

토마스 만
마리노 마리니 | 석판화 | 1954년

토마스 만
조르 | 연필 스케치

Alfred Döblin

알프레트 되블린

알프레트 되블린
엘제 마이트너 | 드라이포인트 | 1927년

알프레트 되블린의 『베를린 알렉산더 광장』은 1929년에 출판되었고, 두 차례에 걸쳐 영상으로도 만들어져(1931년 하인리히 게오르게와 베른하르트 미네티가 주연을 맡은 영화와 1980년 라이너 베르너 파스빈더가 만든 TV 시리즈) 성공한 바 있는, 독일 장편소설의 정점이요 세계문학에서 비슷한 예를 찾아볼 수 없는 독특한 작품이다. 이 소설은 전직 화물 운송 인부였던 프란츠 비버코프의 이야기로, 그는 순간적인 분노에 휩싸여 애인을 살해한 죄로 4년간 수감생활을 하고 출옥해 건실하게 살기로 굳게 결심하고, 행상과 신문팔이로 생계를 꾸려나가고자 애쓰고, 정치는 전혀 모르지만 삶에서 버터빵 한쪽보다는 좀더 나은 것을 원했고, 죄가 있기도 하고 없기도 한 그는 절도 행각에 연루되고, 문자 그대로 바퀴 밑에 깔려 한쪽 팔을 잃고, 체포되어 정신병원으로 이송되고, 다행히 끝에 가서는 법정에서 무죄판결을 받는다.

정신을 놓은 되블린의 주인공은 정신병원에서 온갖 환상을 본다. 그의 삶에 등장했던 중요한 인물들이 마치 한 편의 신비극처럼 그의 곁을 차례로 스쳐간다. 그들은 이 보통 사람 비버코프에게 그의 실패를, 그의 죄를 일깨운다. 그는 자신의 삶에 불행을 안겨준 두 남자를, 애인이었으나 이제는 모두 이 세상 사람이 아닌 두 여자를 본 것 같다. 마지막으로 찾아온 이는 에밀리에 파르준케다. 소냐라는 이름으로 불리길 원했지만, 그냥 미체라고 불렸던 여자.

그녀는 베를린 북쪽, 슈테틴 역 근처에서 돈벌이를 배웠다. 매춘부였다. 그러다가 프란츠 비버코프의 인생에 불쑥 나타나, 그에게 행복을 가르쳐주고, 그는 이 "팽팽한 기적"을 사랑의 하느님이 자신에게 보내준 것이라 믿는다. "그리고 침대에 들면, 그녀는 깃털처럼 부드럽고, 매번 마치 처음처럼 평화롭고 다정하며 행복하다. 그리고 그녀는 언제나 약간 진지하다."

그렇다, 이들은 이렇게 평화롭고 다정하고 행복하며, 언제나 약간 진지하다. 평화? 그것은 오래가지 않았고, 이들은 이렇게 노래한다. "나의 평온은 사라지고, / 마음은 무거워. / 다시는 되찾지 못하겠지 / 이제 다시는." 그녀가 소냐라는 이름으로 불리고 싶어한다는 건, 세계문학에 나오는 다른 유명한 인물에 대한 암시로 해석할 수도 있으리라. 독일에서 예전에는 『죄와 벌』이라는 부정확한 제목으로 알려졌다가 지금은 『범죄와 처벌』로 고쳐 부르는[1] 도스토옙스키의 장편소설에 나오는 고결한 창녀 소냐. 하지만 되블린의 미체는 근본적으로 도스토옙스키의 젊은 여인들보다는, 괴테의 그레트헨이나 클레르헨, 클라이스트의 케트헨 등에 훨씬 더 가깝다.

비버코프는 미체가 자기와 함께 사는 지금은 당연히 매춘을 그만두었을 거라고 굳게 믿는다. 그러나 그녀가 외팔이인 자신을 먹여 살리기 위해 여전히 몸을 팔러 다닌다는 것을 알고는 마음 갈피를 잡지 못한다. 미체의 친구가 그에게 말해준다. "그애라면 믿어도 돼요." 그리고 프란츠는 그녀를 계속 사랑한다. 그럼에도 불구하고 그녀를 사랑하고, 비로소 제대로 사랑한다. "당신을 사랑해"—이 말은 여기서 이렇게 표현된다. "미체, 당신 뜻대로 해, 당신을 떠나지 않을게."

프란츠 비버코프는 독일문학 최초로, 사랑하는 여자의 기둥서방이 되는 인물이다. 프란츠와 미체—이들의 이야기는 20세기 가장 아름다운 러브 스토리 중 하나이며, 모든 러브 스토리가 그렇듯 아주 슬프고, 또 모든 러브 스토리가 그렇듯 약간 감상적이다.

프란츠 비버코프의 병상에는 미체를 살해한 사람, 쓰레기만도 못한 추악한 괴물이요 리처드 3세 뺨치는 악당이지만 아이러니하게도 이름은 라인홀트[2]인 그 사람도 나타난다. 그러나 라인홀트를 비버코프의 상대역으로 이해해서는 안 된다. 차라리 그의 악한 영혼이라고 봐야 한다. 이 소설의 주인공에게 상대역 같은 건 없다. 아니 상대역이 있다면 그건 어떤 인물이 아닌, 베를린이라는 도시다.

되블린은 시종일관 몽타주와 콜라주 기법을 탁월하게 구사한다. 이 소설에는 신문 기사, 일기예보, 광고 문안, 민요, 성경 구절, 동요와 유행가 가사, 백과사전 항목과 사용설명서 등이 끊임없이 나온다. 작가 되블린은 온갖 종류의 기록물에 매혹되어, 이를 각 장마다 줄거리 사이에 끼워넣었는데, 때로는—아무튼 그의 주장에 따르면—작가로서 자신이 거의 불필요한 존재라고 느낄 정도이다. 이렇게 여기저기서 찾아낸 텍스트들을 통해 그는 베를린의 일상을 기록한다. 놀랍도록 생생한 아수라장이 펼쳐진다. 동시에 그는 전지전능한 서술자로 군림해, 모든 사건을 조망한다. 받아쓰기와 지어내기, 보도와 각색이 서로를 자유롭게 넘나들며 서로를 보충한다. 베를린의 모습과 프란츠 비버코프의 이야기가 서로를 규정하고 또 설명한다.

되블린의 소설은 한없이 다채롭고 다층적으로 펼쳐지지만, 그렇다고 전개의 실마리랄까 주 동기 같은 것을 결여하지는 않는다. 여러 차례 반복 인용되는 옛 민요의 첫 구절이 있다. "풀 베는 이가 있다네. 그의 이름은 죽음. 크신 하느님이 권능을 주셨네……" 이 노래와 함께, 베를린 도축장을 묘사하는 대목도 여러 곳에 삽입되어 있는데, 말하자면 이는 경고하는 역할을 한다. 이 대목들이 독자에게 일깨워주는 것, 즉 핵심은 세계문학의 모든 위대한 소설들이 다루는 바로 그 주제, 바로 인생의 덧없음이다.

별별 다양한 문체와 기법 및 표현 수단이 다 동원되었음에도 불구하고, 이 소설은 결코 와해될 위험에 빠지지 않는다. 오히려 이 작품이야말로 더없이 일관성 있는 산문 작품이다. 이러한 일관성은 독특하면서도 비범한 힘으로부터 나오는바, 되블린은 이전의 그 누구보다도 '베를린적인 것'에 내재된 가능성들을 정확히 포착해냈던 것이다. 그는 베를린이라는 데서 끄집어낼 수 있는 것을 보았고, 또 보여주었다. 이 비상하게 노련한 어법 덕분에 소설 『베를린 알렉산더 광장』은 오늘도 첫날처럼 생생하다.

알프레트 되블린
툴리오 페리콜리 | 채색 동판화 인쇄본 | 1981년

그는 바보라서, 측은히 여겨질 수밖에 없었다. 황당한 사람이라서, 도대체 진지하게 받아들여지지 못했다. 그는 괴짜였고, 제멋대로였고, 가끔은 도저히 봐줄 수 없는 인간이었다. 아무리 선의로 대해도, 그는 만나는 사람들을 죄다 이렇게 힘들게 했다. 하지만 그는 천재였다. 덕분에 우리는 20세기 독일문학의 중심작을 한 편 갖게 되었다. 바로 1878년 슈테틴에서 태어난 유대인 알프레트 되블린 얘기다.

김나지움과 대학시절은, 물질적으로 비참한 정도는 아니어도 궁핍했다. 그렇지만 아주 중요한 경험을 일궈낸 시절이기도 했다. 젊은 되블린, 자신이 어디에 속하는 사람인지 정확히 알 수 없었던 이 외톨이는 동경하던 것을 찾았으니, 그것은 고향으로 삼을 세계였다. 바로 빠르게 성장하는 도시, 수많은 사람을 받아들이고 새로 온 이들도 금세 섞여드는 곳, 대도시로 기틀이 잡혀가던 베를린이었다. 물론 그는—이 세대에서는 너무나 당연하게도—반유대주의로 고초를 겪었다. 그의 회고록에는 베를린의 김나지움과 대학에서 횡행했던 공공연하고 적나라한 유대인 차별이 상세히 적혀 있다. 어쩌면 되블린의 몇몇 성격적 특징들은 여기에 뿌리를 두고 있는지도 모른다. 반골 기질, 정서불안, 성급함 같은 특징 말이다. 아비투어를 통과한 건, 스물두 살이 되어서였다. 스물셋 늦은 나이에 의과 대학생이 된 그가 처음 본 여자의 나체는 해부실 사체였다. 정신병동에서 인턴으로 일하면서, 그는 자신이 "어린아이들과 정신병자들"만 상대할 수 있는 사람이란 걸 깨닫지 않을 수 없었단다. 혹 누군가 자신에게 어느 민족에 속하냐고 묻는다면, 아마 "독일인도 아니고 유대인도 아니고, 어린아이들과 정신병자들"이라 대답할 거라고.

정신과 전문의 알프레트 되블린 박사는 이렇듯 스스로 환자이기도 했으니, 1957년 사망할 때까지 여전했다. 무슨 일에나, 충동적이고 호전적인 반응을 보이고, 변덕스럽고 경솔했으며, 급하고 격했다. 토마스 만의 세련미, 호프만슈탈의 재주, 브레히트의 지략 대신 그에게는 냉소뿐이었다. 적을 만들 기회라면 절대 놓치는 법이 없었고, 사람들에게 상처를 입히고 충격을 주면서 더없이 통쾌했던 모양이니, 친구들이나 지지자들에게도 다르지 않았다. 자기 머리는 무엇보다도 벽을 들이받기 위해 있는 것이라고 생각했고, 실제로 끊임없이 그렇게 했다. 그 결과 두 가지가 한꺼번에 찾아왔으니, 크나큰 만족감과 그보다 더 큰 참담함이었다. 이리하여 그는 늘 괴롭기 짝이 없는 지경에 이르곤 했다. 사면초가였다. 이 얼마나 혼돈스러운 영혼인지?

한편으로는 분명 정돈된 세계, 정박할 항구를 찾는 사람이었다. 제1차 세계대전 초기 그는 제국을 옹호했다. 바이마르공화국과는 맞지 않았고, 한동안 되블린의 유일한 희망은 사회주의였다. 그러나 그는 사회민주주의자들에게 너무나 실망한 나머지 이들을 이를 갈며 경멸하게 되었고, 보수주의자들이라면 애당초 상대도 하지 않았으며, 공산주의자들을 미워했다. 근본적으로 그는 물정 모르는 독불장군에 괴팍한 무정부주의자였던 것이다.

형이상학적인 것에 대한 동경은 꽤 어릴 적부터 그의 사고에 각인되었다. 1912년 이미 유대인 종교공동체를 탈퇴했지만, 전쟁이 나자 그는 "나는 예나 지금이나 유대인이다"라고 밝혔다. 청소년 때부터 가톨릭에 관심이 많았는데, 딱히 교리 때문은 아니었다. 그를 매료한 건 무엇보다 가톨릭 예식이었다. 1941년 캘리포니아 망명 시절 결국 예수회가 그를 개종시켰다. 리온 포이히트방거가 도와주지 않았다면, 그의 미국 생활은 궁핍을 면치 못했을 것이다. 그는 실업수당을 받기 위해 할리우드 직업사무소에서 몇 시간씩 줄을 서야 했다. 그리고 그곳에서 같이 줄 서 있던 일흔 살 동료를 만났다. 바로 하인리히 만이었다. 토마스 만과 달리, 되블린은 대변인보다 오히려 순교자 쪽이 천성에 맞았다. 다만 이 윤리의 사도는 평범치 않은 순교자였다.

재치가 번뜩이고, 오만불손하고, 나이들어서도 여전히 생기와 혈기가 넘쳤다. 1945년 가을 되블린은 문화장교가 되어, 프랑스 점령지의 중심 도시였던 바덴바덴에 왔다. 프랑스 대령 군복을 입게 된 것이다. 많은 이들은 그가 바로 이런 치장에 마음을 뺏기고 즐긴 건 아닐까 추측한다. 그는 프랑스인들에겐 별 볼 일 없는 사람, 독일인들에겐 끝내 도무지 이해할 수 없는 낯선 존재였다.

그는 자본가들과 마르크스주의자들을 공히 비판했고, 자유사상가도 성직자도 죄다 규탄했으니, 그의 입에 오르면 거의 아무도 비난을 면치 못했다. 그는 앞서 프랑스와 독일 어디에서도 확고한 제자리를 찾지 못했고, 그후 신생 독일연방공화국과 신생 동독에서도 마찬가지였다. 문화장교로서의 업무였던 그의 검열에 걸린 유일한 희생작은 바로 자기 소설 『발렌슈타인』으로, 검열관으로서 그는 이 소설의 "호전적인 난폭성"을 질타했다. 되블린은 학창시절부터 글을 쓰기 시작했고, 그때 당시 이미―그가 후에 주장한 바에 따르면―문학을 경멸했고, 작가들은 더더욱 경멸했다. 이미 여러 권의 책(획기적인 단편집 『노란 들꽃의 살해』나 장편소설 『왕룬의 세 번의 도약』 『증기터빈과 바첵의 싸움』 『발렌슈타인』 등)을 낸, 유명작가는 아닐지언정 무명도 아니었을 때까지도 딱 잘라 분명하게 "나는 의사이고, 문학에 엄청난 반감을 가졌다"고 선언한 사람이다. 군더더기 없이 간단명료했던 그의 언명들 중에는 이런 말도 있다. "나는 모든 침묵하는 존재를 존경한다." 그러나 되블린 자신에게는 침묵보다 더 어려운 것이 없었으니, 그는 끊임없이 말하고 썼으며, 끊임없이 문학을 경멸하고 문학을 생산했다. 그랬다, 그는 열정적인 다작가였으며, 글쓰기에 관한 한 가히 편집증 환자였다. 1949년 한 잡지사 편집자가 인터뷰의 단골 질문을 던졌다. "왜 글을 쓰십니까?" 이 질문에 일흔한 살의 되블린은 이렇게 답했다. "한 번도 생각해보지 않은 질문이군요."

아, 빠뜨리면 안 될 얘기가 있다. 되블린은 독일어로 쓰인 가장 중요한 장편 소설 중 한 편을 쓴 사람이기도 하다. 바로 『베를린 알렉산더 광장』이다.

Franz Kafka
프란츠 카프카

프란츠 카프카
로레다노 | 잉크 드로잉

옛날에 호메로스를 두고 여러 도시가 그랬듯, 그를 두고 여러 민족이 각축을 벌인다. 체코, 오스트리아, 독일과 유대인들이 벌써 수십 년째, 프라하에서 태어난 유대계 상인의 아들 프란츠 카프카를 둘러싸고 서로 소유권을 주장하고 있다.

하지만 1924년 그가 빈의 한 요양원에서 숨졌을 때, 그의 작품을 아는 이는 극소수에 불과했고, 그가 가장 중요한 독일어권 작가의 반열에 들 거라고는 거의 아무도 예상치 못했다.

물론 언제부턴가 그의 세계적 명성이 약간 퇴색된 듯한 인상은 지울 수 없다. 1980년대에 들어서부터 카프카와 관련해 일종의 권태 같은 것이 느껴지기 시작했고, 간혹 지겹다는 얘기까지 나왔다. 하지만 이는 그의 작품 자체보다는, 그의 작품에 관해 논한 무수히 많은 책들을 겨냥한 것이었다. 말하자면 예나 지금이나 염증을 불러일으키는 장본인은 카프카가 아니라, 오히려 국제적인 '카프카 산업'이다. 토마스 만이나 베르톨트 브레히트 같은 경우에도 이와 유사한 세계적 산업이 형성되어 심기를 불편하게 했지만, 카프카의 경우는 정도가 훨씬 심하다. 그렇게 된 이유는 간단하다. 똑같은 세기의 천재들이라 해도 앞의 두 사람의 작품은 최소한 일정한 수위와 한계 내로 해석이 통제될 수 있는 반면, 카프카의 알레고리를 해석하기 위한 시도는 이런 통제가 더이상 불가능하기 때문이다. 독자 수만큼이나 다양한 해석이 가능하다는 얘기다.

사실 바로 그런 까닭에 카프카가 여러 해석자들 사이에서 그렇게 끔찍이도 사랑받았던 것이다. 정작 그 자신은 자신의 비유를 풀어서 설명하길 꺼린 편이었다. 반면, 그는 솔직한 사적 고백에는 상당히 열심이었다. 자신의 정신적, 육체적 상태에 대해 끊임없이 타인에게 알리고 싶은 욕구를 그는 자제하려고 하지도 않았고, 자제할 수도 없었다.

따지고 보면—약간 과장을 보태서 말하자면—그의 편지들과 일기들은 온통 그런 이야기 일색이다. 아무튼 세계문학사를 통틀어, 자기중심성과 자기현시, 자기연민의 경향에서 카프카를 능가하는 작가는 아마 찾아보기 힘들 것이다. 그는 자신을 짓누르는 온갖 번민과 고뇌에 대해, 자신의 질병에 대해, 그리고 그 병의 원인으로 추정되는 요인과 다양한 증상에 대해, 실존적 불안에 대해 끊임없이 하소연한다.

'불안'이라는 단어는 카프카의 작품을 여는 키워드요, 중심 개념이다. 한 편지에서 그는, "(…) 무엇보다 불안, 그것은 실로 나의 본질입니다"라고 썼고, 또다른 편지에서는, "'불안'만 없다면, 나는 거의 아주 건강할 텐데"라고 썼다.

그것은 고문과 야만, 그리고 실향과 고립, 정처 없음과 소외, 성적 무능에 대한 불안이다. 죽음에 대한 불안이며, 동시에 삶에 대한 불안이다. 그리고 결국은 유대인의 운명에 대한 불안이다. 불안의 시대를 제시하려는 생각 같은 건 조금도 없었다.

그는 그저 자기 자신에 대해 이야기하고 싶었으리라. 그러나 그렇게 함으로써 그는 그 시대의 불안을 드러내주었다. 카프카의 작품에 나타난 유대인 문제도 마찬가지다.

그는 유대인으로서 "이 세대가 처한 끔찍한 내적 상황"에 대해 말했다. "이들의 뒷다리는 여전히 아버지 세대의 유대 정신에 들러붙어 있지만, 앞다리는 발붙일 새 땅을 찾지 못했다. 이에 대한 절망이 바로 이들의 영감靈感이었다." 카프카의 장편이나 단편 그 어디에도 '유대인'이라는 단어는 등장하지 않는다. 그러면서도 그는 무엇보다도 비유대적인 세상 한복판에서 유대인들이 맞닥뜨리게 되는 전형적인 상황들과 갈등, 열등감 등을 여실히 보여주었다.

카프카 사후 수십 년이 지나 지식인의 사회적 역할이 폭넓게 변화한 후에야 비로소, 사람들은 그의 작품들이 시대를 한참 앞서 있었음을 알아볼 수 있었다.

카프카의 작품들은 어디까지나 프라하라는 독특한 정황 안에서 이루어지는 이야기이며, 우선적으로 이러한 정황 및 거기 사는 유대인들에만 연관된 이야기이다. 그런데 이 밀려난 존재들, 비난당하는 사람들의 이야기가 실향과 소외에 대한 탁월한 비유인 것이 입증되었다. 말하자면, 카프카가 묘사한 유대인의 비극은 후세의 전 세계 독자들에게 인간 실존의 극단적 예증으로 받아들여진 것이다.

카프카가 결코 극복하지 못했던 실존적 불안, 약점과 자기불신은 그의 여자관계에서도 반복되어 나타난다. 그는 여성을 필요로 했고, 여성의 보호와 보살핌을 원했다. 하지만 그들을 믿지 못했으니, 자기 스스로를 믿지 못했기 때문이다. 그는 여성들을 동경했고, 그들을 견딜 수 없었다. 소유하려 했고, 동시에 밀어내려 했다. 여러 가지 점으로 미루어볼 때, 그는 한 여자와 몸을 섞으며 함께 사는 일에 대해 갈망보다는 두려움이 더 컸던 것 같다.

삶의 막바지에서 그가 스스로에게 "성性이라는 선물을 갖고 너는 무엇을 했는가?"라는 질문을 던진 데는 분명 그럴 만한 이유들이 있었던 게다. 그는 여자들이 두려웠다. 왜냐하면 그의 눈에 비친 여성은 적대적인 힘을 대표하는 존재였기 때문이니, 적대적 원리―그것은 즉 삶이었다. 그가 여성에 대해 느낀 불안이란 결국 그에게 새겨진 위기의식의 표현이었으니, 즉 우리가 그의 장·단편 덕분에 알게 된 지속적인 정체성의 위기였다.

Lion Feuchtwanger

리온 포이히트방거

리온 포이히트방거
에바 헤르만 | 연필 스케치

이미 바이마르공화국 시절부터 그는 성공한 독일 작가로 꼽혔다. 그의 역사 소설들은 지적이고, 감동적이고, 재미까지 있어서 세계적으로 읽혔다. 그럴 만한 충분한 이유가 있었다. 리온 포이히트방거는 전혀 거리낌 없이 대중의 기호와 눈높이를 맞춰주었기 때문이다.

그는 뚜렷한 선과 화려한 색채, 강한 어조와 웅장한 화음을 좋아했다. 또한 호화로움, 부富와 사치, 현란한 장식과 화려한 치장, 극적인 해후와 연극적 상황 등에 사족을 못 썼다. 강렬함과 과장은 그의 본령이었다. 어떤 대가가 따를지언정, 밑줄 긋기와 강조를 포기하지 않았다. 그는 명쾌하고 생생하게 이야기할 줄 알았으며, 독자들에게 보여주고자 마음먹은 일체를 실제로 분명하게 제시할 줄 알았다. 그의 문체는 너무나 강렬해, 때로는 지나치게 강압적으로 느껴질 정도였다.

그의 소설의 중심인물들은 무모한 선동가와 악마적인 모험가, 모두 열정이 넘치는 성격에, 주로 양대 전선 사이에 낀 공명심 강한 지식인들이다. 그들은 하나같이 배우 기질이 강하고, 자만심과 자의식에 사로잡혀 있다. 포이히트방거에게 처음으로 세계적인 명성을 안겨준 장편소설 『유대인 쥐스』(1925)의 주인공도 그런 남자다. 파이트 하를란 감독은 이 소설을 꼼꼼히 연구하고, 잡다하게 차용해 독일 영화사상 가장 형편없는 졸작을 만들어낸 바 있다.

포이히트방거의 가장 독창적인 작품은 1930년에 나온 장편 『성공』으로, 새로운 양식을 창조함으로써 그의 다른 어느 작품들보다도 후대에 큰 영향을 끼쳤다고 평가할 만하다. 『성공』은 1921년에서 1924년 사이 바이에른의 상황, 특히 사회정치적 상황들을 2000년도에 글을 쓰는 역사가의 시점으로 기술한다. 포이히트방거는 사건 전체를 단편적인 장면들로 해체하고, 통계 수치나 객관적 정보, 사실 인용이나 도표 등을 계속 삽입해 줄거리를 보충하고 신빙성을 부여한다. 그럼으로써 1920년대 초반 국가사회주의 운동의 흥성 과정을 생생하게 그려냈다. 『성공』은 히틀러와 그의 무리의 정체를 폭로하고 고발한 최초의 장편소설이다.

포이히트방거는 1933년부터 망명 생활을 시작했고―처음엔 프랑스, 그후 미국에서―1937년에는 소비에트 공산주의를 지지한다고 밝혔다. 제2차 세계대전이 종결된 후에도 그는 여전히 망명지에 남아, 기회가 있을 때마다 공산주의에 대한 공감을 표명했고 동독을 강력히 지지했다.

당연히 동베를린에서는 매우 고마워했다. 그의 작품들은 그곳에서 숱하게 출판되었고, 다각적으로 포상이 이루어졌다. 명예박사 학위와 국가 대상大賞이 주어졌고, 기념논문집이 나왔다. 하지만 이 세계적 명사 포이히트방거가―베르톨트 브레히트나 아르놀트 츠바이크처럼―동독으로 넘어오지 않을까 하는 은근한 희망은 실현되지 않았다.

서독에서는 이 친동독 인사에게 별로 관심을 보이지 않았다. 그의 장편 몇 작품이 서독에서도 출판되긴 했지만, 미미한 반향을 얻는 데 그쳤다. 대중의 작가 포이히트방거지만 이곳에서만큼은 대중을 얻는 데 실패했던 셈이다.

동세대 작가인 슈테판 츠바이크의 평전에는 독자들이 그야말로 떼거리로 몰렸는데, 포이히트방거의 역사소설에는 전혀 관심을 보이지 않았다니 사실 희한한 일이다. 대형 오페라 무대와 탐정소설을 한데 버무려놓은 듯하고, 좀 단순하긴 해도 이해하기 쉬운 현대 심리학으로 양념을 친 이 역사소설들은 취향이 지나치게 까다롭지만 않다면 책 구매자의 지적인 요구를 충분히 만족시키는 흥미로운 독서 체험을 하게 해주었을 테니 말이다.

그의 최고의 역사소설들은 제2차 세계대전 이후에 나왔다. 포이히트방거는 현재를 유추하고자, 특히 프랑스혁명 시기 진보와 반동 간의 대립을 곧잘 소재로 삼았다. 그런 장편들 중에서 『고야 또는 험난한 인식의 길』(1951)

은 여러 면에서 최고의 걸작으로, 대서양 이쪽저쪽의 광범위한 독서 대중을 사로잡았다.

1958년, 포이히트방거가 로스앤젤레스에서 사망했을 때, 동베를린에서는 역시 각 신문 지면을 통해 대대적으로 뜨겁게 그를 추도했다. 반면 서독에서는 짧고 냉랭한 추도사들이 실렸다. 그때까지도 여전히 그가 동독에 보여준 호감을 용서할 준비가 안 되었던 게다. 나중에 TV 영화가 몇 편(특히 『성공』을 각색한 영화) 나와 조촐하게나마 포이히트방거 르네상스에 힘을 실어주기는 했다. 그렇지만 결국 상황은 크게 바뀌지 않았고, 리온 포이히트방거는 서서히 망각 속에 묻혀갔다. 그 역시 독일 분단의 희생자인 셈이다.

Arnold Zweig

아르놀트 츠바이크

아르놀트 츠바이크
에바 헤르만 | 잉크 드로잉

1887년 슐레지엔 글로가우에서 태어나 1968년 동베를린에서 사망한 아르놀트 츠바이크는 독일 정신과 유대 정신 그리고 프로이센 정신이 어지간한 일에는 꿈쩍도 안 할 만큼 한 덩어리로 똘똘 뭉쳐진 인성을 지닌 작가였다. 독일인답게, 그는 늘 자기 안의 독일 정신과 다투면서도, 이를 결코 떨쳐버리지도 극복하지도 못했다. 어쩔 수 없는 유대인으로서, 그도 약속의 땅을 희구하는 아웃사이더였으나, 끝내 발붙일 고향을 찾지 못한 채로 살다 갔다. 또한 정신적 품격을 갖춘 모든 프로이센인들이 그러했듯, 그도 프로이센 정신을 비판하고 비난했으나, 죽는 날까지 몰래몰래 이를 사랑하고 신봉했다.

현세적이고 합리적으로 해석된 구약성경의 율법과 정언적 명령—이것이 그의 출발 지점이었으며, 법과 도덕, 정신과 행위가 통합된 최고의 형식으로서의 국가—이것이 츠바이크의 동경이자 목표요, 작품의 중심 주제였다. 이렇게 그는 독일 이상주의자요, 프로이센 보수주의자요, 유대 전통주의자로서의 노정을 시작했다. 제1차 세계대전 당시, 그는 독일을 수호하려는 충정으로 군인이 되어 참전했다. 그가 저지른 실수는 다만—이것이 평생 마지막도 아니었지만—현실 국가를 국가라는 이상의 구현체로 착각했다는 것이다. 당연히 이 전쟁의 경험은 작가 아르놀트 츠바이크에게 뼈아픈 각성을 안겨주었다. 집으로 돌아온 그는 시온주의자가 되었고, 그러면서도 여전히 독일을 사랑하는 애국자였다. 평화주의자가 되었으나, 그럼에도 여전히 프로이센 보수주의자였다.

그는 1927년 출판된 『그리샤 중사를 둘러싼 싸움』을 통해 명성을 얻었다. 이 작품은 종종 전쟁문학으로 오해받곤 하는데, 『마의 산』이 결핵 요양원 생활에 관한 소설이 아니듯, 이 소설에서 전쟁은 하나의 배경일 뿐이다. 소설가 츠바이크에게 제1차 세계대전은 인간의 다양한 본성이 평화로운 때보다 더욱 명확하게 드러나고 더욱 첨예하게 인식되는 극한 상황을 제공해주는 무대다. 아무리 일개 러시아 전쟁 포로 문제라도, 법의 이름으로 불법이 자행된다면, 한 나라의 국가정신이 얼마나 그릇된 것인지를 츠바이크는 물었다. 그리샤의 목숨을 구하기 위해 프로이센 장교들과 유대 지식인들이 손을 잡고 싸운다. 그러나 그들은 패하고, 그리샤는 처형된다. 잔인한 권력 앞에서 전통적인 프로이센 정신은 한낱 종이호랑이에 불과했던 것이다.

1933년 츠바이크는 팔레스타인으로 갔고, 그곳에서 바이마르공화국의 붕괴 이후 또 한번의 환멸을 겪어야 했다. 영국의 위임통치 아래 있던 유대 임시정부는 그가 꿈꿨던 국가와는 너무나 동떨어진 모습이었다. 필경 그는 지중해와 요르단 강 사이에서 또다른 프로이센의 탄생을 꿈꾸었으리라. 아직 전쟁이 한창이던 때 그는 1937년의 함부르크를 배경으로 한 소설 『반츠베크의 도끼』를 발표했고, 이 책에서 독일의 정황을 비단 고발하는 데 그치지 않고 이해할 수도 있게 그려냈다. 여기서 중심인물로 등장하는 가련한 푸줏간 주인은 사형집행인인 동시에 희생자이기도 하다. 1948년 츠바이크는 어렵사리 건국된 나라 이스라엘을 떠나 동베를린에 정착했다. 동독은 그의 귀환을 두고 정치적 신념에 따른 논리적 결과라 했지만, 이는 선전을 위한 박제화된 전설에 지나지 않는다. 그는 공산주의 세계가 내내 낯설었다. 이런 결정을 내리게 된 실질적 동기들은 다른 차원에서 찾을 수 있다.

쇠약해지고 시력을 거의 상실한 츠바이크는 지쳤고, 아웃사이더 입장에 넌더리가 나 있었다. 엘베와 오데르 강 사이에 있는 이 세계에서 그는 늘 열망해왔던 지도층의 위치에 오를 수 있었다. 이 실향자는 이제 비로소 고향을 찾았다고 생각했고, 그랬길 바랐다. 젊은 날부터 그토록 꿈꿔왔던 정의로운 나라의 기초가 그곳에서 닦이리라고 그는 믿고 싶었고, 그렇게 스스로를 설득했다. 그러나 그는 인생 역정의 마지막 장에서마저 쓰디쓴 환멸을 면할 수 없었다. 일평생 정의를 위해 싸웠던 그는 횡행하는 테러를 속수무책으로 바라봐야 했다. 물론 그는 온갖 훈장과 직책, 명예직을 넘치도록 받았다. 그러나 왕년에 평화주의자요 시온주의자였던 그가, 열렬한 프로이트주의자였던 그가, 동독에서도 여전히 이방인임을 어찌 몰랐겠는가. 공산주의도 그가 쉼 없이 찾아 헤매던 저 약속의 땅은 아니었다.

1950, 60년대 동독에서는 그의 걸작 소설들(여기엔 『베르됭의 교훈』도 포함된다)이 새로이 조명되고 호평을 받았으며, 정말 많이 읽혔다. 반면 서독에서는 수차례 시도되었음에도 불구하고, 끝내 뿌리를 내리지 못했다. 선량한 시민도 좋고 자유주의자도 좋지만, 동구권을 편든 그의 결정만큼은 절대 용서할 수 없었던 것이다. 당연히 서쪽에서는 아무도 그를 찾지도 청하지도 않았다. 이런 의미에서 볼 때, 프로이센의 유대인 아르놀트 츠바이크, 그 역시 독일 분단의 희생자였다.

Franz Werfel

프란츠 베르펠

프란츠 베르펠
베네딕트 프레트 돌빈 | 연필 스케치

1920년대만 해도 프란츠 베르펠은 생존하는 최고의 독일어권 소설가 중 한 명으로 꼽혔다. 많은 이들이 그를 '2인자'라 칭했는데, 즉 토마스 만 다음이었다. 참고로 한마디 더하자면, 당시 카프카는 극소수 전문가들에게만 알려진 이름이었다. 아무튼 베르펠은 현대문학사에서 상당한 지면을 차지했다.

처음에는 (제1차 세계대전 직후) 서정시인으로 이름이 알려졌다. 이 프라하 출신 신인의 표현주의적 시편에서 온 세대가 자신의 모습을 재발견해냈다. 온 인류를 끌어안았고 그럼에도 여전히 고독한 사람으로 남은 한 사람의 노래는 그 시대의 뇌관을 건드렸다. 그는 천진난만한 노래꾼, 그러면서도 노련한 예술가였다. 꿈꾸는 사람이자 경건한 모반자였고, 탁월한 처세가요 향락주의자였다. 신비주의자이되, 삶의 한가운데 굳게 뿌리내린 신비주의자였고, 엄숙하고 장중한 찬미가의 작가인 동시에 베스트셀러 작가였다.

베르펠에게 대중적 성공을 안겨준 작품은 무엇보다 장편 『대학시험 날』과 『바르바라 혹은 독실함』이었다. 나 역시 청소년 시절 그의 책들로부터 깊은 인상을 받았는데, 그중 가장 인상적이었던 것은 아마 『베르디―오페라 소설』로, 바그너와 베르디의 실제 만남을 가상으로 꾸민 작품이다. 그후 나온(1933년도에!) 『무사 다그의 40일』은 제1차 세계대전중 터키에서 일어난 아르메니아 기독교인에 대한 박해와 말살을 다룬 작품이다. 당시에는 이 주제가 좀 생뚱맞게 느껴졌다.

하지만 얼마 후 이 책은 소름 끼칠 정도로 현실성을 얻었다. 베르펠이 아주 상세히 묘사한 그 일이 곧 유대인의 운명을 예견한 하나의 비유로 읽혔기 때문이다. 작가 자신도 피해자 입장이었다. 그는 오스트리아를 떠나 프랑스로 갔고, 그후 미국으로 갔다. 그곳에서 삶을 마감할 즈음(그는 1945년 사망했다) 그의 '비극적 희극'이 『야코보프스키와 대령』이라는 제목으로 나왔다. 이 작품은 (물론 비교적 짧은 기간에 불과했지만) 전 세계 연극무대를 장악했고, 1958년 할리우드에서 대니 케이와 쿠르트 위르겐스 주연으로 영화화됐다. 그 밖에 베르펠의 몇몇 장·단편이 영화화됐는데, 대부분 정말 훌륭하다.

그의 작품을 관통하는 근본 대립들이 더 뚜렷이 드러나는 것은 초기 시 작품보다 산문이다. 그는 유대인이었다. 하지만 기독교 정신을 사랑했다.

이미 김나지움 시절부터 그는 원숙한 작가였다. 반면 세계적인 명성을 얻은 50대의 그에게 여전히 어린애 같은 데가 있다고 친구들은 입을 모았다. 그는 조숙한 성취자인 동시에 영원한 새내기였다. 혹자는 신들린 작가라고 감탄했고, 혹자는 그의 다작을 힐뜯었다. 선견자라며 치켜세우는 사람들이 있었는가 하면, 예술 장사꾼이라고 폄하하는 사람들도 있었다. 영 틀린 말은 아니다. 베르펠은 천재적인 작가였지만, 종종 날림으로 대충대충 작품을 써내기도 했으니까. 그는 섬세한 예술가였고, 때로는—특히 후기 소설—베테랑 직업 작가이기도 했다. 극작가로서나 소설가로서나 그는 눈부신 효과, 거대한 장면, 장식적인 구성을 선호했다. 토마스 만은 그를 약간 냉소 섞인 한 문장으로 표현했다. "그는 근본적으로 오페라형 인간이었다……" 전후에 베르펠의 작품들이 수없이 새로 나오고 영화화되었음에도 불구하고, 그의 명성은 확연히 퇴색됐다. 나는 그의 소설 『베르디』를 다시 읽고는 그만 깜짝 놀라고 말았다. 젊은 시절 내 열광이 실로 의아했던 것이다.

그뒤 나는 그의 책들을 다시 꺼내들지 않았고, 그의 책은 그 세대의 다른 작가들, 그러니까 토마스 만, 카프카, 되블린, 무질, 슈니츨러, 요제프 로트 등에게 밀렸다. 물론 다른 이유도 있다. 나는 두려웠다. 불 보듯 뻔한 실망을 맛볼 일이. 처음 그의 책을 읽던 옛날 기억을 그대로 간직하고 싶었다. 그렇다고 나를 따라 하라고 모두에게 권하는 건 절대 아니다. 반대로, 프란츠 베르펠의 역작들에서 여전히 읽을 가치가 있는 멋진 것들을 무수히 찾게 되리라고 나는 정말 장담한다.

프란츠 베르펠
루돌프 헤르만 | 연필 스케치

Klabund

클라분트

클라분트
에밀 오를리크 | 석판화

클라분트는 크로센안데어오데르 출신 알프레트 헨슈케의 예명으로, 바이마르공화국에서는 모르는 사람이 없었다. 특히 그의 장편소설 『보르지아』와 『브라케』는 제법 많은 독자를 거느렸다. 그가 지은 샹송과 카바레 노래는 (「거리의 하프 악사」라는 곡이 가장 유명했다) 베를린의 고급 호텔에서건 부랑자들 숙소에서건 너나없이 다 부를 정도였으니 클라분트가 우쭐할 만도 했다.

물론 그의 자작시와 번역시는 비평되기보다는 읽히고 읊어졌으며, 분석되기보다는 주로 암송되었다. 하지만 그의 시를 모은 얇은 시집들이 세대를 막론하고 연인 사이의 선물로 애용된 이유가 단지 예쁘장한 장정 때문이었겠는가. 그의 서사극 『백묵원』은 브레히트가 톡톡히 덕을 본 작품으로,[1] 막스 라인하르트 연출, 엘리자베트 베르크너 주연으로 베를린 도이체 극장에서 공연되었다.

너무나 빨리 잊힌 클라분트는 과연 어떤 사람이었을까? 쿠르트 투홀스키, 프란츠 베르펠처럼 그도 1890년에 태어났다. 태어난 해만 같은 게 아니었다. 베르펠처럼 그도 몽상가인 동시에 향락가였고, 경건한 찬미자면서 열광과 열정으로 삶을 노래했다. 투홀스키처럼 그 역시 끊임없이 정서불안에 휘둘렸고, 신경쇠약에 시달렸다. 투홀스키나 베르펠이 그랬듯, 그 또한 최상급 탐미주의자였고 그러면서도 다작가였다. 특히나 클라분트의 기질에 결정적으로 작용한 요소가 있었는데, 이것이 그의 작품 전체에 끼친 영향은 결코 과소평가할 수 없다. 1919년에 그가 담담하게 밝힌 대로다. "서서히 죽어가면서부터, 나는 작가가 되었다." 문자 그대로다. 열일곱 살 때부터 그는 심한 결핵을 앓았고, 치유가 힘들다는 사실을 알았거나 적어도 예감했다.

그러니 주위를 살피거나 작품을 성숙시킬 시간도 없었고, 인내심은 더더욱 없었다. 조급하고 초조하게, 탐욕스러운 호기심으로 삶을 추구했다. 질병이 그 앞에 친 장벽들은 절대자유—사회적으로나, 예술가로서나, 사랑에서나—를 향한 동경을 그에게 더욱 부채질했다. 결박 속에서, 그는 완전한 해방을 꿈꾸었다. 쫓기는 사람, 비틀거리는 사람이자, 길 잃은 사람이었던 그는 마지막 순간까지 시적 환상에 몸을 맡겼으며, 삶의 풍요로움으로 시를 채웠다. 죽음과 치열한 경주를 벌이며, 그는 문학을 살았고 삶을 지었다.

그는 마음만 먹으면 다 해냈던 것 같다. 역사소설에서 통속 코미디까지, 민요에서 선전문까지, 성인전聖人傳에서 엽기 괴담까지, 목가시에서 낯 뜨거운 유행가 가사까지 거침없이 써냈다. 그는 다양한 필치를 구사했으니, 극과 극을 넘나들며 그 모든 문체를 자유자재로 소화해냈다. 그는 실로 변화무쌍해, 부드럽고도 거칠었으며, 섬세하고도 천박했고, 겸허하면서도 도전적이었다. 그의 작품에는, 날아갈 듯한 경쾌함에 이어 암울한 비애가 따라오고, 진부함과 탁월함이 나란히 붙어 있다.

남달리 예민한 신경은 클라분트의 가장 큰 강점이었으며—동시에 결정적 약점이자 재앙이기도 했다. 격정적인 예술가 기질 때문에 그는 사방팔방으로 좌충우돌했으나, 이를 억제할 힘도 뜻도 없었다. 그는 자기 재능을 연마할 생각 따위는 애당초 없었다. 하나, 죽어가는 이가 열에 들뜬 생기를 경계하고 제어하지 않은 것을 그 누가 탓할 수 있으랴? 어쨌든 그의 거의 모든 작품에는 어떤 깜빡거림, 명멸의 빛이 서려, 미완성의 파편적인 느낌이 있다.

클라분트는 자신의 장편소설들에서 더없이 극적인 장면들에—종종 느닷없이 돌연히—과도하리만큼 극도로 서정성을 결합시켰다. 장면, 리듬, 분위기의 빠른 전환으로 야기되는 역동성은 당시로서는 무척이나 참신하고 획기적이었다. 현저한 대비 효과는 그의 산문에 통속적 색채를 부여해, 톡 쏘는 맛과 약간 미심쩍은 느낌을 동시에 전해주었다. 눈부시게 현란하며 때로 오페라처럼 화려하게 펼쳐지는 장면들은 늘 어딘가 조금 수수께끼 같았는데, 하지만 바로 그랬기에 다양한 독자들의 상상력을 자극할 수 있었다.

클라분트의 재능을 가장 분명히 보여주는 장르는 물론 서정시다. 그는 혹독한 냉정함을 즐겼고, 그로부터 온화하고 부드러운 울림을 이끌어냈다. 클라분트는 냉소적이고 신랄했지만, 한편으로는 너그럽고 상냥한 민요에 푹 빠지기도 했다. 명민했지만, 애상哀想을 경멸하지 않았다.

그가 본연의 소리를 가장 확실하게 낸 장르는 샹송과 발라드, 카바레용 쿠플레[2]였다. 여기서 그는 우울과 경쾌함, 우아함과 방자함을 아주 자연스럽게 결합해냈다. "나는 다리나 흔들흔들, 혼자서 다리나 흔들흔들"이라는 후렴구로 잘 알려진 짧은 노래[3]는 그의 이런 특징을 잘 보여준다. 이런 식의 발칙하고 또 감상적인 클라분트의 시들을 읽다보면 지금도 이 시들이 묘사하는 동시에 만들어냈던 그 시대의 분위기와 향취가 느껴진다.

여러 부수적인 요인들 때문에 클라분트는 링겔나츠[4]와 메링[5], 브레히트와 케스트너 등의 대도시 작가들과 다붓이 놓이는데, 그가 죽고 몇 년 뒤 이들은 "아스팔트 문학가"[6]라는 그럴듯한 명칭을 얻었다. 나로서는 꽤 호감 가는 호칭이다. 클라분트도 '제3제국'에서 그렇게 일컬어졌고, 비정치적인 작가였음에도 불구하고 그의 작품은 금서가 되었다. 가만 보면, 나치가 아주 제대로 본 셈이다.

Joseph Roth

요제프 로트

요제프 로트
로레다노 | 잉크 드로잉 | 1984년

그는 심오함보다는 우아함을 사랑했다. 그는 무게를 과감히 포기해도 괜찮을 만큼 충분히 매력적이었다. 요제프 로트의 지혜는 가볍고 차분하며 명랑하다. 하지만 그 가벼움 뒤에는 깊은 상심이 숨어 있었고, 차분한 겉모습 이면에는 끔찍한 불안이 숨어 있었고, 그의 명랑함은 상상할 수 없이 쓰라린 것이었다. 그러나 라이문트와 네스트로이, 슈니츨러와 호프만슈탈처럼, 로트 역시 오스트리아 특유의 비법에 통달한 사람이었으니, 인생의 무상함과 비참함에 대한 통찰을 매혹적이도록 상냥한 형식 속에 담아낼 줄 알았으며, 진저리나는 삶에서 아름다움의 극치를 건져낼 줄 알았다. 저 대단한 여러 선배들처럼 그 역시 종종 현재로부터 한 발짝 물러나 있었으되, 대중에게 거리를 둔 적은 없었다. 그 역시 대중에 영합하는 것이라고 하여 무턱대고 업신여기지는 않았으며, 오히려 독자들에게 찡긋 눈웃음을 보내며 친근하게 다가가기를 즐겼다.

고향을 찾아 헤맨 동구의 유대인—이것이 아마 요제프 로트의 인생 역정을 가장 잘 요약한 표현이겠다. 그의 삶 자체가 그대로 하나의 비유처럼 느껴진다. 1894년 오스트리아 갈리시아의 옹색한 둥지에서 태어나, 중부 유럽 대도시들을 두루 거친 뒤, 1939년 서구세계의 화려한 수도 파리에서—비록 빈민구호소였으나—생을 마감했으니 말이다. 정통 유대교인과 독실한 천주교도, 오스트리아 군주제주의자와 독일의 공산주의자 할 것 없이 모두가 그의 묘지에 찾아와, 그가 자기 쪽 사람이라 서로 우겼다. 그의 첫사랑은 옛 오스트리아였다. 합스부르크 제국이 붕괴하자, 로트는 1920년대의 정처 없는 지식인의 길에 들어섰다. 그리하여 왼쪽으로, 베를린으로 향했다. 오스트리아에 대한 사랑을 잃고 사회주의와 바람이 났지만, 오래가진 않았다. 이 낙담한 오스트리아인, 좌절한 사회주의자, 약속의 땅을 찾는 유대인에게 무엇이 남았겠는가? 어쩌면 독일? 로트는 몇 년쯤 줄곧 그렇게 믿었고, 그러길 희망했던 것 같다. 하지만 이 역시 오래가지 못해, 그는 자신의 나라는 "무국無國"이라고, 이제 자신에게 남은 고향은 독일어 하나뿐이라고 썼다. 로트, 이 절망에 빠진 인생의 향락자는 술을 위안으로 삼았을 뿐 아니라, 온갖 기행奇行과 우행愚行도 낙으로 삼아, 별별 배역과 가면을 다 뒤집어썼다. 그의 주변 사람 누구도 어디까지가 연극이고 어디부터가 진실인지 분간할 수 없을 정도였다.

그는 위엄 있는 괴짜, 기사도 정신을 갖춘 부랑자, 이국적인 멋쟁이, 매력적인 유목민, 체념한 탕자 행세를 하며 즐거워했다. 그는 다재다능한 악동이요, 우울한 거드름쟁이였으며, 안주할 곳 없어 영원히 유랑하는 속물이요, 자기파괴의 충동을 품은 보헤미안이었다. 그의 작품에서는 유대교와 가톨릭교가 전혀 상충되지 않고 오히려 때로 희한하리만큼 아주 자연스럽게 조화로운 합일을 이루듯, 동유럽과 서구의 모범들, 예컨대 고골과 플로베르가 아주 순조롭게 한데 어우러진다. 로트의 대표작들은 천진함과 회의懷疑, 동구의 상상력과 서구의 역설, 기독교적 순종과 유대교의 의심 등이 절묘하게 버무려진 게 특징인데, 이는 어쩌면 그의 출신과 연관이 있을지도 모르겠다. 그의 삶과 작품은 온갖 모순들로 가득하다. 로트는 가난한데도 흥청망청했고, 금욕적이었으나 또한 무절제했고, 진지하지도 건실하지도 않았으나, 지조 있고 냉엄했다. 그는 불한당이면서 시인이었고, 익살꾼이면서 큰 스승 같았다. 그는 20세기 전반 독일의 뛰어난 문장가 중 한 사람인데, 아쉽게도 그의 작품이 문학에 끼친 영향은 제대로 평가받지 못했다. 그의 산문이 보여주는 서술의 명료함과 정확성은 지금도 여전히 감탄을 금할 수 없는 수준이다.

하지만 그의 서사 작품에서 일종의 지적 정수를 추출해내고자 시도한다면 별 성과를 얻지 못할 것이다. 추상抽象은 그의 영역이 아니었으며, 그는 이를 아무래도 의심스럽게 여겼다. 그는 철학적 두뇌도 이론가도 아니었고,

단순한 이야기꾼, 그것도 종종 충동에 이끌린 이야기꾼이었다.

이렇듯 작가 요제프 로트가 매료된 것은 이념이 아닌 개인이었고, 문제가 아닌 상황들이었으며, 세계관이 아닌 풍속도였다. 그에게는 어떤 대단한 명제보다도 하나의 몸짓이 더 중요했고, 논쟁보다도 분위기가 더 흥미로웠으며, 강령보다 실내장식이 더 의미심장했다. 그의 인물들은 거의 언제나 가난하고 안쓰러운 인간들이다. 고위 관리건 말쑥한 장교건, 예술가건 걸인이건, 외교관이건 상인이건, 고상한 숙녀건 천한 계집애건, 하나같이 다 불쌍하다. 로트의 작품 속에서 만나면, 제아무리 위풍당당한 프란츠 요제프 황제라 할지라도 어깨를 툭툭 두드리며 슬며시 속삭여주고 싶어진다. "테이크 잇 이지Take it easy!"

1956년 서독에서 세 권으로 된 그의 작품집이 나왔을 때, 처음엔 거의 팔리지 않았다. 그러다가 1970, 80년대에 들어서자 상황이 바뀌어, 로트는 그의 세대에서 가장 유명하고 성공한 작가가 되었다. 어찌 된 일이었을까? 몇 년 새 그의 산문 수준이 인정받은 것일까? 실로 수많은 독자와 평론가, 학계 해석가 들이 그의 작품을 읽었다. 그런데 이러한 '로트 르네상스'를 일으킨 장본인은 ─한 번쯤 분명하게 감사를 표해야 할 일이다─바로 TV였다. TV에서 로트의 장편 및 노벨레 등을 탁월한 방식으로 다루어준 것이다. 『라데츠키 행진곡』『카푸친 황제 묘지』『욥』『술꾼 성인聖人의 전설』『거미줄』『엉터리 저울』『천이야화』 등 그의 많은 작품이 영화로 만들어졌다. 이 영화들은 대부분 수작이다. 그래서 로트의 책을 잡게 된 대중은 위대한 문학도 재미있고 흥미진진할 수 있다는 사실을 분명히 알게 되었다. 더불어 재미있고 흥미진진하면서도 무구의 매력, 더 나아가 시詩의 매력을 뿜어내는 책들이 있다는 사실도.

Bertolt Brecht

베르톨트 브레히트

베르톨트 브레히트
로레다노 | 잉크 드로잉 | 1982년

1930년대 중반 나는 베를린 쇠네베르크 지역에 살았다. 바이에른 광장 근처였다. 그곳에는 조명이 부실해 어두침침한 지하실 가게가 하나 있었는데, 이곳은 이내 내게 그야말로 목숨처럼 중요한 장소가 되었다. 어느덧 열다섯 살이 된 내가 목말라하던 것들을 그곳에서 요령껏 은밀히 팔고 있었기 때문이다. 그곳은 바로 당시 박해받고 추방된 작가, 망명자와 공산주의자, 유대인 들의 책을 헐값에 파는 헌책방이었다.

나는 이 가게의 단골손님이 되었다. 물론 주로 구경만 실컷 하고, 책은 어쩌다 한 번 사는 그런 손님이었다. 그래도 문전박대를 당하지는 않았다. 한 번은 그때만 해도 아직 '베르톨트'가 아니라 '베르트'로 불렸던 브레히트의 (그때 당연히 금서였던) 『서푼짜리 오페라』 대본을 구하러 갔다. 하지만 찾을 수 없었다. 그 대신 친절한 헌책방 주인이 의미심장하게 눈을 찡끗거리며 얇은 책자 한 권을 내밀었고, 나는 조용한 한쪽 구석 벽에 기대서서 슬슬 책장을 넘기며 대충 읽었다. 그때 내가 들고 있던 책이 금세기 최고의 시집 중 하나가 되리라는 사실을 나는 미처 몰랐었고, 아마 그 시절엔 누구도 그런 생각을 하지 못했으리라.

책값은 쌌지만, 나한테는 여전히 너무 비쌌다. 주인에게 되돌려주려는 순간, 길지 않은 시 한 편이 눈에 들어왔다. "그 어느 날……"로 시작되는 시였다. 그 시는 "푸르던 9월"과 "정결한 꿈"을 읊었다. 그리고 중간에 분명 "고요하고 창백한 사랑"이라는 구절이 있었다. 일단 꽤 근사하긴 했지만, 그렇다고 굉장하다 할 것까진 아니었고, 사실 너무 달착지근하게 느껴졌다. 그런데 그러면서도 나는 이 시에서 도무지 눈을 뗄 수가 없었다. 음반을 통해 들어 알게 된 브레히트의 노래들이 파격적이고 신선하면서 무척 재미있었던 반면, 시는 마치 마법에 걸린 듯한 느낌을 주었다. 왜? 모르겠다.

사실 마법의 본질이 워낙 그렇지 않던가. 강력하게 작용하지만, 그 원인은 알 수가 없다. 아마도 그렇기에, 문학의 마력을 결코 대략적으로라도 납득이 가게 설명할 수 없고, 그래서 결국 문학이란 얼마간 불가사의로 남는 것이리라. 나를 사로잡은 것은 다름아닌 이 시의 전체적인 분위기와 가락, 그리고 시어들이었다.

당시 나는 릴케와 게오르게를 읽었는데, 그들에게 크나큰 존경심을 느끼긴 했지만 사랑까지는 아니었고, 게오르게는 늘 좀 낯설었다. 어둑한 지하실에서 나를 매료한 브레히트의 그 시들은 전혀 다른 세상에서 온 것이었다. 놀랍도록 단순하고 이해하기 쉬웠으며, 동시에 기막히게 시적이었다. 마치 19세기 하이네의 노래들이 그랬듯이 말이다. 한마디로 이 시들은 (릴케는 물론 게오르게와도 달리) '모던'해 보였다.

분명 당시 나는 이 모두를 정확하게 간파했다기보다는 그저 막연히 느꼈을 뿐이었고, 누군가에게 설명하거나, 내가 받은 이런 인상을 조목조목 논증할 능력은 당연히 없었을 것이다. 수십 년이 지나서야 나는 그토록 내 마음에 와 닿았던 것이 대중성이며 적어도 이 경우엔 브레히트 시의 원전과 밀접한 관련이 있다는 것을 알게 되었다. 이 시는 1900년쯤 크게 유행해, 독일어로(매우 형편없이) 번역되어 많이 불렸던 프랑스 가요에서 나왔다. 브레히트는 거리낌 없이 이 가요의 모티브를 차용했다. 다만 텍스트를 심하게 의역했고, 멋지게 패러디해냈다. 이리하여 반어적이면서 동시에 감미롭고, 거의 (정말 다만 거의) 감상적인 노래가 만들어진 것이다. 당시 브레히트가 다른 작가들, 때로는 번역가들의 글까지 아무 가책도 없이 제멋대로 써먹는다는 문제가 종종 도마 위에 오르곤 했다. 그는 자기가 지적재산권 문제에 대해 좀 느슨한 편이라는 뻔뻔스러운 대답을 했다.

전설에 나오는 프리기아 왕국의 미다스 왕은 손만 대면 모든 것을 금으로 만들었다고 한다. 브레히트로 말하자면, 타인의 텍스트를 끌어와 그것을 문학으로 바꿔놓았다고 할 수 있겠다. 베를린의 헌책방에서 김나지움 학생의 옹색한 용돈으로 사기엔 너무 비쌌던 그 책을 살까 말까 망설이던 그때 나는 그런 걸 전혀 몰랐다. 하지만 결국 나는 그 책을 샀다. 이 얇은 책에는 뜬금없게도 『가정 기도서』라는 고색창연한 제목이 붙어 있었다. 그 책을 사길 참 잘했다고 두고두고 생각한다. 브레히트가 스물셋 나이에 기차간에서 지은 「마리 A.에 대한 회상」은 내가 지금도 좋아하는 시다. 이 시를, "우리 위 아름다운 여름 하늘에 떠 있던 구름 한 점" "내가 오래오래 바라본 / 아주 하얗고 까마득히 높았던 그 구름"을 나는 잊은 적이 없다. 독일 시문학의 판테온에서 베르톨트 브레히트가 자리한 곳도 아마 그러하리라. 까마득히 높은 곳.

베르톨트 브레히트
구스타프 자이츠 | 붓 석판화 | 1967년

내가 『차이트』의 상임 문학평론가로 있던 1967년 가을, 회사에서 드 보클레르 출판사에서 나온 포트폴리오를 하나 받았다. 한 손으로는 들기도 힘든 큼지막한 서류철을 우편으로 받고는 깜짝 놀라, 신문사 내의 예술 분야를 담당하는 동료가 받아야 할 물건이 나한테 잘못 왔나 싶었다. 하지만 아니었다. 그것은 탄생 70주년을 앞둔 베르톨트 브레히트에 관한 것이었다. 나는 그 자료들을 검토해서 짤막한 글을 써야 했다.

거기엔 「노자가 망명길에 『도덕경』을 쓰게 된 경위에 대한 전설」이 들어 있었다. "현인의 지혜라 해도 끄집어내지 않으면 헛일/그러니 세리稅吏에게도 감사를 드려야 하리라/지혜를 간청한 이는 바로 그였으니"라는 구절로 끝나는 이 시를 나는 참 좋아한다. 하지만 이 큼지막한 인쇄물을 앞으로 어찌해야 할지 알 수가 없었다. 너무 커서 책장에 꽂을 수도 없었고, 그렇다고 양면 인쇄된 회색 보드지를 벽에 걸 수도 없었다.

그런데 정작 나의 관심을 끈 것은 이 서류철에 있던 다른 그림이었다. 석판화로 그린 브레히트 초상화로, 명망이 높은 만큼 이견도 분분한 조각가 구스타프 자이츠의 작품이었다. 브레히트는 58세를 일기로 사망했다. 늙은 적이 없었던 것이다. 그런데 자이츠가 그린 브레히트는 족히 일흔은 되어 보이는 늙은이 같다.

모든 소설은 작가의 작품인 동시에 독자의 것이기도 하다. 소설의 완성은 작품으로부터 독자가 무엇을 끌어내며, 작품이 그에게 어떤 의미인가―이 두 가지 표현은 독일어에서 이중의 의미를 갖고 있기도 하다―에 달려 있기 때문이다. 이는 장르를 막론하고 모든 예술작품에 해당되는 얘기이며 특히 그림은 더욱 그렇다. 자이츠가 이 초상화로 무엇을 표현하고자 했는지 나는 모른다. 다만 나는 내가 보는 것, 더 정확히 말하면 내가 본다고 생각하는 것은 말할 수 있거니와, 이는 한 냉소적인 남자의 얼굴, 지쳤으되 체념하지 않는, 번민하는 시인의 얼굴이다.

이 그림은 이내 내게 깊이 각인되었다. 1958년부터 함부르크 미술대학 교수로 있던 자이츠를 그때까지는 그저 피상적으로만 알고 있었는데, 그뒤 우리는 훨씬 더 자주 만났고, 늘 그가 만남에 적극적이었다. 원래 그렇지 않나, 예술가들이란 자신을 인정해주는 사람을 높이 평가하는 법이다.

언젠가 자이츠의 아틀리에를 방문했을 때, 그는 유명한 브레히트 조각상의 사전작업들을 보여주었다. 사진 여러 장과 스케치들이었다. 그걸 다 그의 서랍 속에서 묵히고 아무도 못 보는 게 나는 너무 아까웠다. 이걸로 작은 책자를 만들 생각은 없나요? 이 그림들에다 브레히트에 대한 회고담을 달아서 엮으면 되지 않을까요? 그런 책이라면 관심을 가질 출판사는 얼마든지 있을 텐데요, 라고 나는 자이츠에게 장담했다. 그는 이 제안을 마음에 들어했고, 고맙다며 고개를 끄덕여 동의하면서도 좀 망설이는 눈치였다. 요컨대 글쓰기는 자기 전공이 아니라는 것이다. 물론 예전에 베를리너 차이퉁에 꽤 긴 글을 기고한 적은 있다고 했다. 중국 여행기였다. 마침 기사가 난 그날, 자이츠는 브레히트를 만났었다고 했다. 브레히트가 그 기사를 벌써 읽었더란 얘기를 하며 그가 약간 으쓱해하는 느낌을 나는 슬쩍 받았다. "그래서요?" 내가 궁금해하며 물었다. "뭐, 그냥." 자이츠가 신중하게 말했다. "내가 쓴 글에 대해서 얘기를 하더군." "뭐라고 하던가요?" "글쎄, 그러니까……" 자이츠는 애매하게 미소를 지었다. "그가 하는 말이, 음, 그러니까……" "어서 말해보세요!" "그가 날 다정하게 가만히 바라보더니, 선언하듯이 큰 소리로 말하더군. '그러니까 글쓰기는, 자이츠, 글은 쓰지 마요!'" 그러고는 둘이 한바탕 유쾌하게 웃었다고 한다. 영리한 꾀쟁이 브레히트와 직선적이고 사람 좋은 자이츠, 이 둘이서 말이다. 그리고 이제 이 웃음을 나도 함께 나누었다. 유감스럽게도 계획했던 그 책은 만들어지지 않았다.

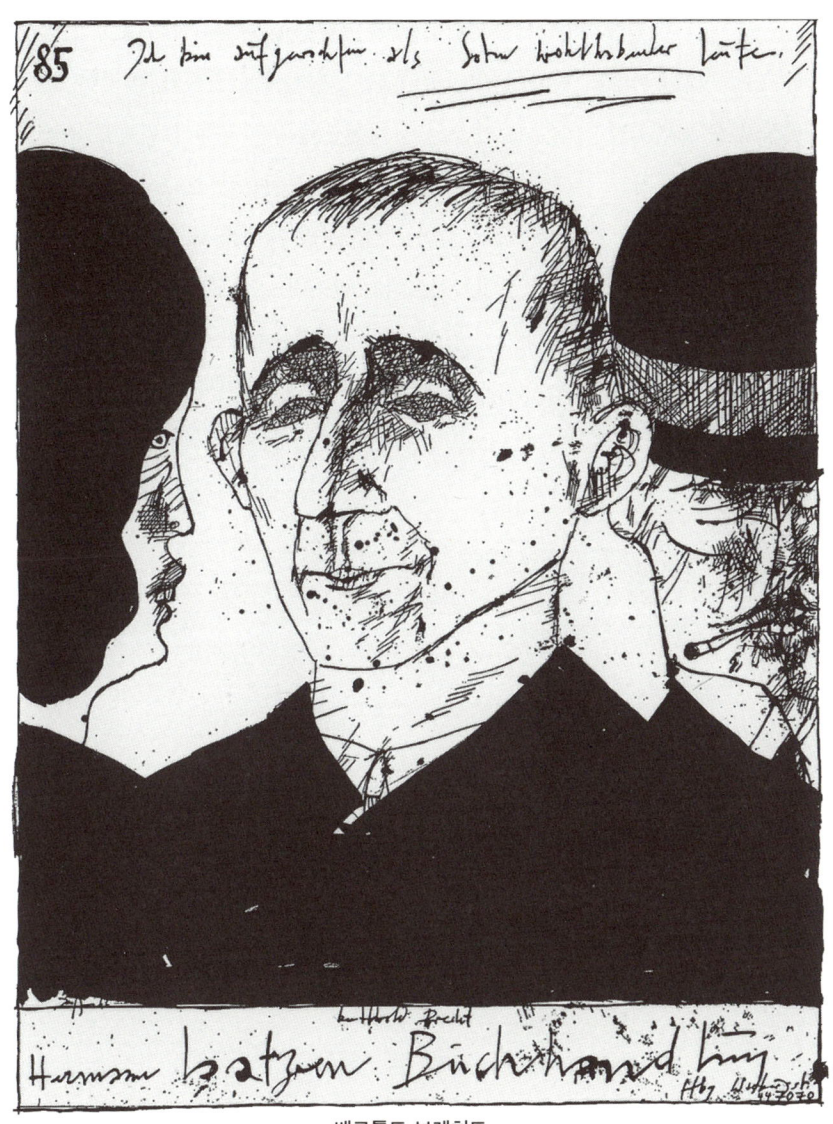

베르톨트 브레히트
호르스트 얀센 | 석판화

하지만 이 인상적인 브레히트 초상화는 액자에 넣어져, 함부르크 니엔도르프 우리집 서재의 휑하게 비어 있던 흰 벽면 한쪽에 걸렸다. 이것이 내 초상화 수집의 시발점이었다. 지금은 온 벽이 그동안 수집한 그림들로 빼곡한데, 그 벽과 거기 걸린 그림들을 볼 때마다, '맨 처음은 브레히트였지'라는 생각이 든다. 참 안성맞춤이다 싶다. 그는 우리 세대를 대표하는 서정시인이었으며, 20세기 최고의 시인이었으니까 말이다.

다음 초상화는 나의 예순번째 생일 때, 다년간 이 도시 다름슈타트의 문화계 발전에 기여한 하인빈프리트 자바이스 시장이 이 도시를 대표해 내게 선물한 것이다. 1941년 베를린에서 출생한 볼프강 베르크마이스터의 작품이다.

브레히트와 '브레히트주의자'라고 불린 그의 추종자들 간에는 현격한 차이가 있었다. 브레히트주의자들은 공산주의 사회를 실현하는 데 기여할 연극을 원했고, 브레히트는 자신의 연극을 실현할 공산주의 사회를 원했다. 딱 맞는 말 아닌가?

1942년 브레히트는 연극배우 엘리자베트 베르크너와 대화를 나눈 뒤, "그녀는 대중을 세계에 대한 객관적 보고를 적극적으로 수용하는 세계변혁가들의 집단으로 보지 않는다"고 했다. 1943년에는 새로운 연극대중에 대해 논하면서, 이들이 "세계를 해석하는 데 머무르는 사람이 아닌, 세계를 변화시키는 사람들로서 이미 등장했거나 곧 등장할 것"이라고 말했다.

브레히트처럼 냉철하고 노회한 인간이, 세계를 변혁하고자 하는 사람들이라면 "세계에 대한 객관적 보고"를 정치가나 역사학자, 사회학자나 철학자 들로부터 들을지는 몰라도, 절대 시인으로부터 들을 리는 없다는 사실을 모르지 않았을 것이다. 그렇다면 연극의 실제적 영향력에 관해서만큼은 그가 일평생 망상을 품었다고 해석해야 할까?

브레히트에게 우직한 순진함을 기대한다면 어림없는 일이다. 그는 브레히트주의자들보다 훨씬 더 영리하고 더 회의적이었으며, 간혹 정치가 연극판을 망치는 일은 있어도, 연극이 정치를 개선하는 일은 절대 불가능하다는 점을 아주 분명히 알았을 것이다. 스스로 언급한 "세계변혁가들의 집단"이란 그야말로 하나의 허구 혹은 이상향에 지나지 않는다는 사실을 그는 이미 알고 있었다. 하지만 그는 어떤 경우에도 이것을 내려놓으려 하지 않았다. 자기 작업의 기본 전제조건으로서 이 허구가 반드시 필요했던 것이다.

베르톨트 브레히트
볼프강 베르크마이스터 | 에칭과 애쿼틴트 | 1976년

그의 열성 추종자들은 이를 액면 그대로 받아들였고 또 그래야만 했겠지만, 브레히트 자신에게는 하나의 보조 수단 그 이상도 이하도 아니었으니, 그저 실제적인 필요에 의해 이를 때로는 냉소적으로 사용했을 뿐이다. 브레히트가 계급투쟁을 중시했기 때문에 끊임없이 서사극에 대해 썼다기보다는, 자기 작품의 주제이자 추진력으로서 계급투쟁이 필요했기 때문에 그렇게 많이 얘기했다고 보는 게 맞을 것이다.

브레히트가 아직 생존해 있을 때 뒤렌마트는 간명하게 표현한 바 있다. "브레히트의 사고는 냉혹하다. 왜냐하면 그는 냉혹하게도 많은 것을 외면하기 때문이다." 그러기 위해 그는 두꺼운 곁눈가리개를 만들어 썼고, 세상이 두 쪽이 나도 이 곁눈가리개를 한순간도 벗어던질 수 없었다. 삶과 신조가 엇박자를 내면 낼수록 더 곤란한 일이었고, 곤란해지는 건 언제나 신조가 아니라 삶이니까.

현실을 변혁하려 한다고 주장했던 그는 정작 현실을 알게 되는 것이 두려웠다. 왜냐하면 그 현실이 자신의 견해를 수정하도록 몰아세울 테니까. "그는 얼마간 정착해 살려고 생각했던 이 도시를 조금도 눈여겨보지 않았다." 1948년 취리히에서의 일을 두고 막스 프리슈가 한 말이다. 비단 취리히만이 아니라, 긴 망명 기간중 어딜 가든 그는 마찬가지였다. 덴마크, 스웨덴, 핀란드에서도 그랬고, 소련과 미국에서도 마찬가지였다.

그는 로스앤젤레스에서 6년 넘게 살았다. 그가 아직 미국에 대해 전혀 모르던 때, 『마하고니 시市의 흥망성쇠』와 『성聖 요한나』를 미국 무대에 올린 적이 있었다. 이제 과연 그는 자본주의 미국에 대한 자신의 예견과 미국의 실상을 비교할 이 기회를 활용했을까? 천만의 말씀이다.

브레히트주의자들과 달리, 브레히트는 자기 작품들과 그 배경이 된 나라들이 별로 관계가 없다는 점을 너무나 잘 알고 있었다. 『남자는 남자다』의

인도, 『어머니』의 러시아, 『서푼짜리 오페라』의 런던, 『성 요한나』의 시카고—이 장소들은 모두 동화적 세계, 즉 시적 허구일 뿐이다. 사천四川[1]이 중국에 있는 그 사천이 아니듯, 마하고니 시 또한 미국에 있는 그 도시와 별로 상관이 없다.

하지만 브레히트라는 주제로 무슨 얘기가 오가든, 그와 그의 작품이 독일 문학사에서 차지하는 특별한 의미만큼은 잊지 말아야 한다. 1921년, 그러니까 스물세 살 때, 그는 이렇게 적었다. "나는 내가 거장이 되기 시작하는 것을 지켜보겠다." 뭘 믿고 이런 호언장담을 했는지, 참으로 당돌하기 짝이 없는 발언이다. 하지만 결과적으로는 그 말대로 되었다. 무엇보다도 그의 서정시 덕분에 베르톨트 브레히트는 정말로 거장의 반열에 올랐으니, 아마 그는 1926년 이후, 그러니까 릴케의 사망 이후 독일 최고의 시인이리라.

Wolfgang Koeppen

볼프강 쾨펜

볼프강 쾨펜
로레다노 | 잉크 드로잉

이게 나라고? 우리집 거실 벽에 걸린 이 그림을 보더니 쾨펜이 물었다. 그는 만족하지 않았다. 하긴 스스로에게 만족해본 적이 한 번도 없는 사람이었다. 그리고 자신이 도대체 누구인가 하는 질문은 그에게 늘 골칫거리였다. 그건 비단 그 자신에게만이 아니라, 문학사가들에게도 마찬가지였다.

1906년 그라이프스발트에서 태어난 그는 1926년부터 뷔르츠부르크의 연극계에 몸담았고, 후에 베를린 경제신문의 폐예통 주필로 활동했다. 그의 초기 르포와 습작은 그 시절에 나왔다. 바이마르공화국의 마지막 몇 년은 그에게 강한 영향을 끼쳤다. 하지만 그를 이 공화국의 문인으로 꼽을 수는 없다. 왜냐하면 그의 첫 책 『불행한 사랑』이 1934년에 출판되었기 때문이다.[1]

이 시적인 장편소설은 이미 독일에서 추방당한 여러 작가들로부터 받은 영향을 보여주었다. 쾨펜은 '제3제국'에 전혀 공감하지 않았고, 그들 역시 이 젊은 작가를 강제수용소까지는 아니어도 하다못해 노역에라도 보내지 못해 공공연히 안달복달했다. 그렇다면 그는 '내적 망명' 작가에 속했나? 그렇게 보긴 힘들다. 왜냐하면 이 처녀작을 낸 직후, 쾨펜은 네덜란드로 몸을 피해, 몇 년간 그곳에서 지냈기 때문이다. 그러면 망명 작가? 그것도 아니다. 네덜란드에 있는 동안 작품을 하나도 내지 않았으니까.

1939년 초 그는 베를린으로 돌아왔다. 제2차 세계대전 동안 단 하루도 군인 노릇을 하지 않았다는 점은 자랑할 만하다. 1945년 이후 그는 뮌헨에 살았고, 당분간은 신문사에서 일을 하거나 책을 쓰고 싶은 마음이 전혀 없었다. 사실 그 마음은 죽을 때까지(그는 1996년에 사망했다) 변하지 않았다.

브레히트 시에 나오는 현인에게 누군가 지혜를 졸라야 했듯, 쾨펜에게도 "지혜를 간청하는" 세리가 필요했다. 가만 보면 이 작가는 근 70년 가까이 전업 작가라는 직업에 종사했지만, 꼭 써야 할 때만, 그것도 아주 마지못해서 글을 썼던 것 같다.

제2차 세계대전 이후 다시금 많은 이들이 쾨펜을 어떤 작가로 분류해야 할지를 두고 매우 난감해했다. 그가 좌파 성향의 시대비판적 작가인 건 분명했지만, 질문을 던질 뿐 대답은 몰랐고, 해결책을 내놓지도 않았고, 독자들에게 제안을 늘어놓는 것조차 꺼렸다. 형식적인 측면에서도 그는 틀에서 벗어나 있었다. 1950년대 초 독일 신세대 대표주자들이 어니스트 헤밍웨이나 간혹 프란츠 카프카를 따라잡는 데 열을 올릴 때, 쾨펜은 신생 서독에서 거의 알려지지 않았던 제임스 조이스, 존 더스패서스[2], 알프레트 되블린 등을 모범으로 삼았다.

볼프강 쾨펜의 이름을 알린 장편소설들이 처음에 뜨악하고, 비교적 미미한 반향을 얻은 데 그친 것은 이런 점과도 관련이 있다. 그렇지만 이 산문들이 비단 파격적인 예술적 표현 양식 때문만이 아니라, 급진적이고 공격적인 시대비판으로 대중에게 큰 충격을 안겨준 것이 사실이다. 쾨펜이 장편 『풀밭의 비둘기들』(1951)을 통해 묘사한 전후 독일의 생활상은 오늘날까지도 유효하며 탁월한데 당시에는 이를 미처 알아보지 못했다. 이 소설에는 엄청나게 많은 인물, 운명과 환경, 상황과 사건, 인상과 인식의 차원들이 담겨 있다. 그러나 쾨펜은 줄거리를 단 하루, 단 한 도시에 집중시킨다. 워낙 구체적이어서, 명시되지는 않았어도 오해의 여지 없이 확연히 알아볼 수 있는 세계, 즉 미국에 점령당한 뮌헨이다. 사건은 단편적인 장면들로 해체되고, 그 모자이크 조각들은 다시 모여 전체의 상을 이룬다. 인물들은 제각각 다르지만, 그들 모두 시대의 희생자로, 과거라는 짐에 알게 모르게 눌려 있다. 그들 모두 20세기의 끔찍한 질병, 즉 불안에 시달린다. 『풀밭의 비둘기들』은 한마디로 불안에 대한 서사적 연구다. 그리고 쾨펜의 인물들은 자기 자신으로부터 도피하며, 존재의 불안에 들볶이는 까닭에 결코 서로 만나지 못한다. 그들에게는 자신의 고독을 타개할 능력이 없다. 모두가 서로에게 그렇게 여전히 낯선 존재들로서, 함께 어울려 살아가는 게 아니라, 그저 나란히 존재할 뿐이다.

『온실』(1953)에서 쾨펜은 의도적으로 초점을 흐릿하게 잡은 풍속화들과 냉소적 장면들을 통해 1950년대 정치 중심지인 본을 생생히 그려냈다. 너무 예리했던 나머지, 실제 상황들에 저주 섞인 악담을 했다는 비난이 쏟아졌다. 하지만 현실이 그 끔찍한 예견을 따라잡는 데는 그리 오래 걸리지 않았다.

쾨펜의 독일 3부작 중 마지막 장편인 『로마에서의 죽음』(1954)은 '제3제국'과의 관계를 청산한 독일 전후 산문문학 중 가장 중요한 작품의 하나로 꼽힌다. 1945년 이후 독일문학을 생각하며 우울해질 때마다, 난 혼자 가만히 이런 생각을 하곤 했다. 그래도 그가 있지 않나, 『풀밭의 비둘기들』의 작가, 볼프강 쾨펜이.

Max Frisch

막스 프리슈

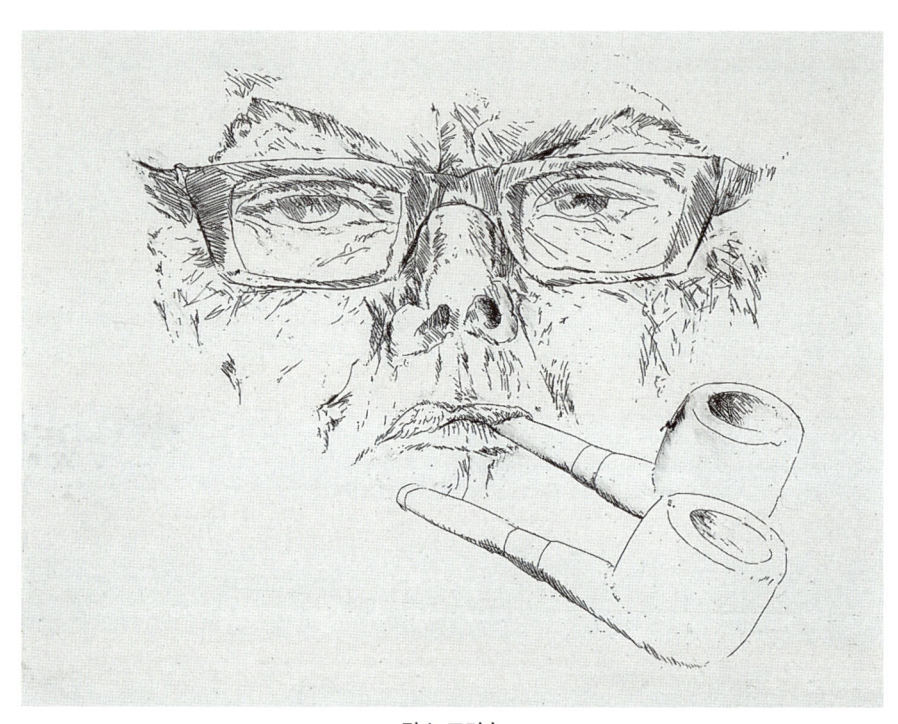

막스 프리슈
귄터 그라스 | 에칭과 드라이포인트 | 1975년

귄터 그라스의 스케치는 독창적이고 탁월하다. 나는 오래전부터 변함없이 그렇게 믿고 있다. 물론 전문가가 아닌 일개 애호가로서 하는 얘기다. 왜냐하면 나는 조형예술에 대해서는 별로 아는 게 없기 때문이다. 그리고 까다로운 미술평론가들이 대개 그래픽 아티스트로서의 그라스에게 그리 후한 점수를 주지 않는다는 건 나도 익히 알고 있다.

그래도 어쨌든 나는 그의 그림들을 높이 평가하고 좋아한다. 특히 초상화와 자화상. 이 막스 프리슈 초상화는 그라스가 잠시나마 나를 싫어하지 않았을 때(그렇다, 우리 사이에도 그런 시절이 있긴 있었다!) 내게 선물한 것으로, 굉장히 마음에 드는 한편 당황스럽고 고민이 되는 그림이다. 이걸 도대체 어떻게 이해해야 할지 알쏭달쏭해서다.

저 두 개의 파이프 말이다. 하나만 입에 물려 있고, 다른 하나는 입 근처 허공에 떠 있으니 이게 도대체 뭘까? 프리슈가 파이프를 입에 물고 산 골초였던 건 확실하나, 여기에는 분명 그 이상을 암시하는 뭔가가 있는 것 같다. 두 개의 파이프, 특히 저 두번째 파이프는 분명 뭔가를 상징할 텐데, 도대체 뭘까? 어쩌면 프리슈의 강렬한, 그래서 늘 그를 좀 괴롭히기도 했던 향락욕일까? 말년에 들어서도 수그러들지 않던 그 쾌락에의 동경?

도대체 파이프는 여기서―담배를 넘어서―뭘 의미하려나? 혹시 와인, 여자 그리고 노래? 아니면 아주 단순하게, 삶을 향한 프리슈의 욕망? 이 초상화는 나를 불안하게 만들고, 그럼에도 불구하고―혹은 바로 그렇기 때문에?―언제 봐도 재미있다. 그렇다, 그런 게 있는 법이다. 즐거움과 만족을 안겨주는 그런 불안.

그라스의 이 그림은 1975년에 그려졌는데, 우연인진 모르겠지만, 내가 지금 보기엔 프리슈의 작품 중 단연 최고인 『몬타우크』가 출판된 바로 그해다. 물론 이 스위스의 거장에게 명성을 안겨준 두 장편 『슈틸러』와 『호모 파버』도 빼놓을 수 없다. 이 두 작품은 물론 훨씬 전에 나왔다. 하지만 발표된 당시—1950년대—이 작품들은 그 세대 전체에 참으로 깊은 인상을 주었고, 충분히 그럴 만한 이유가 있었다. 지금은 그때와 또 다르게 읽히지만, 그래도 여전히 고리타분하지 않다.

엔지니어인 파버는 정밀과학의 신봉자요, 단호하고 냉정한 합리주의자다. 그는 삶의 모든 것이 측량되고 측정되고 계산될 수 있으며, 사진기나 녹음기에 담길 수 있다고 믿는다. 기분이나 감정은 일종의 피로 현상일 뿐이라고 생각하는 그는 자신만만하게 "나는 두 발을 땅에 붙이고 서 있는 부류의 사람이죠"라고 말한다. 그러나 몇 주 동안 쏟아지는 온갖 사건들로 파버는 삶이란 그렇게 쉽게 계산할 수 있는 게 아님을 뼈저리게 깨닫는다. 또한 자신이 결코 땅에 그렇게 단단히 두 발 붙이고 있지 않다는 사실도.

깨달음과 동시에 몰락으로 나아가는 파버의 여정은, 미국에서 시작해 프랑스와 이탈리아를 거쳐 그리스로 이어진다. 기술 세계에서 그는 존재란 수학 방정식과 비슷한 것이라 믿는다. 하지만 프랑스에서 마주친 사랑의 모험이 그의 삶에 드리운 매혹은 그런 계산에서 완전히 벗어난 것이었다. 이탈리아에서 그는 자신의 (걷잡을 수 없이 커져버린) 사랑이 맞을 비극적인 파국을 어렴풋이나마 예감하게 된다. 그리고 그리스에 이르러 운명은 고대 신들의 무자비함으로 일격을 가한다.

파버가 사랑에 빠진 아가씨가 바로 자기 딸이라는 사실을 알게 되는 것도, 또 이 젊은 연인의 죽음을 목도하는 것도 그곳 그리스에서다. 이제 그는 완전히 무너져, 가는 곳마다 논리와 수학을 통해 몰아냈다고 믿었던 두려움에 쫓겨다닌다. 이런 표현이 어떨지 모르지만, 사건은 그야말로 '신화적으로' 전개된다. 마지막에 이 불행의 주인공은 자기집으로 돌아가려 하지만, 열쇠를 잃어버렸다는 사실을 알게 된다.

이 모두가 오늘날에는 너무 작위적으로 느껴지기도 하고, 상징적 의미를 담고 있는 그 열쇠라는 것을 애당초 파버가 갖고 있었던가 하는 문제도 석연치 않다. 그렇긴 하나 1991년 폴커 슐뢴도르프가 훌륭하게 영화화[1]한 덕분에, 이 소설은 새로운 독자들을 상당수 얻었다. 무엇보다 쉰 살의 남자와 스무 살 아가씨의 러브 스토리라는 점 덕분이긴 했지만. 이 아가씨가 파버의 친딸이라는 사실이 나중에 밝혀지지만, 파버와 독자가 그걸 모르는 한 당연히 아무 문제도 되지 않는다.

이제는 진부해진 세계관적 전제와 중압감만 좀 너그럽게 눈감아준다면, 『호모 파버』는 여전히 감동적인, 아니면 적어도 흥미로운 러브 스토리다. 여기서 한 발짝 더 나아간 작품이 『몬타우크』로, 프리슈는 여기서 나이 차이는 훨씬 더 많지만, 아주 평범한 미국인 애인과 보내는 주말을 묘사한다. 주인공은 애인에게 자신의 화려했던 과거 러브 스토리(분명 소설적 허구만은 아니라고 추측되는)들을 이야기해준다.

대단히 신빙성 있고 확실한 이야기들이다. 그리고 이는 프리슈의 언어와도 연관이 있는데, 때때로 좀 투박하긴 해도 늘 신뢰감을 준다. 많은 작가들이 후기작에서 중언부언하는 경향이 심해지는 게 사실인데, 『몬타우크』의 작가는 정반대다. 그는 더없이 간결하고, 더없이 요연했다.

『몬타우크』에서 프리슈가 (이게 처음도 아니고 마지막도 아니었지만) 잉게보르크 바흐만과의 사랑 이야기를 하는 장章은 특히 애틋하면서도 진지하다. 어쩌면 그는 그저 자신의 행복, 자신의 고통과 괴로움을 토로하고 싶을 뿐이었는지도 모른다. 이 대목에서 그는 독자들과 평론가들은 전혀 염두에 두지 않은 것 같다. 그러나 그의 이 회고는 저절로 하나의 비유가 되었으니, 우리는 여기서 '종속從屬'에 대한 탁월한 우화를 읽을 수 있다.

막스 프리슈
툴리오 페리콜리 | 채색 동판화 인쇄본

작가들이 나이가 들면, 독자들에게 다른 새로운 얘기를 하기보다는 그동안 줄곧 해왔던 얘기들을 또 하게 된다. 대개의 경우 그들이 다루는 문제, 동기, 주제 등은 동일하다. 그러나 이를 바라보는 시각과 다루는 방식은 좀 달라진다. 그들은 삶에 대해 좀더 거리를 둔다. 그러면 이제 좀더 차분해졌다는 평가를 받는데, 실상은 대개 차분함이라기보다는 체념에 다름아니다. 어쩔 수 없는 나이 탓에 작가들과 예술가들은 수단에 제한을 받고, 까다롭거나 너무 파격적인 형식 등은 아예 포기하게 되는 경우도 많다. 이별의 분위기가 감돌 때, 용기가 끼어들 자리란 없는 모양이다.

막스 프리슈에게도 다 해당되는 얘기다. 1975년에 발표된 소설 『몬타우크』는 앞서 말한 대로, 그가 쓴 작품들 중 최고에 드는데, 여기서도 여전히 그는 자신의 해묵은 주제에서 벗어나지 않고, 또다시 사랑과 죽음, 성취와 환멸, 동경과 절망 사이에서 괴로워하는 피조물에 대해 이야기했다.

하지만 그 방식은 전과 사뭇 달랐다. 프리슈는 언제나 이야기란 허구라고 이해했었다. 경험을 표현하기 위해, 그 경험을 읽히고 이해시키기 위해 필요한 허구였다. 그러나 그는 『몬타우크』를 쓸 때만큼은 진실에 허구의 옷을 입히는 것 따위에 전혀 관심을 두지 않았다. 예전에는 평범한 인간들을 평범하지 않은 상황과 있음직하지 않은(가히 '생소하다'고 해도 될 정도다) 공간 속에서 그려냈던 그가, 엄청난 사건이나 특이한 전개, 놀라운 우연 같은 것들을 말끔히 포기했다. 예전에는 현대 서사의 다양한 수단들을 아주 능수능란하게 구사했던 그가, 소박한 이야기꾼으로 만족하기로 작정한 것이다.

그러면 『몬타우크』는 자서전이나 고백, 혹은 일기인가? 물론, 이 작품에서 그런 요소들을 찾아볼 수 있다. 하지만 근본적으로 이 작품은 표지에서 일러주는 대로 소설이다. 이야기는 1974년 5월 뉴욕에서 시작된다. 늙어가는 프리슈의 삶이 갑자기 다시 생기로 충만해진다. 린이라는 이름의 여자,

그보다 서른 살도 넘게 어리다. 그는 며칠을 그녀와 함께 보낸다. 처음엔 뉴욕에서, 그다음엔 롱아일랜드의 몬타우크라는 곳에서. 이 며칠간의 이야기, 『몬타우크』라는 소설의 틀과 줄거리를 잊을 수 없게 만드는 건, 그 분위기와 느낌이다.

이 작품에서는 최소한의 사건이 최대한의 정취를 자아낸다. 그들은 잠자리를 같이한다. 하지만 할말이 별로 없다. 그들의 대화는 대개 사소한 잡담이고, 그나마 자꾸만 끊긴다. 침묵을 (차 안에서나 산책하는 동안) 깨려고, 그는 그녀에게 자기 얘기를 들려준다. 그의 얘기들은 그녀를 향한 것일까, 아니면 자기 자신을 향한 것일까? 그의 세계는 그녀에게 낯설고, 그녀는 그의 책을 한 줄도 읽어본 적이 없다. 그는 이 빨강머리 린이 태어난 곳은 플로리다이고 대학은 캘리포니아에서 다녔다는 사실을 며칠이 지나도록 헷갈려한다. 그는 그녀에게 빠지지 않고, 그녀는 그에게 별 관심이 없다. 그래도 그는 그녀와 함께 있어서 행복하다. 왜냐하면 그는 늙었고, 어쨌든 늙었다고 느끼기 때문이다. 그는 자기에게 남은 시간이 얼마나 적은지를 잘 알고 있다. 그러니 자기중심성은 불가피하다.

한 여자와의 기억이 또 한 여자를 통해 현재가 되고, 그 현재가 그의 과거를 끌어안는다. 기억과 반영으로서의 사랑, 반복과 인용으로서의 사랑. 외국어로 대화해서일까, 그는 이 모든 것을 마치 처음 말하는 듯한 기분이 든다. 그러나 또한 이 모든 것을 마지막으로 말하는 게 되지 않을까 두렵다. 헤어질 날은 처음부터 정해져 있고, 유럽으로 돌아가는 비행기는 이미 예약되어 있다. 그녀는 그가 예약을 변경하리라고 기대하지 않는다. 그는 그녀가 붙잡아주리라고 기대하지 않는다. 이렇게 그들의 이야기는 기한이 정해진 로맨스다. 그러니 위기도 없고 갈등도 없다. 그럴 시간이 없다. 그가 가장 두려워하는 일도 일어나지 않을 것이다. 바로 '종속'이다.

젊은 미국 여인과의 모험은 프리슈에게 연애의 역사를 요약하는 계기가
된다. 가볍게 스쳐가는 서글픈 연가는 회상과 반추의 출발점이자 배경이 된
다. 프리슈는 학창시절부터 바로 얼마 전의 현재에 이르기까지 살아오면서
경험한 사랑을 이야기로 풀어놓는다. 하지만 그의 연인들과 아내들을 그리
기보다는, 그들과 맺었던 관계를 하나하나 찬찬히 들여다본다. 인물보다는
정황이 더 부각된다. 이 작품이 우리에게 보여주는 것은 달콤한 사랑의 꿈
이 아니다. 오히려 긴장과 갈등, 주저와 가책이다. 종속이 어떻게 생겨나며,
어디로 몰고 갈 수 있는지를 보여준다.

그러니 이는 고통의 이야기들이다. 물론 당연히 프리슈가 말하지 않은 많
은 것들이 있다. 많은 것을 감추려 했고, 그래야만 했다. 그는 암시와 생략
의 대가다. 휴지休止는 그의 최고의 표현수단에 든다. 그는 자기 스스로에 대
해 절제하는 미덕을 지킬 줄 알았다. 그런 식의 자기폭로는 과시욕과 무관
하며, 프리슈의 고별사는 감상에 빠지지도, 엄살을 부리지도 않는다. 『몬타
우크』는 불안의 작가가 쓴 사랑의 책, 하나의 시적 결산이다.

막스 프리슈의 이 초상화는 1936년에 태어난 툴리오 페리콜리의 작품으
로, 그는 유럽 전체까지는 아니더라도 이탈리아에서는 가장 유명한 화가이
자 캐리커처 작가 중 한 사람으로 꼽힌다. 움베르토 에코는 그를 일컬어, 언
제나 대상의 영혼을 겨냥하는 화가라고 썼다. 정말 그렇다. 게다가 그는 재
치와 풍자만이 아니라, 존경과 연민까지도 담아낼 줄 아는 화가다.

막스 프리슈
오토 딕스 | 석판화

때로 우리는 어떤 작가의 작품에 대해 "이건 내가 얘기할 수 있는 책이 아니다"라고 말한다. 딱히 어떤 평가도 아니고, 작품 수준하고도 별 상관이 없다. 다르게 표현할 수도 있다. 이를테면 "이 작가는 내게 낯설다." 평론가라면 그런 작가에 대해 논하지 않는 편이 낫다. 내 경우 한 사람만 예로 들자면, 에른스트 윙거가 그렇다. 그의 '강철 폭풍'이나 '대리석 절벽', '유리 꿀벌'과 '교묘한 사냥'에 대해 나는 아무 말도 할 수 없었다. 대개의 작품이 내게는 거슬렸는데, 이유를 대자면 아마 그가 글을 잘 쓰긴 했지만, 결국 토마스 만 말마따나 "야만의 길을 닦은 이요, 그 냉담한 향유자"였기 때문일 것이다. 그래도 내 긴 평론가 생활 중 윙거의 책을 한 권도 비평하지 않은 건 참 잘한 일이라고 생각한다.

물론 (다행히) 그 반대의 경우도 있다. 나한텐 막스 프리슈가 그랬다. 1950년대에 그의 『일기』를 읽었을 때, 난 단박에, 작품의 수준을 떠나 이건 '내' 문학, 아니 우리 세대의 문학이라는 걸 알았다. 독일문학에서 참으로 드문 것을 이 스위스인이 해냈구나 싶었다. 즉, 사색적이고 지적인 동시에 아주 단순하고 명료하며, 게다가 재미까지 있는 문학 말이다.

세월이 많이 흘러, 1973년 프랑크푸르터 알게마이네 차이퉁의 문예부를 맡았을 때, 나는 프리슈에게 최소한 가끔씩이라도 원고를 받고 싶어서 꽤 공을 들였다. 여기저기서 그와 이야기를 나눴고, 그에게 전화를 했고, 편지를 보냈다. 그의 구미에 꽤 맞을 성싶은 주제들도 수차례 제안했다. 그는 항상 신속하고 친절하게 답을 주었지만, 번번이 결론은 이런저런 핑계와 거절이었다. 아무튼 결국 그에게서 원고는 받은 적이 없었다.

그러다가 1977년 프리슈가 깜짝 선물을 보내 나는 놀랐다. 바로 오토 딕스가 그린 이 초상화였다. 나중에 그가 하는 말이, 번번이 실망을 안겨준 게 미안해서 보낸 선물이라고. 요컨대 프랑크푸르터 알게마이네 차이퉁 특유의 정치색을 자기로서는 수용하기 힘들다는 얘기였다. 그런데 나중에 생각을 바꿔, 원고를 하나 부쳐주긴 했는데, 유감스럽게도 완전히 실패로 돌아간 그의 마지막 희곡 『트립티콘』의 한 장면이었다. 이 장면은 내가 수용하기 힘들었다.

프리슈는 절망이나 염세에 빠진 사람도, 그렇다고 모반이나 혁명을 꿈꾼 이도 아니었다. 오히려 그는 방어적인 자세를 취한 작가, 거리를 둔 관찰자요 차분한 증인, 세련된 회의론자였다. 그는 세상에 시비를 걸지 않았으며, 세상이 자신에게 시비를 건다고 느꼈다. 나서는 일은 극히 드물었고, 언제나 반응하는 쪽이었다.

줄곧 자기 자신에게 몰두했던 그는―세간의 견해와 달리―사회나 사회적인 문제 제기에 별로 관심이 없었다. 이념에 특별히 흥분하기는커녕 아예 흥미도 없었고, 이데올로기에 대해 아무 관심도 없었고, 강령들은 지루해했다. 많은 독일 드라마작가들과는 달리 프리슈는 민중의 교육자 노릇에 전혀 흥미가 없었다. 그의 최고 극작품인 단막극 『비더만과 방화범들』을 그는 "교훈 없는 교훈극"이라고 불렀다. 그랬다, 그는 아무런 교훈도, 아무런 해답도 내놓지 않았다.

그는 문제를 제기할 뿐, 답을 주지 않았다. 그는 제안과 권고보다는 의심과 의혹을 제기하는 작가였다. 그는 진단가였지, 치료자가 아니었다.

그는 정치보다는 심리학, 특히 사랑에 더 관심이 많았다. 프리슈의 러브 스토리들은―다른 도리도 없었으리라―번민의 이야기이다. 그러니까 그는 달콤한 목가시가 아닌, 위기와 갈등, 긴장과 주저, 가책과 거리낌에 관한 이야기를 들려준다. 프리슈는 사랑의 종속이 어떻게 생겨나며 어디로 이어질 수 있는지를 우리 시대 그 어떤 이야기꾼보다 탁월하게 보여줄 줄 알았다. 충족과 불화, 결혼의 일상과 그 파탄―이것이 그의 수작들인 『슈틸러』와

『호모 파버』『몬타우크』의 중심 주제다.

또한 모든 위대한 사랑의 달인들과 마찬가지로 프리슈 역시 사랑이란 모티브를 다른 주제와 결합시켰으니, 이는 어떤 소설가도 피할 수 없는 주제, 즉 인생의 무상함이다. 결과적으로, 그의 산문은 사적인 기록일수록, 대중적 관심을 더 많이 받았다.

모든 작품에서 그는 우리, 곧 시민사회의 교양 있는 지식인들을 다루었다. 우리의 속내를 간파하고 통찰했다. 우리가 느끼고 예감하고 생각했으되 표현할 수 없었던 것을 드러내 보여주었으니, 이 점에서 프리슈는 동시대 작가들을 압도했다. 그의 작품에서 우리는 모두가 문학에서 구하는 것을 찾았으니, 즉 우리의 고통이다.

젊은 독자들과 미래 세대들은 막스 프리슈의 소설과 일기를 통해 짐작할 수 있으리라. 20세기 후반을 살았던 지식인이란 남자들이, 어떻게 여자를 사랑했으며, 얼마나 죽음을 두려워했는지를.

Saul Bellow

솔 벨로

솔 벨로
툴리오 페리콜리 | 채색 동판화 인쇄본 | 1991년

1915년 몬트리올에서 태어난 작가 솔 벨로는 언뜻 보기엔 완전히 상치되는 면들을 겸비한 인물이다. 즉 그는 전형적인 미국 대학교육의 결과인 동시에 동구 유대인, 특히 동양에 가까운 서사 전통의 직접적 유산이었다.

그는 극도로 예민하고 세련된 고급 지식인인 한편, 대중적이고 때로 저급한 수다쟁이였고, 신비주의자면서 위트와 열정이 있었고, 암울한 선견자인 동시에 명석하고 매력적인 오락문학 작가의 면모 또한 보여준다. 그는 싹싹한 우울증 환자, 우수에 찬 익살꾼, 익살맞은 사색가, 사색하는 향락주의자다.

벨로의 작품이 지닌 생명력은 지성과 대중성의 통합에서 나온다. 이 말은 즉, 벨로는 모두의 기대에 부응한다는 뜻이다. 그의 대표작들(『비의 왕 헨더슨』『오늘을 잡아라』『허조그』『험볼트의 선물』)은 저급한 농담부터 심오한 토론까지 그야말로 소설이 제공할 수 있는 모든 것을 보여준다. 그의 철학은 대중적이고 때로 유치하나, 어쨌든 대다수 대중이 쉽게 이해할 수 있으며, 그의 대중성은 미식가들에게도 흥미롭고 때로 매력적이며, 어쨌든 수용 가능하다.

이따금 벨로의 철학이 잡화점 수준이라는 인상을 지울 순 없지만, 이걸 너무 정색하고 욕할 수도 없다. 그는 이런 것을 대개 장난치듯 눈을 찡끗거리며 늘어놓기 때문이다. 벨로는 이 산문적 세계에 만연한 염세주의적 형이상학을 삶에 대한 강한 긍정으로 상대화할 줄 알았으며, 모호한 신비주의를 곧잘 손에 잡힐 듯 명료한 애욕과 묶어놓았으니, 의문투성이의 삶에 대해 암울하게 언급하는 동시에 검은 망사 스타킹(물론 그런 스타킹이 유행의 첨단이던 시절의 얘기다)과 여자의 속옷가지에 대해 정밀하게 묘사를 늘어놓는다. 벨로는 우리를 사정없이 몰아세우는 그런 호랑이 작가와는 거리가 멀고, 오히려 구질구질한 삶에 대한 염증마저도 편안하게 읽을 수 있는 형태로 건네주고 싶어한다.

그는 깊은 사색적 요소를 가볍고 때로 유쾌한 방식으로 차려내는 기술이 그 시대 어떤 작가보다도 탁월한 사람이었다. 이 사색적 탐미주의자 솔 벨로의 소설들 중 상당한 통속성이 가미되지 않은 것은 하나도 없다. 아무리 그의 열성 팬이라 해도, 이 탁월한 이야기꾼이 문학의 기성복화를 강경하게 반대했다고는 말할 수 없을 것이다. 그럼에도 늘 다시 벨로와 화해하게 되는 이유는 사고하는 개인의 고뇌를 향한 그의 뜨거운 연민 때문이다. 그 어떤 도그마나 독트린, 명제나 이론보다도 그는 이들에게 더 마음을 쏟는다. 벨로의 주인공들은 자신을 둘러싼 세계를 받아들일 능력도, 변화시킬 의지도 없는 외톨이요 아웃사이더이다. 이들의 저항은 순하고, 체념은 때로 완강하다. 이들은 신神에 대해 얘기하며, 여자를 꿈꾼다. 한 손으로 그들이 굳게 믿는 성경책을 붙든 채, 다른 한 손을 여자의 허벅지 쪽으로 뻗는다. 벨로의 지식인들은 이런 어정쩡한 자세로 오래 버티지 못한다. 그러니 추상적 철학과 구체적 실존, 문학과 현실의 딜레마 속에서 이들은 삶의 손을 들어준다 하겠다.

사느냐 죽느냐의 기로에서 우물쭈물하다가, 이들은 오필리아와 같은 운명에 처한다. 클로디어스 왕과 재상 폴로니어스는 당연히 이런 햄릿 무리를 전혀 두려워하지 않는다. 이들은 싸움보다 연애에 강하다. 무기를 다룰 줄은 모르지만, 언어라면 자유자재로 구사할 수 있다. 이들의 본령은 독백인데, 대화 속에서 행복을 발견한다. 이 지성인들은 전투가 아닌 사랑에 열정을 바친다. 이들은 잃어버린 시간을 찾아서 헤매며, 멈추어라 시간아, 너는 정녕 아름답구나[1]라고 말할 수 있는 순간을 갈구한다.

노벨상 수상자인 벨로의 거의 모든 장·단편소설에는 창백한 사상에 병들고 가책과 거리낌으로 괴로워하는 교수나 학자가 등장하는데, 이들은 모두 유대인이다. 그러나 이 사실이 이 작가의 영역을 제한하지는 않았다. 아니,

그의 인물들이 소수자에 속한다는 점은 보편타당성을 손상하기보다 오히려 더욱 고조했다고 주장할 수도 있다. 왜냐하면 작품에서 거듭 다뤄지는 뿌리 뽑힌 유대 지식인의 위기란 우리 시대 지성인들이 직면한 상태의 명백하고 강렬한 변주와 다름없기 때문이다. 다른 말로 하면, 미국 대도시의 유대인 구역에서 태어난 이 고독한 별종들은 지역과 민족을 훌쩍 초월하는 전형적인 인물이다.

벨로는 극단 속에서 전형을 보여준다. 전 세계 독자들은 그가 그려낸 유대계 미국인의 초상에서 스스로의 모습을 찾아보았다. 이 인간 희극은 독일 독자들에게도 결코 낯설지 않았다. 어찌 낯설겠는가? 벨로가 그린 인간들은, 노력하는 한 방황하며, 세상을 지탱하는 그 가장 내밀한 것을 알고 싶어 하는 사람들 아닌가. 그리하여 그들이 마지막 순간 깨닫게 되는 지혜란 영원히 여성적인 것[2]에 대한 고백이니.

Peter Weiss

페테르 바이스

페테르 바이스
로레다노 | 잉크 드로잉 | 1981년

나는 최근 어떤 매력적인 쾨예통 편집자와 얘기를 나누다가 페테르 바이스를 언급한 적이 있다. 그녀는 이 이름이 금시초문이라고 했다. 그래서 다른 출판사의 편집부장에게 혹시 이 이름을 가끔 접하는지 물어보았다. 그녀는 "그럼요, 물론이죠"라고 대답했다. 편집자는 서른 살, 부장은 마흔 살이다. 그래서 그런 모양이다. 이걸 보고 바로, 이번 연재는 페테르 바이스의 초상화로 해야겠다고 마음먹었다.

그는 1916년 베를린에서, 유대인 아버지 아래 태어났다. 1934년 가족은 모두 영국으로 이주했고, 1939년 청년 바이스는 스웨덴으로 갔다. 그는 스웨덴 국적을 취득했고, 스웨덴에서 예술가가 되고자 했다. 그림을 그렸고, 실험영화를 찍었으며, 나무랄 데 없는 스웨덴어로 단편을 썼다. 반향은 미미했다.

제2차 세계대전의 참화를 면하게 해준 그 나라에서 그는 여전히 이방인 신세를 면치 못했다. 1965년 독일의 어느 출판사에서 여러 작가들에게 '자신에게 가장 의미심장한 곳'이라는 주제로 글을 부탁하자, 대개는 유년기나 청소년기를 보낸 도시를 얘기했다. 그런데 바이스는 그가 갈 운명이었으나 가까스로 모면한 곳에 대해 썼다. 아우슈비츠였다.

독일로 돌아온다는 말은 계속 있었지만, 그는 결단을 내리지 못했다. 괴테가 저 그리스의 공주를 두고, 타향은 결코 고향이 되지 못했고, 고향은 타향이 되고 말았으리라고 노래한바[1], 그가 딱 그런 처지였다. 바이스는 어디서든 성공을 거두었으나, 어디서고 아웃사이더요 이방인으로 남았다. 그가 태어난 나라에서도, 아니 그곳에서 더더욱.

독일어로의 회귀는 이미 1950년에 이루어졌다. 어느 출판사에서도 그의 초기작들을 출간하려 하지 않았었다. 그러나 1960년대 초에 그 책들이 나왔을 때, 물론 대중적인 성공은 일단 미미한 수준이었지만, 젊은 세대는 이 망명자 바이스가 자신들 삶의 감정들과 두려움들을 명확히 표현해줄 수 있는 작가임을 알아보았다. 그는 이 초기작들에서 자신이 겪은 실향과 소외에 대해, 자신이 잃어버린 것들에 대해 이야기했다. 하지만 이 버림받은 이의 개인적 체험은 인간 실존의 극단적 예증들로 받아들여졌고, 독자는 꾸준히 늘어났다.

그러나 바이스를 비로소 유럽의 작가로 만들어준 것은 그의 극작품이다. 1963년 가을, 슈바벤의 자울가우에서 열린 '47그룹'[2] 집회에 참석한 사람이라면, 바이스가 북을 차고 나와 자신의 작품을 낭독한 그 저녁을 잊지 못할 것이다. 그가 노래하며, 북을 치며 낭독한 그 작품은 제목이 엄청나게 길어 청중들을 놀라게 했으니, 바로 『드 사드 씨의 지도 아래 샤랑통 요양소의 연극부가 공연한, 장 폴 마라의 박해와 암살』이었다. 몇 달 뒤 베를린의 실러 테아터에서 막이 오른 초연 무대, 그 시간은 독일 희곡 및 독일 연극사에서 혜성처럼 빛난다.

1793년, 즉 혁명의 시대에 벌어진 사건들이 1808년 정신병원에서 재현된다. 그러나 바이스의 이 작품은 이 두 개의 시간만이 아니라, 서로 다른 세 개의 시간을 넘나드는데, 그 다른 하나의 시간은 바로 현재다. 마라와 사드, 두 인물이 구현하는 중심 갈등을 통해 바이스는 자기 시대의 폐부를 찔렀다. 오로지 이상과 이념만을 믿는 확고부동한 혁명가 마라와, 세계의 변화 가능성에 회의적이고 비판적인 개인주의를 옹호하는 사드를 정면으로 맞대결시켰기 때문이다.

이 작품이 세계적인 성공을 거둘 수 있었던 힘은 그 놀라운 다채로움과 펄떡거리는 생명력, 그리고 위대한 연극 천재의 시적 역량에서 기인하는바, 그는 브레히트로부터 많은 것을 배웠으되, 매우 다양한 양식을 가히 대가라 할 만큼 탁월하게 구사해 한 편의 연극에 녹여낼 줄 알았다.

그러나 바이스가 사회적 논란의 중심에 서게 된 것은 비단 이 작품 때문만이 아니라, 그가—1965년의 일인데—동독과 공산권 지지를 선언한 전격적인 정치적 결정[3]도 한몫했다. 당시 그는 서구 작가들이 자본주의 체제에 종속되어 있다고 생각했다. 그렇다면 동구에서는? 그곳에서도 작가들이 엄연히 종속되어 있다는 사실을 바이스는 오랫동안 아는 척하지 않았다. 이제 거대한 동지 집단에서 안식처를 찾은 그는 보편적 요구를 규합하는 하나의 이념 아래 비로소 편안했기 때문이다.

고향을 상실한 사람 바이스는 약속의 땅의 해안을 보았다고 믿었다. 하지만 이 약속의 땅이 신기루에 불과했다는 인식을 피해 갈 수는 없었다. 여러 해 동안 그는 동구권 중심부에서 명성을 떨쳤고, 그의 작품들, 특히 아우슈비츠 재판 서류들을 사용해 집단학살수용소의 장면들을 보여준 『수사搜査』, 즉 『열한 곡의 노래로 이루어진 오라토리오』는 수없이 공연되었다. 그러다가 소련이 체코슬로바키아 문제에 무력 개입한 후, 그는 자신의 정치적 견해를 수정하고 스탈린주의 방식들과 거리를 두었다.

페테르 바이스는 1982년 스톡홀름에서 사망했다. 『저항의 미학』 3부작을 비롯해 그의 소설들은 이제 거의 잊혔고, 극작품들도 거의 무대에 오르지 않는다. 그러나 『장 폴 마라의 박해와 암살』만큼은 기필코 다시 무대에 올라야 한다. 매력적인 서른 살의 동료도 이 작품을 본다면—장담하건대—푹 빠질 게다.

Heinrich Böll

하인리히 뵐

하인리히 뵐
첼레스티노 피아티 | 석판화

우리, 그러니까 나와 아내가 서독으로 넘어온 지 몇 주 되지 않았을 때—1958년의 일이다— 우리는 프랑크푸르트의 작고 허름한 단칸방에 살고 있었다. 그때 쾰른에서 귀한 손님이 왔다. 그 손님은 그 시절 우리에게 가장 불필요했고, 그러나 아내를 가장 기쁘게 한 선물을 들고 왔다. 한 다발의 꽃이었다. 그 사람, 하인리히 뵐이 한 시간인가 두 시간쯤 있다가 돌아간 후, 우리 부부는 한참을 가만히 앉아 있었다. 만감이 교차하는 순간이었다. 나로서는, 그가 들어오자마자 우리를, 이제 막 넘어온 우리를 자기가 어떻게 도우면 좋겠냐고 그냥 툭 터놓고 물었던 게 인상 깊었다. 그는 곧바로 돈을 건넸다. 또 앞으로 관청과 관계된 일들이 많을 테고, 분명 증언도 필요할 거라면서, 얼마든지 자기한테 부탁하라고, 늘 좋은 증인이 되어주겠다고 했다. 그러면서 장난꾸러기처럼 웃었다. 아내는 전혀 다른 걸 생각하고 있었다. 아내는 천천히 딱 한마디를 했다. "독일 사람한테 꽃다발을 받아보긴 처음이에요." 수년이 지나 나는 하인리히 뵐이 전 세계의 독재와 불의에 맞서 저항하는 작가라고 썼다. 그리고 1945년 이후 그럴 자격이 있는 최초의 독일인이 그라고 강조하며 덧붙였다. 물론 그의 장편소설에 대해 말하자면, 나는 결코 그의 열렬한 팬이랄 수는 없다. 그보다 그의 몇몇 풍자물이나 단편들을 무척 좋아하고, 언제나 「무르케 박사의 침묵 수집」을 그의 작품 중 단연 백미라고 생각한다. 무척이나 비상하고 특별해 보이는 그 인물의 성격은 잊을 수가 없다. 뵐의 작품은 모순과 대립으로 가득하다. 그러나 '그런 것들에도 불구하고'가 아니라, 바로 '그런 요소 덕분에' 생명력이 있다. 모순적이긴 작가 자신도 마찬가지다. 예컨대 그는 독일의 유명작가들의 전통적인 이미지에 전혀 부합하지 않았다. 보통 '독일적'이라고 여겨지곤 하는 특성들—철저함, 진지함, 묵직함, 파토스, 장중함 등—을 그는 일체 거부했다. 희미한 북소리가 둥둥 울리는 장송행진곡과는 거리가 멀었다. 뵐은 동시대 작가 그 누구와 비교할 수 없이 독일의 죄의식을 작품으로 구현한 작가였다. 하지만 그는 절망에 유쾌함을 결합시켰으며, 처절한 자기반성과 애교를, 신랄함과 장난기를 함께 묶었다. 그는 설교자이면서도 광대 같았고, 사제의 위엄을 갖춘 바보였다. 그는 성공을 좇지 않았는데도, 가장 성공한 사람 중 하나가 되었다. 일체의 제도에 반대했는데, 스스로 하나의 제도가 되었다. 권력을 경멸했으나—의도하지 않았음에도 불구하고—스스로 권력을 행사했다. 그러나 역설적으로 들리겠지만, 뵐은 자신의 무력함을 감추지 않는 권력자였다. 그의 강점은 무엇보다도 자신의 약점을 시인하며 그걸 부끄러워하지 않는다는 데 있었다. 어느새 그는 대변자 역할을 맡고 있었고, 스스로 원치 않았지만 어느새 독일의 큰 스승이 되어 있었다. 독일이 이제껏 가져본 적 없는 그런 스승이었다. 그는 길 잃은 이들을 변호했고, 그러다가 스스로 길을 잃기도 했다. "모두가 인정하는 감시자"란 역할은 뵐이 꿈에도 원치 않은 것이었다. 그러나 핍박의 기미가 느껴지는 곳이면, 그 어디든 달려갔고, 이 임무를 너무나 열정적으로 수행한 나머지, 적들을 자극해 스스로 핍박받는 자리에 서기도 했다. 그는 많은 실수를 저질렀고, 많은 약점을 드러냈으며, 그의 숱한 변변찮은 주인공들처럼 종종 불안했고 무력했다. 그랬기에 수백만 그의 독자들은 비단 그의 작중인물들뿐만 아니라 작가와도 자신을 동일시할 수 있었다. 그는 전 세계가 인정하는 작가가 되었으나, 언제까지나 여전히 약자들의 형제요, 그들 중 하나였다. 혹은 이렇게 표현해도 되지 않을까? 그는 '보통 사람'이었다고 말이다. 1939년부터 1945년까지 군인이었던 뵐이 쾰른에 있는 가족에게 보낸 편지가 얼마 전 출판되어 그를 아끼는 많은 독자들과 팬들에게 당혹감과 나아가 실망감을 안겨주기까지 했다. 이 편지들이 우리가 몰랐던 그의 모습을 보여주었기 때문이다. 미숙하고 때로 미련하며, 편협하고 간혹 국수주의적이며, 고지식하고,

걸핏하면 유순하게 체념하며 신에게 모든 걸 의탁해버리는 그런 청년의 모습을. 수백만 다른 독일 군인들처럼 그도 전쟁으로 고초를 겪었던 것이다. 그러나 많은 세월이 흘러 명성이 까마득히 높아진 뒤에도, 여전히 그의 시선은 박해받고 고통받는 사람들, 짓밟히고 쫓겨난 인생들을 향해 있었다. 그랬다, 정말로 뵐은 늘 '보통 사람'의 자리에 머물렀다. 그리고 아마도 바로 그랬기에 그는 세계적인 작가로도 우뚝 설 수 있었으리라.

Erich Fried

에리히 프리트

für Marcel
Reich-Ranicki, mit
einer Umarmung
Loriot
Frankfurt, 1. Nov 1982

에리히 프리트
로레다노 | 잉크 드로잉 | 1982년

이 이름은 특히 1970년대 지방의회나 국회에서 심심찮게 거론되곤 했는데, 물론 늘 별로 달갑지 않은 맥락이었다. 에리히 프리트는 심지어 정식 재판에 회부되기까지 했다. 그의 작품들이 문학 교과서에 실렸던 일은 그리 대수로울 것 없었다. 예나 지금이나 동시대 시인들 가운데 그런 영예를 누린 사람은 많으니까. 하지만 상부의 지시로 프리트의 시는 대부분의 교과서에서 삭제되었는데, 이거야말로 유난스러운 일이었다. 브레멘에서는 한 멍청한 정치인이 그의 시들을 소각할 것을 공개적으로 요청하기도 했는데, 결과적으로는 시인에게 엄청난 호의를 베푼 셈이었다. 덕분에 프리트와 그의 작품이 더없이 확실하게 알려졌으니 말이다.

프리트는 1921년 빈에서 태어나, 1938년 초 영국으로 피난을 갔다. 피난 온 오스트리아 출신 유대인 심사를 맡은 위원회가 그에게 진로 계획을 묻자, 그는 "독일의 시인"이 될 생각이라고 간단명료하게 답변해 사무 담당자들을 당황하게 만들었다. 그들은 열일곱 살짜리 녀석이 아직 사리분별도 못한다고, 혹은 적어도 치기를 부린다고 여겼을 것이다. 그러나 아마도 소년 프리트는 그저 너무 순진해서만이 아니라, 도발을 즐기는 성향 때문에 이런 말을 했을 것이다. 그는 영국에서 수십 년을 살았고, 1988년 독일 체류중 사망했다. 그는 오스트리아인도 영국인도 아니었고, 독일인도 아니었다. 런던에 집이 있었지만, 이 불안한 영혼은 그곳에 정주하지 못했다. 그러면 어디에? 아마도 헤매고 돌아다닌 노상에 깃들여, 그래서 독일어권 나라들로 수도 없이 여행을 떠나고, 그러면서 끊임없이 자신의 분노와 울분을 시와 산문으로 뱉어냈던 것일지도.

프리트가 피난처에 계속 머물렀다는 점은 그의 문학에 마이너스 요인이 되지 않았다. 그의 문학은 고향을 잃고도, 아니 바로 실향 덕분에 발전할 수 있었다. 영어권 한복판에서 오히려 독일어 단어의 고유성에 대한 그의 감수

성은 더욱 민감해졌으며, 원체 뛰어났던 그의 운율 감각은 더욱 정제되었다. 그는 호기심과 의구심을 품고 독일어 어휘 하나하나를 따졌다. 단어의 본질을 파고들었으며, 관용어를 이리저리 뒤집어보았다. 이러면서 그의 시의 중심 요소 중 하나가 탄생했으니, 즉 언어유희다. 그는 이를 통해 사고를 언어로 표현하는 데 그치지 않고, 또한 언어를 사고하게 했다. 그의 언어유희는 세계를 설명하고 해명하며, 주시注視하고 통시洞視하고자 한다.

프리트의 시는 서독에서 전혀 주목받지 못하다가, 1960년대 중반부터 그가 호전적인 정치시로 방향을 돌리자 일약 유명해졌다. 물론 '정치적 문학'이란 말은 그 자체로 모순이 아닌지 의문스럽긴 하다. 왜냐하면 문학이란 정치에 여하한 실질적 영향력을 끼치지 않으며, 정치적으로 확실히 작용한다면 그것은 문학이 아니기 때문이다. 어쨌든 그의 시집『그리고 베트남 그리고』(1966)는 수년간 특히 주로 젊은 독자들 사이에서 엄청난 붐이었다. 그는 지칠 줄 모르고 저항시를 썼다. 그는 뷜이 꺼렸던 역할, 즉 시로써 자신을 표명하는 "권위 있는 감시자"가 되었다. 그는 좌파의 혁명을 위한 감시의 화신이 되었다. 이런 정황과도 연관되어, 이 재능 출중한 시인은 여러 면에서 평가절하되고 매도되었다.

그러나 프리트의 비판자들이 지적하는 내용은 그대로 그의 많은 추종자들이 지지하는 이유이기도 했다. 조야한 이분법적 세계관 말이다. 그의 시에 접근하기 힘든 이유는, 매사가 애초부터 깔끔하게 나뉘어 있어, 흑과 백, 선과 악이 너무 뻔하게 못박혀 있기 때문이다. 프리트의 승리는 종종 정치적 외곬의 승리였다. 비판적 독자라면 프리트 특유의 모순, 즉 언어에 대한 믿음과 언어의 낭비가 빚은 모순에 놀라지 않을 수 없다. 세상 걱정을 다 짊어진 이 시인이 늘어놓은 온갖 쓴소리는 잊힌 지 오래고, 그 많고 많은 시들은 대부분 세월의 벽을 넘지 못했다. 그는 셰익스피어의 희곡 스물일곱 편을 매우 정교하게 번역하기도 했다. 이 각색은 꽤 호평받았지만, 장차 무대에 오르리라고 기대하기는 어렵다.

하지만 시인 프리트를 문학사 속으로 유배하고자 한다면, 경솔하고 부당한 처사일 것이다. 상당수 그의 시들은 살아남을 것이다. 어떤 시들? 추측건대 열띤 주의주장으로 핏대를 세운 시들이 아니라, 신변잡기적이고 감성적인 엘레지들, 그중에서도 특히 후기 작품들에서 찾아볼 수 있는 애정시들, 그리고 무엇보다 언어유희가 그의 인식의 도구이자 피난처가 되어준 초기 시들이리라. 에리히 프리트는 20세기 후반 독일 시선집에서 결코 빠져서는 안 될 이름이다.

Siegfried Lenz

지크프리트 렌츠

XVII│C

지크프리트 렌츠
첼레스티노 피아티 | 초크 석판화

"우리가 이상을 붙잡는 게 아니라, 이상이 우리를 붙잡고 우리를 옭아맨다……" 하이네가 한 말이다. 이 말은 내 친구 지크프리트 렌츠에게도 온전히 해당된다. 그러나 그를 붙잡고 옭아맨 것은 철학이나 정치적 이상이 아니라, 모호하기 짝이 없는 개념을 통해 겨우 그려지는 막연한 이상이었다. 다시 말해, 우리가 흔히 '문학'이라는 단어로 뭉뚱그려 지칭하곤 하는 그 총합과 총화. 아니면 차라리 서사의 이상이라고나 할까? 지크프리트 렌츠의 경우, 엎치나 메치나다. 왜냐하면 그의 모든 작업은 형식과 주제는 각양각색이어도, 언제나 동일하고 굳건한 토대 위에 있기 때문이다. 바로 이야기를 이야기한다는 것이다.

내가 그를 처음 만났을 때—1957년 함부르크 노르트도이체 방송국 건물 앞에서—그는 아주 앳되어 보였고, 눈부신 금발에 좀 숫기 없어 보였다. 그는 나를 인터뷰하겠다고 왔다. 이런 애송이가 과연 제대로 해낼까? 금세 밝혀졌지만, 그는 아주 탁월하게 해냈다. 인터뷰를 마친 뒤 그는 지나가는 말처럼, 그리고 좀 친근해진 듯, 자신이 이미 '작은 책'을 두세 권 냈다고 했다. 이 겸손한 청년은 1955년 출판된 세번째 책이 완전히 베스트셀러였다는 사실은 입 밖에 내지 않았다.

그 책은 바로 단편집 『줄라이켄 사람들』이었다. 줄라이켄이라니? 그곳은 마주르 지방의 한 마을로, 유쾌하고 희한한 일들이 벌어지고, 명랑한 괴짜들과 상냥한 별종들이 우글우글하다. 그런 마을은 어디에도 없으니, 렌츠가 만들어낸 곳이다. 고트프리트 켈러의 젤트빌라 마을처럼 말이다. 1981년 이 단편집의 문고판 판매가 100만 부를 돌파했을 때, 나는 축사를 하는 영예를 누렸다.

그후 몇 년 동안 나는 기념식을 비롯해 이런저런 기회가 닿을 때마다 영광으로 여기며 종종 렌츠에 대해 쓰고 말했고, 사실 그보다 훨씬 전에도 나의 책『동서독의 문학』에서 한 장章을 그에게 할애했다. 1963년 일이었다. 하지만 나중엔 문예비평에서 그의 작품을 다루는 일을 자제했다. 그는 나와 너무 가까웠기에, 평론에 필수적인 '거리'를 더이상 확보하기 힘들었던 까닭이다. 렌츠는 나의 이런 엄격한 절제를 지금껏 넓은 아량으로 이해해주었다.

평론가들―그들은 그에게 전혀 관대하지 않았고, 올곧은 신조에 대한 참작도 전혀 없었다. 약간 과장해서 말하자면, 독일 비평가들의 혹평이 길을 닦아준 덕분에 그가 세계적으로 명성을 얻게 되었다고도 할 수 있다. 그러나 렌츠가 비평가들을 무시할 거라는 추측은 억측에 불과하다. 그 반대로, 이들이 진지하게 말하면, 그 역시 아주 진지하게 수용한다. 다만 휘둘리지 않을 뿐이다.

독일의 모든 성공한 작가들 중에서, 그는 가장 겸손한 축이다. 그러나 그는, 작가란 모름지기 자신의 소재와 아이디어, 방법과 모티브 들을 잘 알고 있을 때에만 뭔가를 이루고 성취할 수 있다는 사실은 정확히 알고 있다. 뛰어난 작가들은 모두 (개중엔 봐주기 괴로울 정도로) 고집이 있고, 또 응당 그래야 한다.

힘겨운 시간 동안 렌츠에게 늘 위안이 되어준 것은 독자였다. 독자들에게라면 그는 기댈 수 있었고, 이들은 늘 그에게 신의를 지켰다. 다만 그는 이 신의를 사려고 뭔가를 양보해본 적은 한 번도 없다. 그는 독자들을 쫓아다니지 않았고, 오히려 독자들이 자기를 따르지 않을 수 없게 만들었다. 독자들은 그가 언제나 자신들과 한편이 되고자 노력한다는 것을 늘 느끼기에, 기꺼이 그를 따른다.

그리하여 렌츠는 가장 대중적인 독일 전후문학 작가 중 한 명이 되었다. 그는 성공을 거두고 승리를 일궈낸 사람의 기분을 아마 무척이나 잘 알 것이다. 하지만 패배와 실패의 쓴맛도 잘 안다. 그의 가장 빈번한 주제는 테러와 저항, 도망과 추적, 우정과 배반이다. 그의 주인공들은 늘 빈손으로 나앉게 된다. 그들은 대개 말수가 적다. 삶이 말문을 틀어막는 탓이다. 패배는 그의 글을 관통하는 근본 주제다.

나는 그의 단편 중 몇몇 작품을 잊을 수 없는데, 예컨대 어느 외딴곳을 향해하는 배 안에서 권력을 장악하는 탈주범들의 이야기 「등대선」, 걸작 노벨레 「종전終戰」, 아주 구체적인 방식으로 서사의 세 가지 가능성을 보여주는 특별한 이야기인 수작 「환상」 등이다. 마지막으로 아무래도 나는 평론과 평론가들에 대한 유머러스한 우화 「커다란 농어」가 아주 재미있다. 이 우화도 그렇고, 그가 쓴 작품 대부분이 마찬가지이듯, 렌츠는 믿을 수 없는 이야기지만 결국 그 예술적 수단에 힘입어 수긍하게 되는 이야기들을 썼다. 종종 전혀 사실 같지 않으나, 언제나 진실되다.

그렇지만 어쨌든 렌츠에게 크나큰 성공을 안겨준 것은 무엇보다 장편 서사 작품들로, 특히 독재의 세월 동안 사람들이 겪게 되는 복잡한 상황들, 고통과 갈등을 다룬 소설 『독일어 시간』이 있다. 이 서늘한 교훈극은 세대를 막론하고 독일의 정신과 독일의 광신을 재인식하게 해주었다.

지크프리트 렌츠에게는 한없이 경탄할 만한 미덕이 한두 가지가 아니지만, 그중 에너지와 지구력도 있다. 내가 보기엔, 첼레스티노 피아티는 이 미덕을 알아보았고, 이를 초상화에 잘 담아낸 것 같다. 이 그림은 우리집 거실에서, 레싱의 초상화 아래, 하이네와 토마스 만 초상화 사이에 걸려 있다. 친애하는 지크프리트, 내가 꽤 괜찮은 분들 곁에 자네 자리를 마련해주었다는 사실은 인정하겠지.

말이 나온 김에 얘기네만, 자네 그림은 내가 늘 앉는 자리 바로 맞은편에 있다네. 이렇게 나는 자네를 매일 보면서, 늘 자네에게 고마워한다네. 자네가 나를 위해 해준 모든 일에 대해서 말이야.

günter grass

권터 그라스

귄터 그라스
귄터 그라스 | 에칭과 드라이포인트 | 1992년

크리스마스. 해마다 그렇듯, 아마 세상에서 가장 유명한 사람일 그 유대인의 탄생을 축하하는 날이다. "네 이웃을 네 몸과 같이 사랑하라"라는 구약성경의 말씀을 온전히 지킨 분. 솔직히 난 이 말씀이 좀 별로다. 차라리 이랬으면 훨씬 마음에 들었을 것 같다. "네 이웃을 사랑하라, 그도 너와 같으니라."

음. 내가 그라스를 사랑하는가? 평론가들이란 이해를 최우선으로 삼기에, 어느 정도 과장이 무방하고, 때로는 불가피하다. 아무리 그래도 매사에 정도가 있는 법이니, 나는 그라스를 사랑한다고 말할 자신은 없다. 그렇지만 그를 높이 평가하고 존경한다. 이걸 비꼬는 말로 여긴다면, 정말 꼬인 사람이리라.

오늘은 컴퓨터 대신 하프를 켤 작정이다. 나는 소묘 화가 및 그래픽 아티스트이자 조각가로서 그라스를 상당히 높게 평가한다. 솔직히 말해, 이쪽 분야에 대해 별로 아는 바가 없긴 하다.

다만 내가 말할 수 있는 건, 그가 근 반세기에 걸쳐 생산해낸 것들이 거의 언제나 상당히 마음에 든다는 점이다. 문학작품에 대해서도 기본적으로는 비슷한 의견인데, 다만 문학의 경우는 내가 그 이유를 설명할 수 있겠지만, 이 분야의 경우에는 논증까지 제대로 해낼 수 없을 따름이다. 아무튼 나는 그래픽 아티스트로서 그라스가 부당한 대접을 받고 있다고 확신한다.

미술평론 분야의 동료들은 그를 좋아하지 않는다. 어쩌면 작가로서 그렇게나 성공한 사람이 왜 자기네 분야까지 휘젓고 다니나 하고 생각하는지도 모르겠다. 어쨌거나, 나는 그의 에칭 작품을 네 점 갖고 있는데, 전부 수년간에 걸쳐 그가 선물한 것으로, 그중 하나에는 재치 있는 헌사까지 써주었다. 하지만 내가 제일 좋아하는 그림은, 여기 실린 1992년 작 자화상이다.

각설하고, 존경하는 예술가 그라스 씨, 당신의 작품 중 우리 공동의 친구

317

지크프리트 렌츠의 멋진 초상화가 한 점 있다던데. 그걸 내게 보내주기만 한다면(계산서를 첨부해도 좋으니), 내 적당한 기회에 다시 당신에 대해 호의적인 글을 쓰겠다고 약속하리다. 이렇게 당신에게 후안무치하고 아예 공공연히 뒷거래를 제안하면서도, 나는 겁날 게 하나도 없구려. 사람들이 우리, 그러니까 당신과 나를 갖가지 흠과 부덕과 악덕을 들먹이며 비난해왔고 지금도 여전히 그러지만, 그래도 아직 '부패한 결탁' 얘기는 나오지 않았으니 말이오.

나는 그라스의 서정시도 좋아하고 높이 평가한다. 생각할 수 없기에 노래할 수밖에 없는 사람들, 글쓰기가 너무 고생스러워서 시를 짓고자 하는 그런 사람들과 그는 전연 다르다. 그는 운문을 피난처로 삼지 않으며, 시 속에 숨어들지 않는다.

1967년 나는 그의 서정시집 『심문받다』에 대해, 그라스가 어느 때보다도 더욱 자연스럽고 정직하며 솔직하다고 썼다. 어떤 이들은 자신의 벌거벗은 몸을 시로 치장하려 애쓰는 반면, 그라스는 시 속에서 과감히 스스로를 발가벗긴다. 1993년에 출판되었으나 평론가들의 시선을 거의 받지 못한 작은 시집 『11월의 나라』에 실린 소네트[1]들에도 해당되는 말이다.

전에도 그랬고, 지금도 마찬가지다. 그의 서사적 산문들은 독특한 서정적 토대를 갖고 있다. 다른 한편, 그의 서정시는 종종 어떤 산문적인 특징을 띤다. 단언하여 전달하고자 하는 메시지가 있으며, 이것이 구체적으로 명명되고 드러난다.

그러면 그라스의 서사적 산문은 어떤가? 『고양이와 쥐』는 내가 유쾌히 곧잘 떠올리는 노벨레다. 내가 『차이트』에서 그 작품을 호평한 지 벌써 40년이 지났다. 이 작품에 감탄하게 되는 건 그때나 지금이나 여전하다. "(…) 그리고 말케가 수영을 할 수 있게 되었을 때"라는 첫 부분부터, "그러나 너

는 좀처럼 떠오르지 않았지"라는 중의적인 기막힌 마지막까지 전부.[2]

1979년에 나온 『텔크테에서의 만남』[3]도 내가 아주 좋아하는 소설이다. 독일문학이 아쉽게 놓쳐버린 기회에 대한 이 통분의 문학적 형상화가 다분히 평가절하된 것 같고, 이제는 거의 잊혔으니 아까운 일이다.

나는 예나 지금이나 이 작품을 위대한 서사예술이 거둔 작은 승리로 본다.

자, 이번엔 이쯤 해두자. 참! 이 작가는 또한 장편소설도 무려 예닐곱 편이나 썼다. 그건 그렇고, 이 얘긴 다음 기회에.

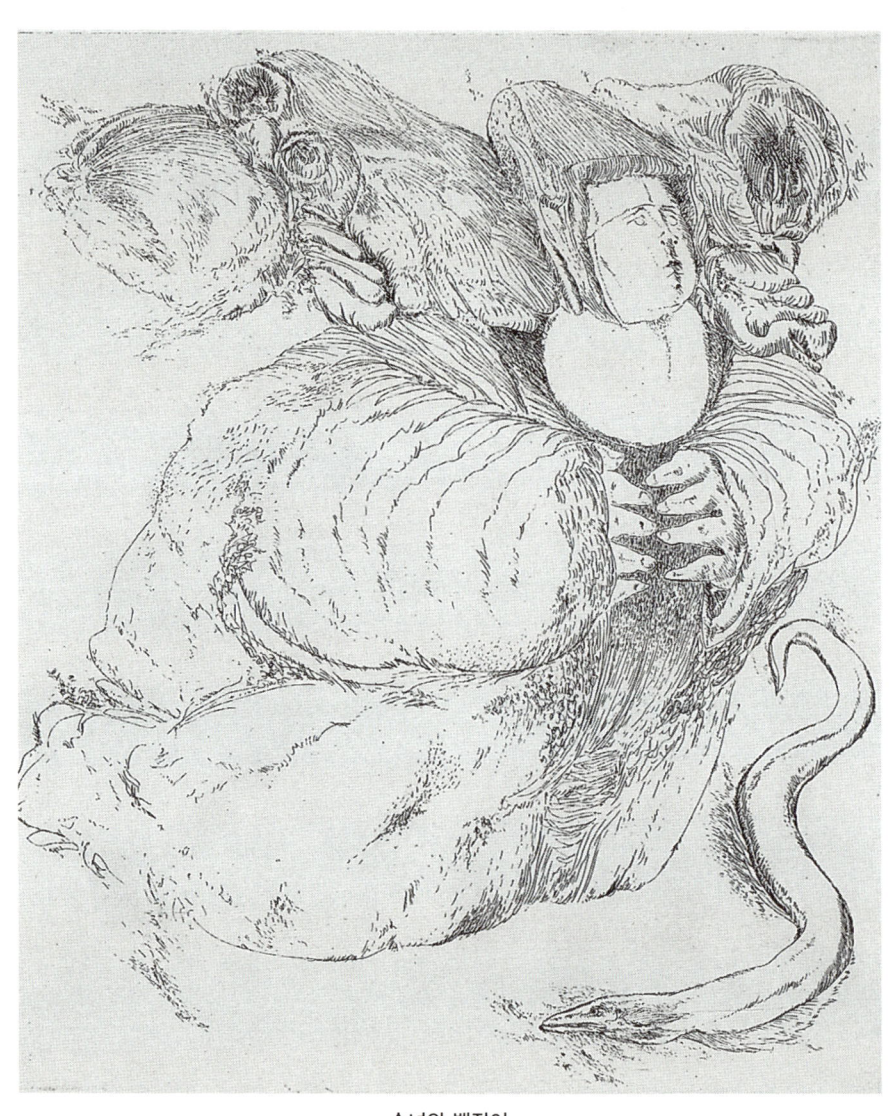

수녀와 뱀장어
귄터 그라스 | 에칭과 드라이포인트 | 1973년

이 그림을 갖게 된 사연은 1958년 10월에 시작된다. 내가 독일로 다시 돌아온 지 겨우 몇 주쯤 지났을 때다. 한스 베르너 리히터[4]가 내 평생에 두고두고 도움이 된 고마운 생각을 해냈다. 자신이 이끌던 '47그룹' 모임에 나를 초대한 것이다. 알고이 지방 그로스홀츠로이테에서였다.

여러 작가들이 최근 작업을 발표했는데, 권터 그라스도 그중 하나였다. 그는 그때 집필중이던 『양철북』 가운데 두 개의 장을 읽었다. 두 부분 모두 내 마음에 들었고, 아니 나는 거의 반했다. 나는 이를 회의 참가기에 썼고, 이 참가기는 얼마 뒤 뮌헨의 주간지 『쿨투어』에 실렸다.

그로스홀츠로이테에서 저녁나절 함께 둘러앉아 와인을 마시던 때였다. 누군가 나에게 독일점령기 때 바르샤바에서 있었던 일을 조금 얘기해달라고 청했다. 굉장히 황당한 부탁이라는 사실을 그때는 나도 미처 몰랐다. 하긴 그후로 10년, 20년이 넘도록 내 바르샤바 시절에 대해 물어본 사람은 아무도 없었다—무슨 이유로든.

그 화기애애한 저녁, 함께한 여러 사람들의 기분을 망칠 수도 없고 해서—따지고 보면 그때 그로스홀츠로이테에서 둘러앉은 사람들 모두 전쟁 때 군인이었고, 아마 그중 몇몇은 폴란드에도 있었을 테니까—나는 아주 안전한 에피소드를 골랐다. 게토에서 탈출한 뒤 어느 집 지하실에 숨어 살면서 밤마다 이야기꾼 노릇을 했던 이야기를 꺼낸 것이다. 나는 그런 식으로 우리, 그러니까 나와 아내를 살리기 위해 자기들의 목숨을 걸었던 그 집주인 내외를 즐겁게 해주려고 애썼다. 그 이야기들의 소재는 바로 세계문학 작품들이었다.

나중에 그라스가, 방금 한 멋진 이야기를 혹시 책으로 쓸 생각이냐고 물었다. 내가 아니라고 하자, 그는 이 모티브들 중 몇 가지를 자기가 좀 갖다 써도 되겠냐며 허락을 구했다. 한참 세월이 흐른 뒤, 1972년 그는 『달팽이의 일기』를 냈는데, 거기에 내 체험담이 들어 있었다. 그는 '츠바이펠'[5]이라는 별명을 가진 한 교사에게 이 모티브를 적용했다.

나중에 우리가 다시 만났을 때, 나는 그에게 『달팽이의 일기』 인세에 내 지분도 좀 있지 않냐며 슬쩍 떠봤다. 그라스는 안색이 창백해지더니, 담배를 한 대 꺼내서 떨리는 손으로 불을 붙여 물었다. 그를 안심시키려고, 나는 얼른 제안을 하나 했다. 그래픽 작품 하나만 선물로 준다면 그에 관한 권리 일체를 영구히 포기할 의사가 있노라고. 그의 가슴에서 바윗덩어리가 떨어져나가는 소리가 들리는 듯했다. 그는 좋다고, 아예 이참에 나와 내 아내를 베벨스플레트의 자기집으로 초대할 테니 와서 마음에 드는 그림을 직접 고르라고 했다. 그러면서 손수 식사를 준비하겠노라고 했다.

나는 그러겠다고 했다. 사실 그라스가 끓인 수프에 대한 안 좋은 기억 때문에 좀 불안하긴 했지만. 1965년 여름 (베를린 독문학자 발터 휠레러의 결혼식 때) 아무 생각 없이 그걸 덥석 먹었다가 아주 혼났다. 정말 끔찍했었다. 어쩐지 불길한 예감이 들었다. 하지만 그 정도 용기도 없이 어찌 비평을 업으로 삼을 수 있으랴.

그리하여 1973년 5월 27일, 우리 부부는 슐레스비히홀슈타인 지방에 있는 베벨스플레트를 향해 길을 나섰다. 쉽지 않은 여정이었다. 그곳으로 가려면 강을 하나 건너야 했는데, 그 강엔 다리가 없었기 때문이다. 뱃사공을 물색해야 했다. 우리는 우여곡절 끝에 그라스의 집에 도착했고, 곧바로 그림을 고를 수 있게 되었다. 나는 이 〈수녀와 뱀장어〉를 갖겠다고 결정하고 나서, 그라스가 보여준 자화상 중 하나로 할걸 그랬나 싶은 생각이 들어 금세 후회했다. 그래도 이왕 정했으니 그냥 두었는데, 나중에 그라스가 그의 자화상 중에 특별히 인상적이었던, 거북이 그려진 1992년 작품을 선물로 주었다.

1973년 그날, 내가 헌사를 한마디 써달라고 정중히 청하자, 그는 잠시 곰곰이 생각하더니 이렇게 썼다. "나의 친구(츠바이펠) 마르셀 라이히라니츠키에게." 그 언어유희 솜씨라니. 그는 우리에게 생선 요리를 대접했다. 나는 원래 생선 가시라면 무서워서 질색을 한다. 세상에, 그 생선에 가시가 그렇게나 많은 줄, 난 그날 처음 알았다. 아니면 가시가 옛날보다 더 많아졌는지, 알 수 없는 노릇이었다. 아무튼, 고역스럽기도 했지만 아주 즐거운 식사였다. 그라스는, 수프는 영 아니었지만, 생선만큼은 기막히게 잘 다루는 사람이었다. 그의 생선 요리는 위험하면서도 맛있었다. 결과적으로 나한테나 아내한테나 눈곱만큼도 나쁜 결과를 초래하지 않았다.

한편, 다른 방식으로 또다른 결과가 나왔다. 그라스는 그 생선에서 남은 것, 특히 그 엄청난 가시들을 다음날 그림으로 그려냈고, 또 얼마 뒤 그 생선은 그라스의 어떤 장편의 중심이 되었다. 그날 우리가 먹은 건 바로 넙치[6]였다.

문학 4중주
귄터 그라스 | 드라이포인트 | 1993년

1993년에 그려진 이 그림은 바로 1993년 그해에 권터 그라스로부터 받은 선물이다. 그는 이런 헌사를 써주었다. "〈문학 4중주〉. '누가 누구?'라는 질문에 몰두하는 마르셀 라이히라니츠키에게." 나를 위해 특별히 그린 그림임을 받아들이지 않을 수 없다. 그랬다, 그 시절 우리 사이는 이렇게 훈훈했는데, 유감스럽게도, 정말 유감스럽게도—베를린 사람들이 곧잘 하는 말처럼—"아, 옛날이여." 하지만 그라스의 온갖 혹독한 언사에도 불구하고, 우리가 살아 있는 한 최종 결말이 어찌 날지는 아직 모르는 일이다.

1988년 3월 〈4중주〉의 첫 방송이 나갔고, 2001년 12월 요하네스 라우 대통령의 초청으로 벨뷔 궁[7]에서 마지막 방송이 있었다. 총 77회의 방송을 통해 400권 이상의 책이 거론되었다. 헬무트 카라제크가 계속 함께했고, 지크리트 뢰플러도—마지막 시기만 빼고—그랬다.[8]

〈4중주〉는 문학과 삶, 작가와 독자 사이를 중개하고자 했다. 결국 이루고자 하는 목표는 지면을 통한 비평과 동일하나, 다만 방법을 달리했을 뿐이다. 왜냐하면 부분적으로나마 다른 대중을 겨냥했기 때문이다.

나는 비평의 큰 목표로 늘 명료성을 꼽았고, 방송이라는 매체에서 이는 더더욱 중요하다고 생각했다. 방송에서는 특히 더 명확하게 말해야 하고, 특히 이해하기 쉽게 구체적으로 표현해야 한다. 나아가 대화 이외에는 여하한 그림이나 영상자료도 끼워넣지 않기로 했고, 원고를 읽거나 쪽지를 들고 들어오는 것도 금지했다.

이것은 문학에 관한 오락 프로였을까? 실제로 우리는 이 방송을 재미있게 만들려고 했고, 그런 점에서 레싱으로부터 하이네와 폰타네를 거쳐 케어와 폴가로 이어지는 독일 문예비평의 전통을 따랐다.

우리는 화제가 된 책들을 다루지 않았다. 그러나 우리가 다룬 책들이 화제가 되는 걸 보면 즐거웠다. 베스트셀러 목록을 따르지 않았지만, 우리가 추천한 책들이 베스트셀러 목록에 오르면 뿌듯했다.

〈문학 4중주〉의 시청자들 중에는 평소에 평론을 즐겨 읽는 독자층뿐 아니라, 문학에 대해 기본적으로 별 관심이 없었던 사람들도 많았다. 그런데도 이들이 가끔씩 우리 방송을 봤던 이유는 아마 우리의 대화 혹은 우리가 벌이는 논쟁이 재미있어서였을 것이다. 이런 시청자들 중 상당수가 갑작스레 일어난 흥미에 스스로도 놀라워하며 우리가 얘기한 이런저런 책들을 찾아 읽었다. 바로 이런 시청자층을 우리는 각별히 소중히 여겼다.

〈4중주〉에는 비난도 많이 쏟아졌다. 가장 많이 들었던 얘기는, 이 방송이 진부하고 대중에 영합하며 늘 피상적이어서, 무엇 하나 제대로 규명하기는 커녕 매사를 너무 단순화한다는 것이었다. 전부 다 지당한 비난들이었다. 75분이라는 제한된 시간 안에 매회 다섯 권씩 거론했으니, 각 권당 평균 14분 내지 15분이 할당되었다. 그러니까 참가자 네 명이서 한 사람이 한 책당 약 3분 30초씩 얘기한 셈이다.

이 200초 남짓의 시간 동안 작가의 고유한 특성에 대해, 그의 최신작의 주제와 문제의식, 모티브와 인물들, 구사된 예술 수단, 때로는 특정한 시대적, 정치적 측면들까지 논해야 했다. 그러니 〈4중주〉에서 본격적인 문학 분석이 이루어졌겠는가? 아니, 불가능했다. 단순화했느냐고? 불가피했다. 결과가 너무 피상적이었다고? 당연히 실로 수박 겉 핥기에 불과했다.

우리는 고작해야 이 책들이 우리에게 어떤 인상을 주었는지 대충 운을 뗄 수 있었을 뿐이며, 거기서 뭐가 좋고 뭐가 문제인지 아주 간단히 언급할 수 있었을 뿐이다.

그라스는 우리가 문예비평을 통속화했다며 나를 비난했다. 전혀 틀린 말이 아니다. 우리는 비평을 상당히 대중화했다. 그리고 유감스럽게도 많은 것들은 통속화하지 않고는 대중화되지 않는다. 어쨌거나 우리는 문예비평가로서의 우리 포부를 전부는 아니더라도 부분적으로는 포기할 수밖에 없었다.

이 모든 게 과연 보람 있는 일이었을까? 어찌 됐든 방송 전문가들로부터, 독일 방송 역사상 일개 방송 프로그램이 문학작품, 그것도 꽤 수준 높은 작품들의 판매에 그렇게 직접적이고 그렇게 강력한 영향력을 행사한 건 바로 이 〈4중주〉밖에 없었다는 얘기를 계속 듣긴 했다.

14년 가까이 계속 방송되면서 이 프로그램은 숱하게 공격받고 욕을 먹었다. 그런데 지금은 어떤가? 『독일 서점가 소식지』 『책 리포트』 등 기타 지면을 통해 나는 심심찮게 〈4중주〉에 대한 후문을 접하는데, 특히 출판사나 서점 쪽에서는 여간 애석해하지 않는다 한다. 〈4중주〉가 남긴 빈자리가 지금까지 채워지지 않는다는 얘기가 끊이질 않으니, 요즘처럼 이렇게 호의적이고 깍듯한 대접을 받은 적이 있었던가 싶다.

이 프로그램 덕분에 내 인생의 한 단락이 많은 경험으로 채워졌다. 하지만 나의 직업적 성과를 단지 이 〈문학 4중주〉만 가지고 판단하려는 분이 있다면, 내게 너무나 부당한 처사라고 말하고 싶다. 지금까지 그래왔듯이 앞으로도 여전히 나의 문학 이야기들을 신문이나 잡지, 그리고 물론 내 책들에서 찾아주시길 당부한다.

귄터 그라스
미하엘 마티아스 프레히틀 | 잉크 드로잉 | 1973년

귄터 그라스
로레다노 | 잉크 드로잉

Thomas Bernhard

토마스 베른하르트

토마스 베른하르트
에리히 조콜 | 고무 수채화

잘츠부르크 국립병원 의사들은 그 열여덟 살짜리 소년을 그만 포기하고, 임종실로 옮겼다. 서둘러 병자성사까지 올렸다. 하지만 예상을 뒤엎고 상업 견습생 토마스 베른하르트는 목숨을 부지했다. 그는 폐결핵 요양소로 보내졌다. 그러나 그의 병은 불치였다. 그는 살아났으되, 다만 그 병과 더불어 혹은 병과 싸우며, 말하자면 늘 죽음에 직면해 죽음과 다투면서 살아야 했다.

그는 글을 쓰지 않고는 살 수 없었으며, 그가 쓰고자 한 글은 오로지 자신의 삶, 아니 우리 삶의 비참함에 대한 저항이었다. 그러니 그는 주제를 고민할 필요가 없었다. 오히려 이 경우는 주제가 작가를 제대로 만난 셈이었다. 베른하르트가 써낸 것은 고통당하는 이의 보고서요, 번민하는 이의 고백록이다. 또한 그가 얘기하는 것이 무엇이든, 그것은 질병에 대한 이야기들이다.

그는 몰락하는 사람, 상심한 사람, 끝 모를 나락의 소용돌이에 휩쓸린 사람들에게 집요하고 절절하게 마음을 쏟았다. 범죄자와 정신병자, 사이코패스와 신경쇠약증 환자, 살인자, 죽어가는 사람과 스스로 목숨을 끊는 사람들이 작품마다 즐비하다.

작가 베른하르트는 우리 존재의 가장 어두운 영역들에 매료되었는데, 바로 거기서—그리고 오직 거기서만—삶의 결정적 문제들에 대한 답을 찾을수 있으리라 기대했기 때문이다. 베른하르트는 자기 주변 세계에 항거했고, 그럼으로써 온 세상에 저항했다. 그는 인간의 삶에, 모든 사람과 모든 것에 대해 분노했다. 그의 작품은 끊임없는 항명이며, 끝없는 반란이다. 그러나 우리 실존의 무의미성에 저항한 이 불같이 맹렬한 항거에는 어쩌자는 계획도, 아무 목적도 없었고, 그저 그 자체로 그는 족했다.

베른하르트는 어떤 환상도 품지 않았다. 문학으로 독자들에게 영향력을 행사하거나 털끝만큼이라도 그들을 변화시킬 수 있으리라는 견해 따위를, 그는 어리석고 유치하게 여겼다. 과격한 사회비판가였으나, 다만 '반항을 위한 반항'에 몸을 바친 이였다. 그는 죽음의 작가로 시작해, 마지막 날까지 그렇게 살았다.

그의 산문에서 나타나는 비상한 통일성은 여기에 깊은 뿌리를 두고 있다. 물론 때때로 이 통일성은 혹자에겐 지겨운 획일성으로 느껴지기도 했다. 이 탈리아 작곡가 달라피콜라가 남긴 명언이 있다. 비발디는 344개의 협주곡을 쓴 것이 아니라, 단 하나의 협주곡을 344번 작곡했다고 말이다. 이 말은 토마스 베른하르트에게도 그대로 적용된다. 그의 산문의 근본 요소는 탄원이요 애가哀歌다. 어쩌면 이렇게 말할 수도 있으리라, 그는 익살스러운 탄원과 유쾌한 애가를 썼다고.

베른하르트가 살았던 오버외스터라이히의 올스도르프 집은 온 벽이 눈부신 흰색으로 칠해져 있고, 문과 창문마다 칠흑 같은 검은색 테두리가 둘려 있었다. 아늑하기는커녕 섬뜩했다. 이러한 극단적인 색상대비는 그의 책에서도 얼마든지 찾아볼 수 있다. 그의 작품들은 양극단의 긴장, 우울과 유머 사이의 긴장을 축으로 한다. 그는 웃어대는 우울증 환자였으며, 셰익스피어의 광대들이 대개 그렇듯, 살벌한 익살꾼이었다.

그러나 베른하르트는 논증하는 게 아니라, 제시하고 암시했다. 분석이 아닌 호소가 그의 본령이었다. 그의 소설과 희곡의 클라이맥스마다 그의 수사학적 재능이 돋보인다. 당연히 그는 비범한 웅변가였지만, 연설을 하는 일은 드물었고 아주 꺼렸다. 어쩌다 한번 하더라도 굉장히 짧게 끝냈다.

작품은 지독히도 쓰라리고 음울하지만, 정작 그는 이야기를 나눠보면 "날아갈 듯 유쾌한" 모습은 아니어도 편안하고 상냥한 사람이었고, 한탄보다는 농담을 즐기는 사람이었다. 물론 괴테가 추천할 만하다고 믿었던 그런 위안—"사랑하는 영혼은, 그래도 행복하여라"—이 베른하르트의 곤궁함을 위무해주는 일은 없었다. 그러나 그에게도 위로가 된 것이 있었으니, 그나마 그것이 있었기에 잠깐이나마, 평생 짓눌린 위기를 극복하고 불치의 질병을 잊을 수 있었으리라. 글쓰기, 그것만은 행복했다.[1]

여기 실린 베른하르트의 초상화는 빈의 그래픽 아티스트이자 캐리커처 화가인 에리히 조콜의 작품으로, 나를 사로잡은 책 『비트겐슈타인의 조카』와 관련이 있다. 이 책은 비범하고 고독한 두 남자가 "일궈내는" 우정에 대해 이야기한다. 바로 철학자 루트비히 비트겐슈타인의 조카이자 탁월한 음악적 재능의 소유자 파울 비트겐슈타인과 토마스 베른하르트.

"세상에서 유리되고 유기된" 존재인 두 사람은 병원에서 만나 가까워졌다. 파울 비트겐슈타인은 정신병동에, 토마스 베른하르트는 폐결핵병동에 있었다. 이 책은 탐미주의자 비트겐슈타인이 어떻게 환자가 되었으며, 환자 베른하르트가 어떻게 작가가 되었는지 보여준다. 이렇게 시작된 글쓰기의 바탕이 과연 많은 이들이 생각했던 것처럼 순전한 증오였을까?

그의 작품 근저에는 1945년 이후 독일문학 특유의 비관적 성향이 놓여 있는데, 다만 그 비관주의는 증오가 아닌, 도무지 극복할 길 없는 환멸에서 발원한 것이다. 여기서 나오는 감정을 표현하는 기막힌 단어가 독일어에 있는데, 바로 "애증Haßliebe"이다. 『비트겐슈타인의 조카』에는 증오보다 사랑이 훨씬 더 많다. 토마스 베른하르트의 글이 이토록 따뜻하고 이토록 다정했던 적은 결코 없었다.

이 애기는 꼭 해야겠다. 이 그림을 선물로 받고 나는 얼마나 기뻤는지 모른다. 내게 이걸 선사한 이는 존경하는, 내 오랜 동료 지크리트 뢰플러였다.

윌리엄 셰익스피어

1 1774년 프리드리히 대왕 시대에 착공되어, 18세기 말 국립극장으로서 독일 연극
   계의 중심 역할을 담당한 유서 깊은 건축물. 제2차 세계대전 때 크게 파손되었다
   가 재건과 개축을 거쳐 현재는 베를린 콘체르트하우스로 이름이 바뀌었다.
2 Te Deum. 가톨릭의 찬미가, 승리의 노래.
3 Gustaf Gründgens, 1899~1963. 독일 연극 배우. 특히 괴테의 『파우스트』에 등
   장하는 메피스토펠레스 역으로 정평이 나 있다. 클라우스 만의 소설 『메피스토』
   의 실제 모델이기도 하다.
4 Chandos portrait. 흔치 않은 셰익스피어의 초상화 중 하나로, 그림 소유주였던
   챈더스 공작의 이름을 딴 명칭. 런던 국립 초상화 미술관 소장.
5 Globe Theatre. 1599년 런던에 세워진, 셰익스피어가 소속되어 활동한 극장.

고트홀트 에프라임 레싱

1 레싱의 희곡 『미나 폰 바른헬름』의 두 주인공.
2 『현자 나탄』 3막 7장에 나오는 유명한 이야기. 유대인 상인 나탄은 이슬람 군주

살라딘으로부터 "이슬람교, 유대교, 그리스도교 중 어느 종교가 가장 좋은가?"라는 질문을 받자, 다음과 같은 우화로 대답을 대신한다. 옛날 어떤 부자가 대대로 가문의 후계자에게 내려오는 반지를 세 아들에게 공평하게 나눠주고 싶어 남몰래 똑같은 반지를 두 개 더 만들었고, 그 때문에 세 아들은 모두 자신이 가진 반지가 진짜라고 생각하게 되었다는 이야기다.

모제스 멘델스존

1   유대교에서 구약성경의 처음 다섯 권을 일컫는 명칭.
2   Christoph Friedrich Nicolai, 1733~1811. 독일의 작가, 서적 판매상.

요한 볼프강 폰 괴테

1   셰익스피어를 말한다.

프리드리히 폰 실러

1   『도적떼』의 주인공.
2   아파치 인디언을 소재로 한 카를 마이의 소설 『빈네투』의 주인공.
3   Hugo von Hofmannsthal, 1874~1929. 오스트리아 시인, 극작가, 소설가. 오스트리아의 인상주의와 상징주의를 대표하는 작가로, 리하르트 슈트라우스와 작업한 오페라 〈장미의 기사〉〈그림자 없는 여인〉 등의 작품을 남겼다.
4   『간계와 사랑』의 등장인물.
5   『돈 카를로스』의 등장인물.
6   『발렌슈타인』의 등장인물.

프리드리히 횔덜린

1   1933년 히틀러가 청소년들에게 나치의 신조를 가르치고 훈련하기 위해 만든 조직.

프리드리히 슐레겔

1 Jean Paul, 1763~1825. 독일 소설가. 독일문학사에서 레싱, 괴테와 비견되는 작가. 『미학 입문』 등 독일 낭만주의의 귀중한 문헌을 남겼다.
2 Ludwig Tieck, 1773~1853. 독일 극작가, 소설가. 초기 낭만파의 대표자로 중세 독일 민화를 집성했으며 소설 「금발의 에크베르트」, 희곡 「장화를 신은 고양이」 등을 남겼다.

E. T. A. 호프만

1 Kurt Tucholsky, 1890~1935. 독일 작가, 언론인, 평론가. 나치를 피해 스웨덴으로 건너갔고 그후 독일 국적을 박탈당했다. 군국주의와 국수주의에 맞선 평화주의 인문학자로 금언과 서평, 연극평, 단편소설, 풍자적 수필 등 다양한 작품을 남겼다.
2 Clemens Brentano, 1778~1842. 독일의 후기 낭만파 시인. 가요집 『소년의 마법 뿔피리』를 편집했다.
3 Gottfried Keller, 1819~1890. 스위스 시인, 소설가. 대표작으로 독일 사실주의 문학 중 걸작으로 꼽히는 장편 『초록의 하인리히』, 단편집 『젤트빌라 사람들』 등이 있다.
4 Hans Theodor Woldsen Storm, 1817~1888. 독일 시인, 소설가. 서정시인으로 출발하여 사실적 수법이 뛰어난 소설을 썼다. 소설 『백마의 기수』 「대학 시절」 등을 남겼다.
5 Wilhelm Raabe, 1831~1910. 독일 시인, 소설가. 시정인의 생활을 서정적으로 그렸으며, 『슈페를링 거리의 연대기』 『배고픈 목사』 등의 작품을 남겼다.

루트비히 뵈르네

1 Feuilleton. 신문 문예란 기사.
2 Paulskirche. 1944년까지 개신교 교회였으나, 제2차 세계대전 때 파괴되었고, 전후 프랑크푸르트에서 가장 먼저 복구되어 1948년부터 전시회나 공공행사장으로 사용되고 있다.

하인리히 하이네

1 Gottfried Benn, 1886~1956. 독일 시인, 의사. 표현주의에서 출발하여 허무주
   의의 극복을 둘러싸고 변모를 거듭했다. 시집『시체공시소』, 자서전『이중 생활』
   등을 남겼다.
2 Joseph Freiherr von Eichendorff, 1788~1857. 독일 시인, 소설가. 후기 낭만
   파를 대표하는 문학가로, 사랑과 경건을 기조로 하는 민요조의 서정시를 썼다.
3 Eduard Friedrich Mörike, 1804~1875. 독일 시인, 소설가. 내향성을 띤 작품
   을 썼으며, 동화『슈투트가르트의 난쟁이』등을 남겼다.
4 Nikolaus Lenau, 1802~1850. 헝가리 태생의 오스트리아 시인. 우수와 정열이
   조화를 이루는 특색 있는 서정시를 발표했다.
5 Paul Celan, 1920~1970. 루마니아 태생의 독일 시인. 그의 대표작「죽음의 푸
   가」는 자신의 나치 강제 수용소 체험을 그려 인류 비극의 본질을 파헤친 시다.
6 Rahel Varnhagen, 1771~1833. 독일 작가. 하이네를 비롯해 많은 낭만주의 작
   가 들과 그 추종자들이 주로 활동했던 문학 살롱을 이끌었다. 많은 편지들을 남
   겨 훗날 낭만주의 연구의 중요한 자료로 쓰였다.
7 Friedrich Gottlieb Klopstock, 1724~1803. 독일 시인. 독일 서정시를 발전시
   키는 데 공헌했으며, 근대시의 선구자가 되었다.
8 Christoph Martin Wieland, 1733~1813. 독일 시인, 소설가. 독일의 볼테르라
   고 불리며, 우미하고 경쾌한 작품을 썼다. 서사시「오베론」등의 작품을 남겼다.
9 Georg Büchner, 1813~1837. 독일 극작가. 혁명 운동에 참가하고 스위스로 망
   명했다. 자연주의, 표현주의 희곡 작품을 많이 남겼다. 작품에「당통의 죽음」「보
   이체크」등이 있다.
10 Christian Dietrich Grabbe, 1801~1836. 독일 극작가. 근대 리얼리즘의 선구
   자로, 역사 비극의 새로운 형식을 개척했다.「나폴레옹」「돈 후안과 파우스트」등
   의 작품을 남겼다.
11 Christian Friedrich Hebbel, 1813~1863. 독일 극작가. 독일 비극의 전통을 바
   탕으로 사실주의 연극을 개척했다.「유디트」「마리아 막달레나」등의 작품을 남
   겼다.
12 Robert Musil, 1880~1942. 오스트리아 소설가. 분석적이고 섬세한 필치로 인간
   정신과 행위의 분열, 현실과 비현실의 이중성을 내포한 세계를 그렸다. 대표작으
   로 미완성 장편『특성 없는 남자』가 있다.

테오도어 폰타네

1 Joachim Fest, 1926~2006. 독일 역사학자이자 저널리스트. 프랑크푸르터 알게 마이네 차이퉁의 공동 발행인. 아돌프 히틀러 평전을 비롯해 나치 독일에 대한 중요한 책들을 썼으며, 나치 시대 논의에서 선두적인 역할을 했다.

2 모두 폰타네의 소설에 등장하는 젊은 여주인공. 에피는 『에피 브리스트』, 멜루지네 는 『슈테힐린』, 레나는 『얽힘과 설킴』, 코린나는 『예니 트라이벨 부인』의 주인공.

3 Junker. 근대 독일의 보수적인 지주귀족.

4 Friedrich Spielhagen, 1829~1911. 독일 소설가. 시대에 밀착한 주제를 자유주 의적 입장에서 사실적으로 다룬 사회소설을 써서 인기를 얻었다.

5 Berthold Auerbach, 1812~1882. 독일 소설가. 통속적인 작품을 많이 썼다.

에두아르트 폰 카이절링

1 오늘날의 라트비아 남부 지역.

2 1988년부터 2001년 12월까지 저자가 진행한 유명 TV 서평 프로그램.

안톤 체호프

1 토마스 만의 장편소설 『부덴브로크 가의 사람들』에서 등장인물 하겐슈트룀은 진 보주의적 부르주아 계층을 대표하는 인물로, 몰락하는 도시귀족 상인 가문의 집 을 사들인다.

2 괴테를 가리킨다.

3 『파우스트』 제2부 12104~5행.

구스타프 말러

1 Sarah Kirsch, 1935~2013. 독일 시인. 동베를린에서 시인으로 활동하다 1977년 서독으로 망명했다. 게오르크 뷔히너 상 등 많은 상을 받았다. 시집 『눈의 온기』 등을 남겼다.

2 『파우스트』 제2부 7488행.

아르투어 슈니츨러

1 Süßen Mädel, 세기말 빈 특유의 여성상. 명랑한 성격과 천진한 활력이 매력적인
   이들은, 대개 빈 교외의 신분이 낮은 집안 아가씨들로, 대도시 빈의 "지체 높은"
   남자들에게 성적 유희의 대상이 되곤 했다. 직업적인 창녀와도, 성적으로 접근
   불가한 양갓집 규수와도 구별되는 독특한 사회적 성격을 가졌던 이들은 특히 슈
   니츨러의 작품들을 통해 하나의 개념으로 전형화되었다.
2 Knut Hamsun, 1859~1952. 노르웨이 소설가. 반사회적이고 도시 문명을 혐오
   하는 극단적인 개인주의자와 방랑자를 주인공으로 한 소설을 발표했다. 1920년
   노벨 문학상을 받았다.
3 레싱의 작중인물.
4 모두 괴테의 작중인물.
5 모두 클라이스트의 작중인물.
6 폰타네의 작중인물.

게르하르트 하웁트만

1 Jakob Wassermann, 1873~1934. 독일 유대계 소설가. 독일에 사는 유대인의
   마음의 상처를 독일인 입장에서 다룬 인도주의적 사회소설을 썼다.
2 Ernst Barlach, 1870~1938. 독일 극작가이자 조각가, 화가. 북유럽 농민의 생활
   을 간결하고 힘찬 형태로 표현했다. 희곡 「불쌍한 종형제」「기아」 등의 작품을 남
   겼다.
3 Ferdinand Bruckner, 1891~1958. 오스트리아 극작가. 표현주의에서 출발하
   여 사회심리적 갈등을 다룬 시대극을 발표해 성공을 거뒀다.
4 Marieluise Fleißer, 1901~1974. 독일 작가. 대학 시절 브레히트를 만나 베를린
   연극계에서 활동했고 이후 절필했다가 말년에 다시 펜을 들었다. 희곡 「잉골슈타
   트의 군인들」「심해의 물고기」 등을 남겼다.
5 Walter Hasenclever, 1890~1940. 독일 극작가, 시인. 대표적 표현주의 작가로,
   희곡 「인간」「아들」「안티고네」 등을 남겼다.
6 Ödön von Horváth, 1901~1938. 독일 극작가. 파시즘을 반대하고 소시민의 중
   류의식을 비판하는 작품을 썼다. 주요 작품으로 「이탈리아의 밤」「비너발트의 이
   야기」「카시미르와 카롤리네」 등이 있다.

7 Carl Sternheim, 1878~1942. 독일 극작가, 소설가. 그로테스크한 풍자나 정서
   적 요소를 일체 배격한 문체를 구사해 표현주의 작가들에게 큰 영향을 끼쳤다.
   대표 희곡으로 「시민 시펠」 등이 있다.
8 Frank Wedekind, 1864~1918. 독일 극작가. 표현주의의 선구자. 시민적 전통
   과 윤리에 반항하는 작품을 남겼다.
9 Stefan George, 1868~1933. 독일 시인. 자연주의적 예술관에 반대하고 순수
   한 언어예술을 추구했다. 시집 『영혼의 한 해』 『동맹의 별』 『삶의 융단』 등을 남
   겼다.

리카르다 후흐

1 토마스 만의 『부덴브로크 가의 사람들』을 말한다.
2 괴테의 희곡 『에그몬트』의 줄거리에 빗댄 표현.
3 Tilman Riemenschneider, 1460~1531. 독일 조각가. 명쾌한 사실성 속에 경
   건하고 조용한 종교적 감정이 담긴 작품을 남겼다. 대표작으로 〈아담과 이브〉, 로
   덴부르크에 있는 〈성 야곱 성당의 제단〉 등이 있다.

하인리히 만

1 Defa. 동독 국영 영화제작소에서 찍은 영화.
2 Unrat. 쓰레기, 오물을 뜻하는 독일어.

하인리히 만과 토마스 만 형제

1 독일의 대학입학 자격시험.
2 Anna Seghers, 1900~1983. 독일 작가. 프롤레타리아 혁명 작가회의에서 활동
   하다 나치의 박해를 피해 망명했다. 1929년 클라이스트 상을 받았으며 대표작으
   로 『제7의 십자가』가 있다.
3 Ingeborg Bachmann, 1926~1973. 오스트리아 작가. 20세기 최고의 여성 작가
   중 한 사람. 대표작으로 『말리나』 『동시에』 등이 있다.
4 Ernst Jünger, 1895~1998. 독일 작가. 나치를 비난하고 평화보다 자유를 역

설하는 작품을 남겼다. 대표작으로『강철 폭풍 속에서』『대리석 절벽 위에서』
등이 있다.

5 Uwe Johnson, 1934~1984. 독일 소설가. 전체주의 권력과 개인의 관계를 기본
   주제로 삼고『야곱에 관한 추측』등의 작품을 남겼다.

6 Karl Kraus, 1874~1936. 오스트리아 평론가, 작가. 평론지『햇불』을 창간해 예
   술 배후의 부패한 정신과 허위를 통렬하게 풍자했다. 시대비판적, 풍자적인 글을
   남겼으며 대표작으로 희곡「인류 최후의 날」등이 있다.

7 Wilhelm Busch, 1832~1908. 독일 시인, 화가. 자작시나 글에 덧붙인 그림 이
   야기로 알려졌다. 풍자적 요소와 염세적 경향이 강한 작품들을 남겼으며 대표작
   으로『막스와 모리츠』등이 있다.

8 Christian Morgenstern, 1871~1914. 독일 시인. 유머러스하고 그로테스크한
   초기 작품들로 유명해졌다. 후에 철학에 심취해 이념시의 성격이 강한 작품들을
   발표했다. 대표작으로 시집『교수대의 노래』등이 있다.

9 Ferdinand Raimund, 1790~1836. 오스트리아 극작가, 배우. 가난한 민중에게
   공감을 주는 희곡을 썼다. 대표작으로『요정 나라에서 온 처녀』등이 있다.

10 Johann Nepomuk Nestroy, 1801~1862. 오스트리아 극작가, 배우. 19세기 중
   엽 오스트리아 대중연극의 대표자. 사실적이고 풍자적인 희곡으로 명성을 떨쳤
   다. 대표작으로『한바탕 놀아보자』등이 있다.

11 Ernst Jandl, 1925~2000. 오스트리아 작가, 언어유희와 구체시 등 실험시의 대
   표자 중 한 사람으로 꼽힌다.

12 Friedrich Dürrenmatt, 1921~1990. 스위스 극작가. 괴이한 과장이나 통렬한
   풍자를 구사한 희극을 썼다.

토마스 만

1 Hartmann von Aue, 중세 독일 시인.

2 Martin Walser, 1927~. 독일 작가. 47그룹에서 본격적인 문학 활동을 시작했
   다. 1957년 첫 장편소설『필립스부르크에서의 결혼』을 발표했고 같은 해에 헤르
   만 헤세 문학상을 받았다. 그 밖에 게르하르트 하웁트만 문학상, 실러 문학상 등
   많은 상을 받았다. 작품에『샘솟는 분수』『불안의 꽃』등이 있다.

3 『햄릿』에 등장하는 노르웨이 왕. 사고력과 행동력을 겸비한 현실적인 인물.

4 「베네치아에서의 죽음」주인공.

5 『마의 산』주인공.

6 『파우스트 박사』 주인공.

7 『사기꾼 펠릭스 크룰의 고백』 주인공.

8 Wolfram von Eschenbach, 1170~1220. 중세 독일 시인. 대표작으로 대서사
   시 『파르치팔』이 있다.

9 Walther von der Vogelweide, 1170?~1230?. 중세 독일 시인. 독일 기사문학
   의 전성기를 이끌었다. 궁정연애시를 직접 작곡해 부르기도 했으며 사랑과 노여
   움, 증오 등 기사의 인간적인 면을 표현했다.

10 오토 그라우토프(Otto Grautoff, 1876~1937)는 토마스 만의 어릴 적 친구, 이
   다 보이에드(Ida Boy-Ed, 1852~1928)는 토마스 만과 교우했던 독일 소설가이
   다. 토마스 만이 이들에게 보낸 편지들이 『오토 그라우토프와 이다 보이에드에게
   보낸 편지들』이라는 책으로 출판되었다.

11 Josef Ponten, 1883~1940. 독일 작가. 예술사학자였으나 훗날 풍부한 여행 체
   험을 바탕으로 『그리스의 풍토』 『유럽 여행기』 등을 써서 지질학적, 지리학적 지
   식을 정확히 반영한 예술적인 기행문학을 완성했다.

알프레트 되블린

1 '죄와 벌(Schuld und Sühne)'에는 도덕적, 종교적인 의미의 '죄악'과 그에 대한
   '속죄'라는 뉘앙스가 담겨 있다면 '범죄와 처벌(Verbrechen und Strafe)'은 사
   회적, 법적 의미에서의 '범죄' 행위와 그에 대한 '처벌'이라는 의미가 강하다.

2 독일어로 순결하고 아름답다는 의미.

클라분트

1 브레히트는 이 작품의 소재를 차용해 『코카서스의 백묵원』을 썼다.

2 재치 있는 시사 풍자적 노래로 후렴이 있다.

3 클라분트의 유명한 시 「내 다리가 흔들흔들」.

4 Joachim Ringelnatz, 1883~1934. 독일 작가. 자전적 내용의 시와 소설을 발표
   했고, 카바레 무대에 서며 생계를 이었다. 대표작으로 『나의 인생』 등이 있다.

5 Walter Mehring, 1896~1981. 독일 작가. 풍자적인 시와 희곡을 썼다. 나치를
   피해 프랑스, 미국 등지에서 망명 생활을 했다. 대표작으로 희곡 『베를린의 상인』
   등이 있다.

6   '아스팔트 문학'은 근대 대도시에서 생긴 신경쇠약적 문학이라는 뜻으로, 나치의 문화 숙청 당시 반나치 성향의 문학에 이러한 명칭을 붙여, 향토정신과 국가관이 결여되었다는 이유로 탄압했다.

베르톨트 브레히트

1   브레히트의 작품 『사천의 선인』의 배경이 되는 곳.

볼프강 쾨펜

1   독일 역사 최초의 공화국인 바이마르공화국은 1919년 사회민주당에 의해 수립되었고, 1933년 1월 히틀러가 제국 수상으로 임명되면서 사실상 와해되었다.
2   John Dos Passos, 1896~1970. 미국 소설가. '로스트 제너레이션'의 대표 작가. 『맨해튼 트랜스퍼』 『U. S. A. 3부작』 등의 작품을 남겼다.

막스 프리슈

1   우리나라에는 〈사랑과 슬픔의 여로〉라는 제목으로 소개되었다.

솔 벨로

1   『파우스트』에서 주인공 파우스트는 악마 메피스토펠레스와 자기가 어떤 것에 대해서든 "멈추어라 시간아. 너는 정녕 아름답구나"라고 말하면 내기에서 진 것으로 한다는 계약을 맺는다.
2   『파우스트』 제2부 마지막 대사의 일부분.

페테르 바이스

1   에우리피데스의 『타우리케의 이피게네이아』에 대한 내용이다.

2 1947년 조직된 독일문학 단체. 나치로 인해 무너진 독일문학의 전통을 재확립하
   자는 목표로 발족했다. 반나치와 인도주의를 표방해 독일문학을 새로운 방향으
   로 이끌었다.
3 바이스는 1965년 동독 바이마르에서 열린 작가회의에서 "나는 오늘날 내게 남겨
   진 두 가지 선택 가능성 가운데, 이 세계에 존재하는 불균형을 제거하는 일은 오
   직 사회주의 사회질서 내에서만 가능하다고 본다"고 선언했다.

귄터 그라스

1 가장 대표적인 정형시 형식, 소곡 또는 14행시라고도 한다.
2 '(표면 위로) 떠오르다'라는 뜻의 독일어 'auftauchen'에는 '모습을 드러내다'라
   는 의미도 있다. 강자를 대표하는 '고양이'와 약자를 대표하는 '쥐'를 제목으로
   한 이 작품은 비대한 목울대 때문에 따돌림을 받는 주인공 말케가 강자의 세상
   속에 편입되고자 발버둥을 치다가, 종국에는 좌절하는 이야기를 담고 있다. 마지
   막 장면에서 말케는 전복된 군함으로 잠수하던 중 실종된다.
3 '47그룹' 이야기를 귄터 그라스가 300년 전 텔크테라는 마을을 무대로 삼아 소설
   로 형상화한 작품. 47그룹에서 귄터 그라스는 『양철북』의 초고를 발표했고, '47
   그룹 상'을 수상하면서 문학적 명성을 얻게 되었다.
4 Hans Werner Richter, 1908~1993. 독일 작가. 47그룹 창설자이자 핵심 인물
   로 『타격을 입은 사람들』『흰 장미 붉은 장미』 등의 작품을 남겼다.
5 Zweifel, 독일어로 '의심'이라는 뜻.
6 귄터 그라스는 이후 장편소설 『넙치』(1977)를 출간했다.
7 독일 대통령 관저.
8 독일 언론인 헬무트 카라제크와 오스트리아 태생 문예비평가 지크리트 뢰플러는
   〈문학 4중주〉의 고정 출연진이었다.

토마스 베른하르트

1 이 문단에서 인용된 두 구절은 모두 괴테의 『에그몬트』 3막 2장에 나오는 '클레
   르헨의 노래'의 한 대목이다.

살고, 사랑하고, 이야기하기

가만 보면, 우리는 모두 언제나 자신의 이야기를 하고 있다. 문학과 예술, 정치나 사회, 그 무엇에 대해 말하건, 실은 자신이 사랑하고 기억하는 것들, 소망하고 지향하는 것들을 표현하는 것이다. 그렇게 우리의 모든 이야기들은 자신이 어떤 사람이며 어떤 사람이고자 하는지에 대한 고백이다. 그리고 그 고백들은 누군가에게 가닿아, 하나의 거울이 되고 그림자가 된다.

마르셀 라이히라니츠키는 이 책에서 그의 평생에 걸친 사랑에 대해 이야기한다. 문학, 특히 독일문학에의 사랑이다. 오랜 세월 수집해온 작가들의 초상화들을 소개하며, 자신에게 문학은 무엇이고 삶은 무엇이었는지 술회한 이 글들은 그가 문학에 바치는 진한 연서들이다.

2012년 1월 27일 국제 홀로코스트 희생자 추모의 날에, 그는 독일 연방의회에서 유대인을 대표하여 연설을 했다. 독일 사회에서 그의 존재감을 가늠하게 하는 장면이다. 독일의 얼룩진 현대사가 고스란히 담겨 있는 그의 파란만장한 인생은 자서전 『나의 인생Mein Leben』(1999)에서 읽을 수 있다. 그의 나이 79세에 써낸 이 책은 탁월한 홀로코스트 문학으로 인정받으며 밀리언셀러가 되었고, 영화와 다큐멘터리로도 만들어졌다.

폴란드인이고, 독일인이며, 유대인이었던 그는 여러 차례 삶을 새로이 시작해야 했다. 어려서는 폴란드 촌뜨기라는 놀림을 받으며 베를린의 학교생활에 적응해야 했고, 청년기에는 나치 독일에 의해 폴란드로 강제 추방된 뒤 천신만고 끝에 목숨을 부지했으며, 장년의 나이에 다시 폴란드에서 독일로 넘어와, 문학평론가로서 새로이 입지를 만들어야 했다. 그 어디에서도 환영받지 못하고, 어느 나라도 고향이 되어주지 않았던 척박한 삶에서, 그를 지탱해주었던 버팀목은 국가도 민족도 아닌 바로 문학이었다.

1958년 폴란드에서 서독으로 넘어온 그에게 젊은 작가 귄터 그라스가 "당신은 폴란드인입니까, 독일인입니까, 도대체 어떻게 됩니까?"라고 묻자, 그는 이렇게 대답한다. "나는 절반은 폴란드인, 절반은 독일인, 그리고 온전한 유대인입니다." 본인의 신념이나 의지와는 무관하게, 그의 삶을 끌고 온 불가항력의 운명에 대한 착잡한 심정을 엿볼 수 있다.

이 책에서 논한 40여 명의 작가들 중에는, 괴테와 하이네, 토마스 만과 브레히트 등 독일을 대표하는 유명 작가들과 더불어, 다소 생소한 이름들도 여럿 등장한다. 이들 유대인 작가들과 평론가들을 대하는 저자의 태도는 한층 애틋하다. 유대인으로서 그들이 삶에서 얼마나 아웃사이더였는지, 고향을 잃고 뿌리 뽑힌 존재로서 어떤 소외와 가난을 감내해야 했는지, 그런 그들이 문학을 통해 추구한 것이 무엇이었으며, 그 시대에서 어떤 역할을 했는지를 역설할 때면, 종종 마치 자기 자신의 이야기인 듯, 절절한 동일시가 그대로 느껴진다.

그러나 그의 유대인 정체성은 나르시시즘이나 자기연민에 빠지는 대신, 날카로운 통찰력과 비판정신을 통해 보편성을 획득한다. 그리하여 19세기의 독일을 살았던 세계시민 하이네의 운명이 그랬듯이, 20세기의 독일을 살아낸 유대인 라이히라니츠키가 보여주는 문학은 불안과 소외, 절망을 안고 살아가는 많은 이들에게 하나의 강렬한 비유가 된다.

그를 통해 문학은 우리에게 거듭거듭 묻는다. 모든 것을 잃었을 때, 모든 시도가 실패했을 때, 굳은 믿음이 허물어졌을 때, 바라보는 이 아무도 없을 때, 너는 누구냐고. 모든 행운이 멈추었을 때, 어떤 선택지도 남아 있지 않을 때, 삶은 무엇이냐고. 이런 질문 속에 비친 삶의 면면은 언제나 비루하고 남루하며 모질도록 못났다. 그리고 문학은 그런 추레한 사람살이의 고통과 모순과 수치를 외면하는 대신, 찬찬히 들여다보며 연민하게 해준다. 잘났건 못났건 세상 누구에게나 저마다 아픈 데가 있음을 이해하는 마음, 아마도 그것이 바로 문학이 가르치는 연민이리라. 라이히라니츠키는 구차한 미화나 어줍은 위로 없이 삶을 직시하게 해주는 작가들과 작품들에 스스로 끊임없이 매료되고, 그 연민을 생생하게 짚어준다.

문학평론가로서 라이히라니츠키가 인지도와 영향력 양면에서 거둔 성공은 가히 신화적이다. 그가 '최고의 문학평론가' '문학의 교황' '스타 평론가'로 불리며 눈부신 성과를 이룰 수 있었던 요인은 무엇일까?

라이히라니츠키는 '평론가의 첫째 의무는 정직함'이며, '명료함은 예의'라고 정리한다. 그가 어느 작가에 대해 말한다면, 사랑하거나 싫어하거나 둘 중 하나이지, 중립적인 평가 같은 것은 찾아볼 수 없다. 중용은 아마도 그와 가장 거리가 먼 덕목이리라. 세련된 전문용어나 사려 깊은 미사여구로 애매모호하게 포장하는 법도 없다. 명료함은 문체에도 그대로 반영되어, 그의 글은 언제나 쉽고 확실하다. 판단은 거침없고, 표현은 명쾌하다. 예찬할 땐 너그럽고 열정적인 수다쟁이, 비판할 땐 무례하도록 신랄한 싸움닭이다.

또한, 어떠한 권위에도 눌리지 않는 당당한 비평 정신을 들 수 있다. 그는 괴테나 실러, 레싱 같은 기념비적 인물을 만나도 전혀 주눅이 들지 않는다. 명성으로 인한 과대평가나 미화된 이미지를 순순히 답습하는 대신, 비판적인 재조명을 멈추지 않는다. 어떤 '고전'도 불가침의 성역이 아니며, 늘 그 가치를 새로이 검증하고 끊임없이 도발한다. 이렇게 권위 앞에 위축되지 않고 어디까지나 작가와 작품 그 자체를 들여다보며 논하는 까닭에, 수백 년 전의 작가들도 마치 우리 시대의 사람처럼 현재형으로 느껴진다.

이 모두는 그가 설정한 문학비평의 목적에서 근원한다. 평론은 작가나 평론가가 아닌 독서 대중을 향해야 한다는 간단명료한 명제가 그의 작업에 일관된 대전제다. 평론가라면 어려운 말로 독자를 괴롭혀 고급문학과 독서대중의 간극을 더 벌려놓을 게 아니라, 작품에 대한 정직한 평가를 쉽고 명료하게 표현함으로써 양자의 사이를 최대한 좁혀주어야 한다는 것이다. 평론의 과제란 무엇보다 '문학을 실질적인 대중에게 흥미롭게 중개하는 것'이기 때문이다. 그리고 과연 그의 글은 읽는 이를 언제나 작품으로 이끈다.

그렇다. 라이히라니츠키는 결코 점잖고 덕망 있는 평론가가 아니다. 덕망은커녕, 그의 직설적이고 날선 평론에 얼마나 많은 작가들이 피를 흘리고 이를 갈았을까싶다. 그의 말 한마디로 문학시장이 좌지우지되는 판국이다 보니, 당하는 작가들의 적개심은 상상을 초월한다. 그래서 그는 가장 많이 읽히는 평론가인 동시에, 가장 미움받는 평론가이기도 하다. 독일 문학계 일각에서는 그의 대중 지향적 활동을 두고, 문학을 천박하게 대중화한 장사꾼이라고 폄하하기도 한다. 독자에 따라서는 그의 독선에 가까운 확신, 격렬하고 극단적인 표현방식 등에 거부감을 느낄 수도 있다.

그러나 어쨌든 라이히라니츠키가 일반 독서대중으로 하여금 수많은 고전 및 고급문학 작품을 찾아 읽게 만든 그 공로만큼은 누구도 부인하지 못할 것이다. 그가 장장 14년간 진행하며 숱한 화제를 불러일으켰던 독일 제2공영방송ZDF의 서평 프로그램 〈문학 4중주〉가 문학시장에 공전의 영향을 끼쳤던 이유는, 그만큼 많은 시청자들을 독자로 전환시켜냈기 때문이다. 바로 그것이 그의 평론의 힘이다. 예컨대 누구든 이 책에서 토마스 만에 대해 쓴 글을 읽으면—그의 말투를 흉내내어 장담하건대—「베네치아에서의 죽음」을 찾아(혹은 다시) 읽지 않고는 못 배길 것이다.

2004년에 씨앗을뿌리는사람 출판사에서 『내가 읽은 책과 그림』이라는 이름으로 번역했던 이 책을 이번에 다시 손을 보아 내게 되었다. 크고 작은 오류들을 바로잡을 기회를 주신 문학동네에 진심으로 감사드린다.

사실 요즘 누가 아직도 독일문학을 읽는지 궁금하다. 지금처럼 현란한 시대에, 재미있거나 발칙하거나 예쁘지 않으면 주목받기 힘든 말랑말랑한 감각의 시대에, 사람과 삶에 대한 진지한 질문을 붙들고 우직하게 직조한 독일문학의 고전들에 관심을 갖는 이들이 과연 얼마나 있을지. 거의가 독일문학 작가들을 소개하는 글이다보니, 독자에 따라서는 생소한 이름들에 당혹감부터 느낄 수도 있겠다. 물론 거론되는 작가들과 작품들을 잘 안다면 글을 이해하는 깊이나 재미가 남다를 것이다. 하지만 설령 그렇지 않더라도, 문학에 대한 저자의 해박한 지식과 뜨거운 애정, 특유의 간결하고 명석한 언어, 깊이와 넓이, 진지함과 유머를 겸비한 입담으로 술술 풀어내는 이야기들을 한 편씩 읽다보면, 비단 독일문학의 이해를 넘어 문학 일반의 가치를 짚어보게 되리라고 믿는다. 이 책을 다시 옮기면서, 저자는 자신의 문학을 이야기하는 동시에 끊임없이 '당신에게 문학은 무엇이냐'고 질문을 던지고 있음을 새록새록 느꼈다. 우리는 이 책을 통해, 자신이 오래오래 사랑한 것들에 대해 타인의 기준이 아닌 스스로의 잣대를 신뢰하며 당당하게 이야기하는 법을 배울 수 있으리라고 믿는다.

우려되는 부작용도 한 가지 있다. 라이히라니츠키의 명쾌하고 통쾌한 글을 읽는 재미를 맛보면, 한국문학에도 이렇게 자신만만하고 용감무쌍한 평론가가 한 명쯤 있으면 좋겠다는 소박한 바람도 슬그머니 생기리라. 아무렴, 작가들 아닌 독자들을 격려하는 성질 고약한 평론가가 한 사람쯤 있기로 무슨 큰일이 나겠는가!

이 책의 초판이 나온 직후인 2013년 9월 18일, 마르셀 라이히라니츠키는 93세의 나이로 타계했다. 독일 대통령 요아힘 가우크는 "그는 한때 자신을 몰아내고 죽이려 했던 독일인들에게, 야만을 넘어 문화로 향하는 새로운 길을 열어주는 위엄을 갖춘 인물이었다"고 치하했고, 앙겔라 메르켈 총리는 그를 "문학뿐 아니라 자유와 민주주의의 다시없는 친구"로 평했다. 프랑크 푸르터 알게마이네 차이퉁의 공동발행인 프랑크 시르마허는 그가 "추방, 가족의 몰살, 독일의 철저한 도덕적 붕괴라는 이 끔찍한 일들을 다 겪은 뒤, 다시 돌아왔고, 문화를 믿었던 사람"이었다고 애도를 표했다.

이 시르마허는 그가 사망하기 불과 두 시간 전에 병실을 찾았던 이야기를 일간지 라이니셰 포스트에 공개하기도 했다. 잠들어 있던 그에게 "라이히라니츠키 선생님, 우린 당신이 필요해요. 귄터 그라스가 또 뭔가 꾸미고 있단 말이에요"라고 말하자, 그가 갑자기 눈을 번쩍 뜨더니 일어나 앉으려고 했다고. 이 책에도 언급된 바 있는 둘 사이의 오랜 불화는, 2012년에 그라스가 발표한 시 「침묵할 수 없는 것」에 대해 라이히라니츠키가 "정치적으로나 문학적으로나 하등의 가치가 없는 역겨운 시"라고 신랄하게 비난하면서 더욱 첨예해진 상태였다. 삶의 마지막 순간까지도, 비평을 향한 라이히라니츠키의 열정은 여전히 펄펄 살아 있었던 모양이다.

2013년 12월에
김지선

357

ㅅ

옮긴이 **김지선**

서울대학교 사범대학 독어교육학과와 동 대학원을 졸업했다. 옮긴 책으로 『베르트람 아저씨는 어디에?』 『악마의 바이올리니스트 파가니니』 『헤르만 헤세의 독서의 기술』 『카레소시지』 등이 있다.

작가의 얼굴
어느 늙은 비평가의 문학 이야기

1판 1쇄	2013년 8월 10일	
1판 3쇄	2020년 4월 10일	

지은이 마르셀 라이히라니츠키
옮긴이 김지선
펴낸이 염현숙

기획·책임편집 오경철 | 독자모니터 이민아
디자인 윤종윤 이주영 | 저작권 한문숙 박혜연 김지영
마케팅 정민호 박보람 우상욱 안남영 | 홍보 김희숙 김상만 오혜림 지문희 우상희 김현지
제작 강신은 김동욱 임현식 | 제작처 더블비(인쇄) 경일제책사(제본)

펴낸곳 (주)문학동네
출판등록 1993년 10월 22일 제406-2003-000045호
주소 10881 경기도 파주시 회동길 210
전자우편 editor@munhak.com | 대표전화 031)955-8888 | 팩스 031)955-8855
문의전화 031)955-8895(마케팅) 031)955-2671(편집)
문학동네카페 http://cafe.naver.com/mhdn
문학동네트위터 http://twitter.com/munhakdongne
북클럽문학동네 http://bookclubmunhak.com

ISBN 978-89-546-2211-0 03850

* 잘못된 책은 구입하신 서점에서 교환해드립니다. 기타 교환 문의: 031) 955-2661, 3580

www.munhak.com